W0350376

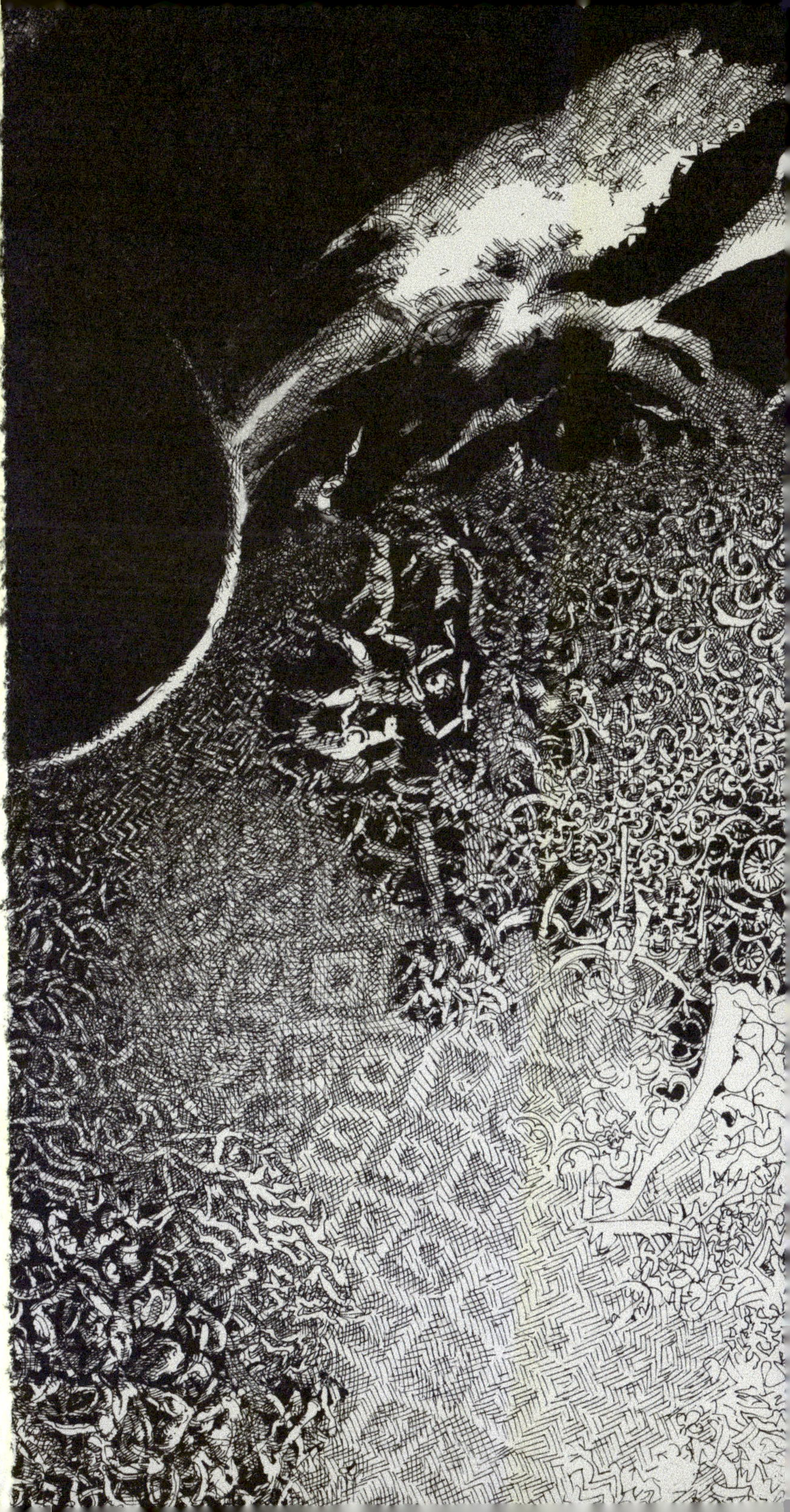

Arno Tauriinen
GOLDGEFASSTE FINSTERNIS
Mit Bildern von Max P. Häring

Erstausgabe

Umschlagmotiv unter Verwendung des Gemäldes
„Die letzte Versuchung" von Max P. Häring
© Topalian & Milani Verlag 2017

Lektorat: Laura Jacobi
Satz und Umschlaggestaltung besorgte Florian L. Arnold.
Schriften: Abril {von Veronika Burian und José Scaglione},
White Elephant, Old Man Eloquent

Farbtafeln:
Vorsatz:
Die letzte Versuchung {Acryl auf Hartfaserplatte, 85 x 100 cm}
Nachsatz:
Moment der Versöhnung { Acryl auf Hartfaserplatte, 100 x 140 cm}
Ikarus {Acryl auf Hartfaser, 80 x 100 cm}

Gesamtherstellung: PBTisk

ISBN 978-3-946423-11-9

Alle Rechte bleiben vorbehalten.
Ohne schriftliche Genehmigung des Verlags darf kein Teil des Werkes in irgendeiner Form wiedergegeben, vervielfältigt und verbreitet werden.

www.topalian-milani.de

ARNO TAURIINEN

GOLDGEFASSTE FINSTERNIS

EIN LUFTSCHLOSS IN PROSA

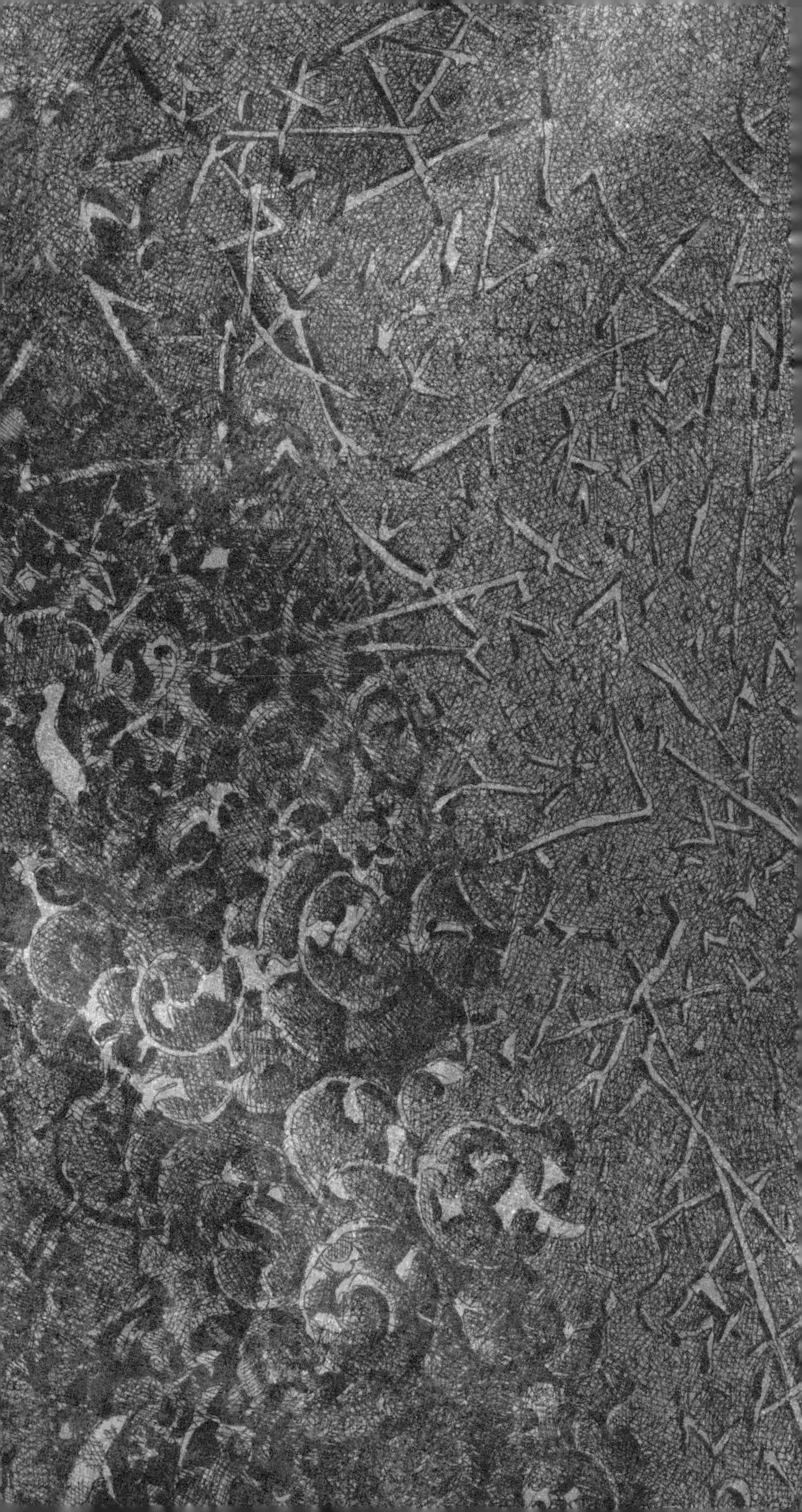

„DIE WELT IST
ENTSETZEN UND ENTZÜCKEN,
OHNE BEIDES
KANN NICHTS SEIN..."

GEWIDMET MEINER GROSSMUTTER VILMA.

ARNO TAURIINEN

GOLDGEFASSTE FINSTERNIS

EIN LUFTSCHLOSS IN PROSA

OUVERTÜRE

INDEM ALLES ERLOGEN WIRD

Ich habe diese Geschichte in einem alten, verlebten, verwanzten, abgeschliffenen Kaffeehaus aufgeschnappt, es ist eine unwahre Geschichte voller Dinge, die in dieser Art niemals stattgefunden haben. Es wäre darum durchaus nachvollziehbar, wenn diese Ereignisse in völligem Vergessen verschwunden oder dieses Buch niemals geschrieben worden wäre. Aber ich habe das dringende Bedürfnis, über diese Dinge - die niemals geschehen sind - zu berichten, und das mit aller Detailschärfe und Deutlichkeit, zu der mein bescheidenes Denkwerk ausreicht. Ich kenne keinen der Protagonisten, war selbst niemals in der Stadt W. und gebe zu, daß vieles – nicht alles! – erlogen und erfunden ist. Das Absurdeste wird Nase an Nase mit der Wahrheit stehen, so daß die unbekannten Gewalten, die aus Weisen und Wissenschaftlern, aus Rationalisten und Physikern kindische Trottel und läppische Narren, dämonische Verbrecher und geile Wölfe machen, dem Leser unbezweifelbar vor den Augen stehen werden.

Täglich besteht hinreichend Anlaß, an der höheren Art des Menschen zu zweifeln; zugleich werden Dinge vollbracht, die uns an die Größe und die Phantasie des Menschen glauben lassen. Mit all dem wird dieses Buch nichts zu tun haben. Es wird nicht aufhören, das göttli-

che Wunder – den Menschen – mit hungrigen Augen zu durchbohren und höchlich zu preisen, was keines Wortes wert ist.

Dieses Buch wird bemüht sein, mit der weichen leisen klaren Stimme weiser reiner kluger Weltanschauung zum Leser zu sprechen, und der Leser wird, nachdem er dem Geschehen einige Seiten lang zu folgen versuchte, mit verzweifelter Geste das Buch wegwerfen, es verfeuern, es verschenken oder an einem geheimen Platz im Garten vergraben. Er wird ein Loch graben, er wird das Buch sorgfältig in dessen Tiefe ablegen und anschließend die Erde über diesem unheilvollen Grab mit nackten Füßen festtreten und zuletzt ein Schild zur Warnung aufstellen: Hier liegt ein furchtbares Buch vergraben. Gehen Sie weiter und versuchen Sie nicht es auszugraben!

Wer es aber wagt, das Buch auszugraben und in seine Gedanken einzudringen, wer sich von den Personen, den Handlungen, den Gerüchen und dem Licht dieser Beschreibung einfangen läßt, der wird den Verstand verlieren - und voller Wollust genieße ich die Vorstellung, wie künftige Leser ihre vorwitzige Neugier mit dem Verlust des Verstandes teuer bezahlen und wie sie von diesem Buch dorthin getragen werden, wo kein Gedanke des Tages und des Bewußtseins vorzudringen vermag. Ich habe in diesem Buch viele Worte versteckt, die das Auge unbemerkt verschlingt, die das Gedächtnis nicht loswird, die den Geist zernagen. Harmlose Worte - scheinbar harmlose Worte! -, aber in der Folge, in der Zusammenballung, in der Koppelung und Kreuzung, in der Verknotung und Touchierung dieser Worte wird das geheimnisvolle Zernagen und Verschlingen aller Gedanken begründet sein. Schon nachdem diese letzten Zeilen gelesen wurden, ist alles schon verloren und der Beginn des Endes da.

BUCH EINS

BASILISK

LUCIUS ONAGRE

*Die Welt ist Entsetzen und Entzücken,
ohne beides kann nichts sein...*

Wenn es jemals einen Menschen gab, an den wir mit unserem ganzen Herzen glaubten, wenn es jemals einen Menschen gab, dem unsere ganze Liebe gehörte, wenn es jemals einen Menschen gab, an dessen unbedingtes Genie wir glaubten, dann war es Lucius Onagre, der Theatermacher, der vor mehr als siebzig Jahren nach der Premiere seines letzten gewaltigen Werkes „Basilisk" spurlos verschwand. Lucius Onagre wurde als fünftes Kind einer Kette von letztendlich zwölf Abkömmlingen geboren, von denen die meisten früh starben und die übrigen – mit Ausnahme von Lucius – eine Laufbahn als Kriminelle, Größenwahnsinnige oder ewige Enttäuschung einschlugen.

Schon dies ist gelogen, denn Lucius kam nicht als fünftes Kind der Familie Onagre zur Welt, er wurde lediglich von ihr aufgezogen.
Über seine wahren Eltern weiß man nichts. Nach einem Blitzschlag, nur dies weiß man und nur dies ragt als Wahrheit aus dem Wald von Vermutungen und Behauptungen heraus – – , brannte das Haus der Familie Onagre nieder ..., die nur sich und die Kleidung am Leib retten konnte.
Als sie am nächsten Morgen an die rauchende Trümmerstätte des Hauses zurückkehrte, um nach letzten verwendbaren Habseligkeiten zu suchen, da entdeckte sie inmitten der Hinterlassenschaften des Feuers einen nackten schneeweißen Säugling, den sie, als Entschädigung für die erlittenen Verluste, mitnahm.

Warum von den zwölf Abkömmlingen der Familie Onagre einzig der schmächtige, weißhäutige, schwarzäugige, mit einer unheimlichen Lockenkrause bekrönte Lucius eine andere Entwicklung nahm und zum größten Theatergenie aller Zeiten aufstieg, können wir aus der Rückschau kaum sagen. Vielleicht war es sein inneres Licht, das ihn schon in jungen Jahren jede menschliche Handlung, selbst wenn es sich um Mord, Totschlag, Vergewaltigung oder andere Formen von Gottes- und Menschenlästerung handelte, als Teil einer großen Geschichte erkennen ließ, die man erzählen müsse. Vielleicht mag dem kleinen Lucius, der die ersten zwölf Lebensjahre im Schmutz seines überfüllten und von Hausschwamm und Schimmel verwüsteten Elternhauses {ein Raum, viele Bewohner, unzählbare Anzahl von Parasiten} überstand, schon in diesem Alter sein Talent zum Erzählen dieser Geschichten offenbar geworden sein. Was anderen offen-

sichtlich und unanfechtbar als träges Dahingehen der Zeit, als launisches Wirken von Zufällen und Mißlichkeiten vor Augen stand, sah Lucius Onagre wie von einem leuchtenden Rahmen umgeben: Er sah die Souffleure ihr Werk verrichten und scheinbar Wahnsinnigen ihren Text einflüstern. Wenn Häuser brannten oder Frauen weinten, wenn Pferde durchgingen oder Flüsse über die Ufer traten, sah Lucius das Werk begnadeter Bühnenbildner, Effektemacher und Schauspieler: Er applaudierte und überlegte, wie alles noch besser zu machen wäre.
Lucius sah in der Menschheit die einzige Form von Leben, die sich ins Künstliche versenken und darin auf schönste Weise umkommen konnte.

Als der Vater Onagre am Suff einging und im Raum einer heruntergekommenen Kapelle aufgebahrt wurde, war Lucius der Einzige, der lange und aufmerksam den aufgedunsenen Leichnam betrachtete und überlegte, wann der Darsteller die Augen aufschlagen und den verdienten Applaus in Empfang nehmen werde. Und als das Aufsteigen aus der Untiefe des Schauspiels nicht stattfand und der alte Onagre sich in der Tat als tot erwies, da weinte Lucius, denn er fand diese Geschichte schlecht erzählt und auch die Kulissen und die weiteren Darsteller nicht gut gewählt. Diese frühe, vielleicht auch maßgebliche Enttäuschung ließ ihn zu einem Theater fortlaufen, wo er sich als Putzsklave, Pausenclown, Lustknabe, Suppenkoch, Vorkoster, Löwenbändiger, Kartenabreißer, Trompetenputzer und vielerlei mehr ausnutzen ließ. Dabei hatte er immer die Bühne vor Augen.
Er fragte sich: Sah das Publikum den Betrug nicht? Sah es nicht, daß all das nur erfunden und gespielt

war? Warum ließ es sich wider besseres Wissen gegen bare Münze betrügen?
Noch vor Erreichen seiner Volljährigkeit hatte Lucius so oft seine Fähigkeit bewiesen, eine gute Geschichte zu erzählen {oder umgekehrt die Schwächen einer schlechten Geschichte zu erkennen}, daß man ihn, als der Direktor eines unnatürlichen Todes in den Sümpfen des amerikanischen Nordens starb, zu dessen Nachfolger erwählte.

In den folgenden Jahren revolutionierte Onagre das Varieté und das Theater, indem er seine Bühnenstücke allmählich über den Zuschauerraum, die angrenzenden Garderoben, die Foyers und Werkstätten, in die Kellergewölbe und schließlich das gesamte Stadtviertel ausdehnte. Zuletzt breitete sich das Stück über eine ganze Stadt hinweg aus: Gespielt

wurde von den frühen Morgenstunden an bis weit über die Dämmerung hinaus in Gärten, Kellern, auf und in Litfaßsäulen, in Operationssälen und Kindergärten, selbst auf Schiffen und in den Krematorien drehten sich die Masken im lautlosen Tanz. Alles wurde zur Bühne. Kein Mann, keine Frau, kein Kind, kein Möbelstück, keine noch so schäbige Abstellkammer, die nicht für das Onagre-Theaterspektakel genutzt worden wäre. Jeder Ort konnte zum Bühnenbild werden.

Zwischen den Grabsteinen der Friedhöfe jagten sich Ballettmädchen zur Musik russischer Komponisten. Auf den Dachfirsten balancierten Chöre, in den Türmerstuben drängten sich Publikum und Darsteller Wange an Wange. Es war ohnehin bald nicht mehr zu unterscheiden, wer Darsteller, Regisseur, Zuschauer oder Kritiker war. Jedes Wort, jeder Atemzug war Teil irgendeiner Inszenierung. In jedem Haus, in jedem Stadtviertel wimmelte es von Regisseuren, Theaterautoren, Darstellern. Geschäfte verwaisten: STEHE AUF DER BÜHNE! las man in vielen Schaufenstern. LEBE IN DER OPER!, verkündete ein Anschlag am Büro eines Bürgermeisters, den man dort nie wieder sah, der statt dessen mit gewaltigen Engelsflügeln, mit einer Stiermaske oder mit Bocksfüßen ausgestattet Figuren aus der abendländischen Mystik darstellte. Er war *in persona* Autor, Regisseur, Darsteller und sein eigenes Publikum. Sein Fehlen bemerkte man nicht: alle anderen Mitarbeiter der Stadtverwaltung hatten ihre eigenen Rollen im großen Onagre'schen Theaterkosmos gefunden, in dessen Treiben Onagre, *Primus inter pares*, nur hier und da korrigierend eingriff.

Er ritt auf einem schwarzen Pferd durch die Stadt und stellte mit Zufriedenheit fest, daß sich längst nicht mehr unterscheiden ließ, was einstudiert und was tatsächliches Leben mit all seinen Zufälligkeiten war. Wer nicht mehr am Stück teilnehmen wollte, mußte entweder die Stadt verlassen oder sich tot stellen – oder tatsächlich umkommen, was einigen weniger geschickten Darstellern gelang, die Wirklichkeit und Fiktion nicht mehr voneinander trennen konnten und sich von Dächern oder Vorsprüngen stürzten: Sie hielten sich für unverwundbar und unsterblich. Erhob sich der Tote am Ende nicht wie durch ein Wunder? Wischte er sich nicht das Kunstblut aus dem Gesicht, um mit bescheidenem Lächeln die Ovationen seines Publikums zu empfangen? War nicht alles Spiel? Hatte nicht eben noch jemand gesagt: „Nun bist du tot – bleib liegen – flach atmen – warte bis der Vorhang zugezogen ist – nun erheb dich, der Applaus brandet auf – das Spiel ist gespielt?"
Dann wäscht man sich die Schminke vom Gesicht, trinkt einen Schluck und geht über zur nächsten Rolle. Aber wer waren die Zuschauer, wenn doch alle spielten, wenn doch alles Bühne war? Oder war es am Ende doch kein Spiel?
Jahre schon setzte sich das Stück fort. Wann hatte alles begonnen, wer sollte es beenden?
Durfte man es beenden?

Vier Jahre nach der Premiere blickten die Bürger wie auf ein unsichtbares Signal hin zum Horizont, wo sich, auf gewaltigen Holzpodesten, die Zuschauer drängten. Sie alle hatten gespielt und sie verbeugten sich voreinander: „Danke, das Stück ist aus, das Spiel ist gespielt", und sie applaudierten einander, applaudierten wie verrückt, rissen sich die Haut der Hände in Fetzen vor Begeisterung und alle riefen sie den Namen des Mannes, der sich das alles sich ausgedacht und in Gang gesetzt hatte: Lucius Onagre.

Der war unterdessen zu seinem größten Werk übergegangen: Kaum dreißigjährig verkündete er sein Projekt „Basilisk“, worin nicht nur eine echte Basiliskenschlange die Hauptrolle spielen sollte, sondern auch der wiedergeborene Wolfgang Amadeus Mozart, ein Chor voller Zyklopen und vierhundert riesenwüchsige Menschen.
Das Stück sollte auf einer fahrenden Bühne von nicht weniger als einem Quadratkilometer Ausmaß aufgeführt werden, gebaut in Windeseile von internationalen Luftschiffingenieuren, die als Einzige die Fähigkeit besaßen, so große bewegliche Dinge zu konstruieren und zu bauen.

Onagre aber war mit nichts zufrieden. Der wiedergeborene Mozart – ein einziges Hindernis–! Gezogen aus einer Haarschuppe des Originals, erwies sich das Nachbild als strohdumm und kaum fähig, eine einzige Anweisung im Kopf zu behalten, geschweige denn sie wiederzugeben. Als sich der wiedergeborene Mozart von einer Pferdekutsche überfahren ließ, tobte Onagre drei Tage lang ohne Unterlaß. Man habe ihm zugesichert, daß es der wirkliche Mozart gewesen sei, dem man das Haar für die Nachzucht entnommen hatte; dieser Dümmling aber, der sich von einer Pferdekutsche überfahren ließ, könne, so Onagre, nichts mit dem *wahren* und *einzigen* Mozart zu tun gehabt haben.

Die Riesen stellten eine weitere Schwierigkeit dar: Die Hälfte von ihnen war nicht groß genug, manche waren gar eine dreiste Behauptung. Es fanden sich unter ihnen nicht wenige, die kaum einenmetervierzig in der Höhe maßen, die sich aber als Riesen beworben hatten, weil sie glaubten, man werde sie ganz hinten aufstellen – wo sie, der perspektivischen Verzerrung wegen, gewiß noch als „weit entfernt stehende Riesen" gelten durften. Onagre wollte alle Riesen unter zweihundert Zentimetern Körperhöhe hinauswerfen, doch die kleinen Riesen machten nicht mit. Daß Onagre auf echten Riesen bestehe, zeige nur, so die zu kleinen Riesen, daß er die Praktiken des klassischen Theaters zu wenig kenne und schätze, wo man immer mit Betrug, perspektivischer Verzerrung und optischen Mutmaßungen gearbeitet habe ...! Man nehme nur einmal das Theater des Barock, wo der Spiegel der wichtigste Kulissenbestandteil war, verwandelte er doch eine magere Schar von müden Statisten trickreich in ein wackeres Heer ... Und wo kein Geld für eine Parklandschaft im Hintergrund war, da ließ sich mit zwei Pflanztöpfen, drei Spiegeln und etwas Licht eine Idylle zaubern, die ihresgleichen suchte. Das Theater, so beharrten die zu kurz geratenen Riesen, sei doch primär eine Behauptung und nun läge es eben an Onagre und seiner Kunst, zu behaupten, daß sie wahre Riesen seien!

Onagre gelang letztendlich nicht nur das. Er lud die zu kurzen Riesen, die ein- und zweiäugigen Zyklopen, die Statisten, mehrere wiedergeborene Wolfgang Amadeus Mozart, eine Staffage von Händel, Haydn und Beethoven-Doppelgängern, einen Chor von Hunden, ein Käferballett und Käfige voller Basiliskenschlangen, schwarz wie die Nacht und bitter stinkend, ferner zahlreiche Nachbildungen wichtiger Bauwerke der Menschheitsgeschichte auf sein fahrendes Podest und ließ es durch alle Länder des europäischen Kontinents fahren.

Wer das Spektakel „Basilisk“ betrat, ging zuerst durch eine Pforte hinein in eine englische Parklandschaft, deren Mitte ein verrottendes Schloß bildete, dem die aufmerksameren Zuschauer zustrebten. Diese aufmerksamen {neugierigen} Zuschauer traten durch das Eingangsportal des Schlosses und damit hinein in die zweite Bühne Onagres, wo sich die Zyklopen mit Darstellungen weniger bekannter Shakespeare-Werke abmühten. Die nicht so achtsamen Besucher verirrten sich in der Parklandschaft und fanden, wenn sie Glück hatten, irgendwann einen der Ausgänge zurück in die Realität.

Wer noch tiefer in das Onagre'sche Schauspiel hineingeriet, der betrat die dritte Bühne durch ein Gartentor hinter dem verrottenden Schloß: Eine verwüstete Stadtlandschaft, spätes Barock in völliger Auflösung. Man nahm Platz auf zierlichen, in Späne, Blattgoldstaub und Holzwolle zerfasernden Rokokosesselchen und sah zu, wie ein ramponiertes Theaterhaus auf Rädern schwankend wie eine schwerbehängte alte Matrone durch die Straßen pflügte, mit einem dumpfen Seufzen der alten Holzbalken gegen eine baufällige Kirche voller zu Tode erschrockener Nonnen rumpelte und endlich zum Stehen kam. Die Eingangspforte des Theaters {eine edle Schnitzarbeit des Rokoko, leider von allen darauffolgenden Jahrhunderten vollkommen mißachtet}, übermalt und mit einem aus

Plastik verfertigten Schild verunziert, öffnete sich. Gerade war auf dem Schild noch zu lesen gewesen: WEGEN SCHWEINEREIEN GESCHLOSSEN!, da kam im trüben, gelben Licht eines Spanplattenlabyrinths die vierte, die letzte Theaterbühne zum Vorschein: Illuminiert von Papierlampions, die von einem unruhigen Geschöpf in Leinenlumpen vor dem Verbrennen bewahrt wurden, drehte sich auf dem verschmutzten Bühnenvorhang eine Teufelsgestalt, eine bocksfüßige Gestalt mit einem Zylinder auf der hohen Stirn. Im Halbdunkel des Gaslampenlichts war zunächst nicht zu erkennen, daß diese Figur nur aufgemalt war und allein dadurch in Bewegung geriet, weil ein dicker alter Diener vergebens versuchte, den nassen und schmutzigen Stoff in eine schöne Form zu raffen. Die Nonnen jagten aus ihrer Kirche, sahen das havarierte Theater und lasen das Schild: Sie entzifferten

SCHWEINEREIEN und hetzten kreuzschlagend davon, ohne sich noch ein einziges Mal umzusehen.
„Treten Sie ein“, tönte eine Männerstimme aus dem Halbdunkel des Proszeniums, dann trat ein Mensch auf, der Lucius Onagre aufs Haar glich {wenn er es nicht sogar selber war–?}. Ein schmaler Mensch mit gefährlich voluminösem Bart, den er sich auf so exzentrische Weise um seinen Hals geschlungen hielt, daß man ohne weiteres ein siamesisches Zwillingspärchen zu sehen glaubte, dessen rechte Hälfte sich schüchtern hinterm Haupthaar der linken versteckt hielt.

Längst hatten die sich neugierig umschauenden Besucher bemerkt, daß diese Onagre-Figur in allen Rängen saß und auch an allen Ausgängen des Theaters Stellung bezogen hatte. Nicht weniger als zwei Dutzend Lucius-Onagre-Nachbildungen waren zu erblicken.
„Schnell, schnell, herein“, winkte der erste Onagre das herbeieilende Publikum ins Innere, „schnell, bevor wir zurückgeschwemmt werden ins Endzeitgetümmel! Hinein, bevor die Nonnen unser Haus anzünden, herein, bevor die Engel uns über die Klippen der Hölle stoßen, herein, herein–!“
Menschen strömten herbei aus allen Richtungen: sie trugen Anzüge und saubere Schuhe, sauber gefaltete Taschentücher in den Jacken- und Handtaschen, sie lutschten Bonbons, sie rochen nach Mottenkugeln und Essen und verbrauchten Sitzpolstern und trugen unsichtbare Maulsperren, damit sie während der Vorstellung nicht die Arien und dramatischen Partien zerhusten konnten. Unsicher wanden sie sich in die engen, spätbarock vergoldeten Logen hinein und stapelten sich auf den billigen Plätzen und standen im

Parkett, viele gebückt vom Verschleiß freudloser Jahre. Prachtvoll toupierte, breitwangige Damen packten ihre Operngläser aus, sahen jedoch zunächst nur dies: den alten Diener, der ebenso beharrlich wie vergebens bemüht war, den nassen und schmutzigen Bühnenvorhang in eine schöne Form zu raffen.
Ein sehr trauriger Anblick.
„Früher," seufzten sie, „wars im Theater nicht so naß."
Ihre Galane, ihre Gatten und sonstigen Begleitherren nickten zustimmend, ergänzten: „Früher gab es mehr Licht und Pulverdampf, robuste Schießereien und Duelle und kaum Wasser auf der Bühne--!"
Im fettigen Schwarz des unbeleuchteten Hintergrundes rabaukten zwei ältere Ehepaare: Sie mochten einander, ließen es sich aber nicht anmerken und zerstritten sich über die Wahl der Sitzplätze. Es setzte Ohrfeigen. Durch das kleine Seitenfenster der Garderobe glänzte ein fahler Aluminiumhimmel, rasch eindunkelnd: die Welt darunter ist voller Tumult, Lärm und Laster, Fahrzeuge aufgetürmt zu Gebirgen von Schrott, ein erblühendes Rostmeer, über dessen blauschwarzroten Kronen schwarze Rabenvögel melancholische Bahnen zogen.

Es war einer dieser endlosen, schimmelgrauen Novembernachmittage, dessen Licht ein mürrischer Vorhang lebensmüder Regenwolken verschmiert, dessen imperiale Präsenz die Kälte und die Nässe sowie der vom Husten tausender Holzofenfeuer in asthmatische Schwere gedrängte Schmutz in der Atemluft ist, als „Basilisk" seine Reise begann, in deren Verlauf immer mehr Menschen im Innern des gewaltigen Theaters verschwanden. Schwer wie tausend Panzer, hoch wie fünf gotische Kathedralen, verwinkelt und voller Irrwege wie das Labyrinth, das den Minotaurus gefangen hielt, schwankte Onagres Theatermonstrum auf der Nordhalbkugel, unbehelligt von den wie eine Krankheit ausbrechenden Kriegen. Zwar gab es, rund einundzwanzig Jahre nach Beginn des Theaterstücks, eine sehr ernst gemeinte Aufforderung mehrerer Staaten an die Menschen im Innern des Theatermonstrums, man möge sich an einem der Kriege beteiligen: Flammende Appelle voller Worte wie „Vaterland", „Blut", „Ehre" und „Heimat". Doch niemand erhielt die Aufforderung, oder, was wahrscheinlicher ist, sie ignorierten die Aufforderung.

Im Innern des Theatermonstrums hatten sich eigene Wege der Versorgung gebildet: Ein autarkes Post- und Informationswesen, eine Anstalt für Ackerbau und Viehzucht, ein Raketenantriebsforschungsinstitut, ein Gedankenverlängerungsverein ... Auch gab es ein eigenes Gerichtssystem, das zwar keine Todesstrafe verhängte, jedoch eine grausame Buße aufzuerlegen ermächtigt war: die Verbannung aus dem Theaterland, hinaus in die Wirklichkeit, hinaus zu den Kriegen, der Dummheit, den Krankheiten, die, auch das ist wahr, aus dem Innern von Onagres Theater verschwunden waren ... ausgestorben, vergessen, überflüssig geworden ... Allenfalls gab es einmal einen Schnupfen oder eine Stauballergie. Wesentlich Schlimmeres aber kam niemals vor.

Vierundzwanzig Jahre nach Beginn des Spektakels hatte Onagres Theatermaschine die Größe eines mittleren Flächenstaates erreicht – da konnte sich das Vehikel längst schon nicht mehr bewegen, saß vielmehr wie ein sich aufblähendes, gestrandetes Urvieh auf der nördli-

chen Hemisphäre und löste sich an den Rändern auf. Aus einem einzigen Stück waren Dutzende, Tausende, vielleicht hunderttausende Stücke geworden: Variationen der Variation, eine vorgestellte, verdoppelte Wirklichkeit. Die verlorene Zeit in den Kulissen, die bunte und laute Krankheit des Glücks, wenn man von der hell erleuchteten Bühne ins schwarze Meer des Zuschauerraums spähte, in dem Applaus losbrandete ... Ach, dieses ganze kurze und schöne, geborgte Glück auf hölzernen Brettern ...! Im Inneren des „Basilik" entstanden neue Wirklichkeiten. Man nahm im Inneren des langsam im Erdreich versickernden, zugleich immer noch wuchernden, ausblühenden Theatermonstrums nichts vom weiteren Verlauf der Zeiten wahr ... Nun ja, fast nichts: Man hörte gelegentlich von ferne anschlagendes Summen der Maschinen, das Todesrasen der Schlachtfelder, gelegentlich das Rauschen der Meere und das jammernde Zerbrechen der Kulissenwände. Man hörte das Schwingen einer Glocke ohne Klöppel und das Schreien von Pferden, man schlief unruhig vor den Klängen der zerbrechenden alten Welt und niemand blieb unberührt von den in unbestimmter Ferne jammernden Seelen der Getöteten auf dem Weg zum Himmelsrand.

Die Konstruktion des Onagre-Theaters stöhnte, ächzte, seufzte, während es sich von oben bis unten mit Wasser vollsaugte, versank, auflöste, den Himmel wieder freigab, seine Kulissen ausspie, die bis zum Zerfall so schön und absurd das Leben imitiert hatten. Blinzelnd standen sie da, die Menschen und Menschenähnlichen, und sahen in einen echten Himmel, den sie nicht wiedererkannten, hatte sich doch der Anblick falscher Kulissen und gemalter

Welten ihrem Auge als Wahrheit eingebrannt.
Wann war der echte Lucius Onagre von Bord seiner Konstruktion gegangen? Hatte er sie verlassen, als das Sinken begann? Vielmehr: War er jemals selbst an Bord des „Basilisk“ gewesen–?
Hatten seine Schritte das Ungeheuer durchmessen? Hatte er die Ränke und Spiele der Darsteller verfolgt – oder war er längst schon aufgebrochen zum nächsten Theaterwerk herkulischen Ausmaßes?
Wie hatten da noch die Zuschauer gelacht, als eine täuschend echt wirkende, dennoch offensichtliche Onagre-Kopie wenige Tage vor dem endgültigen Versinken des „Basilisk“ an den Bühnenrand getreten war und verkündet hatte: „Heute keine Vorstellung!“
Da stand also dieser so offensichtlich gefälschte Onagre {–oder war es vielleicht der echte Onagre, der sich als falscher Onagre kostümiert hatte?} und sagte alles ab. Man lachte, man applaudierte. Onagre, der schon alle Städte der Welt bereist hatte {lassen wir uns einige dieser klangvollen Namen genüßlich über die Zungen gehen: Hongkong und Nanking, Rom, Zagreb und Moskau, Barcelona und Zaragoza, Tunis und Kapstadt, Glasgow und Kospatin – herrliche Namen}, inmitten des feuchten Gipsgeruches bröckelnder Barockputten, inmitten hingestreckter Karyatiden mit abgeschlagenen Nasen, vom Staub der Jahrhunderte ummantelt wie ein griechischer Gott, und verkündete, daß es nichts mehr zu sehen gäbe: „Wir haben keine Darsteller mehr. Die Requisiten zerfallen und es gibt keine Geschichte zu erzählen und keine Musik, die spielt. Alles, was wir anbieten können, ist dies: den Anfang oder das Ende einer gewaltigen Geschichte, die uns überlassen wurde ...
Sie sehen die müden Tragbalken, die durchhängenden

Decken ... die Rostblüten an den Nägeln und Eisenarmierungen ... die Traurigkeit der Putten, die ihr Gesicht verloren haben – und sie fragen sich, aus welchem Grund sie hier sind. Sie sind vielleicht hereingekommen, um dem Regen zu entgehen. Vielleicht sind Sie hier, weil Sie sich geirrt haben oder weil der Anblick des versinkenden Theaterkolosses Sie neugierig machte. Was auch immer der Grund gewesen sein mag: Wenn Sie durch die Straßenzeilen mit den weiten Rasenflächen zwischen Wilhelminischen Häusern gehen, wenn Sie an den alten Emailleschildern der Kellergeschäfte vorübergehen, wenn Sie in Seitengassen einem Taschendieb beim Handwerk zusehen – oder sich am Dom die Selbstmörderflecken betrachten, diese dunklen Flecken auf dem Pflaster, die selbst vom eifrigsten Straßenreiniger nicht beseitigt werden können – wenn Sie Studentenlokale, Buchhandlungen, Antiquariate und Kunstgalerien besuchen, wenn Sie dem Dichter zustimmen, der sagt: Hier stehe ich als Wahnsinn in Person – wenn Sie mit angehaltenem Atem durch Triumphbogen und tempelähnliche Gebäude wandeln, an Propyläen und Denkmälern vorbei, wenn Sie die Prachtstraßen verlassen und sich den Gassen zuwenden, dort, wo es dunkler, enger, wärmer wird, wenn Sie hysterischen Wahrsageweibern und Spiritisten, Potenzprotzen und Hypochondern, Nymphen, Irrlichtern, Teufeln, Raufbolden und Akrobaten zusehen wollen und es ihnen dabei nicht graust – dann bleiben Sie hier. Wenn Sie Gelangweilte sind, die eine Aufregung suchen, – oder ein alter Freibeuter, der sich einen ruhigen Platz erhofft, – wenn Sie selbst zur Kaste der Mörder, Falschmünzer und Diebe gehören – dann sind Sie richtig – wenn Sie das alles sehen, hören, riechen wollen, dann sind Sie hier richtig, in W., der Stadt, die alles Vernünftige bedeutungslos und alles Bedeutungslose zur Kunst macht!" Der Onagre-Darsteller versuchte, den Vorhang zur Seite zu ziehen; dem Getuschel der hinteren Reihen folgte obligates „Ruhe!"-Geschrei, als wäre das Wegziehen des Vorhangs selbst schon das Stück. Als es endlich gelungen war, die Bühne freizugeben, wurden von einem enormen Wassersturz erst der Bühnenmeister, dann drei Dekorateure, eine Souffleuse, vier zu kurz geratene Riesen, zahlreiche Zyklopen, vier Basiliskenschlangen und zuletzt ein siebenundzwanzig Fuß langer Wassermolch in den Orchestergraben gespült. Die wassergefüllte Tuba gab ein beleidigtes „Plöt!" von sich, der Dirigent Waldmut Schomoggy – ein prachtvoll aufgeschwollener Kerl mit dem blutunterlaufenen Blick eines tausendjährigen Dackels – hob den Taktstock und brach in eine Serie von Niesern aus, die im Publikum ein reges Echo fanden. Vielleicht hätte man das alles einfach abbrechen sollen, um

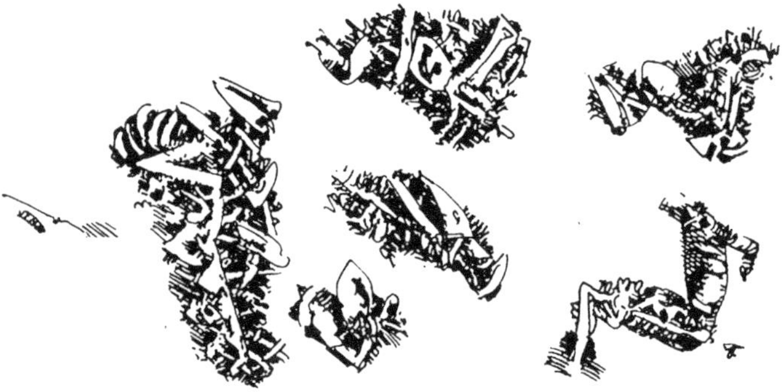

nachhause zu gehen und ein heißes Bad zu nehmen – aber es war einfach zu viel versprochen worden – man erwartete zahllose Stunden, Tage, Wochen der Vergnügtheit, der Aufregung und des künstlerischen Genusses – man wollte die maßlose Ausgelassenheit und den Taumel nie endender Musik, das völlige Verschlingen aller Mikrokosmen. Das Publikum dampfte vor Erwartung, es staunte sich glotzig, kugelig, schon mochte man irgendwem ein Lob für diese Posse aussprechen, schon hielten sich die Kritiker zum Verriß bereit. Die Menschen im großen Theater des Lucius Onagre wußten nichts von ihrem unvergleichlichen Glück, so wie Motten und Mücken unter dem im Gold- und Lichtglanz entgleitenden weiten Raum nichts von ihrem Glück wissen und mit den Flügeln schlagen und winzige Lichtpartikel auf die erhitzten Gesichter der Zuschauer streuen.

Zu lange schon.
Zu lange schon ging das alles.
Gott, der in einer kleinen Loge weit über allem Treiben zur Rechten seines zweiten Sohnes sitzt, weiß nicht, wie er sich wachhalten soll ...
Zu müde ist er von allem *Weltentheater*, für das man

ihm an diesem Abend auch noch ein Billett aufgeschwatzt hat, und nichts von dem, was sich seinen Augen bietet, ist neu, zumindest nicht für ihn.
Er betrachtet das lautlose Schwirren der Motten und Mücken an den Bühnenlichtern, das Kreisen und lichtverliebte Trudeln der Insekten, und Gott empfindet einen trägen Neid auf seine Kreaturen. Motten. Sollte es nicht auch ihm möglich sein, gerade so durch die Luft zu gleiten, mit dem Bewußtsein der ganzen Erdenschwere im Leib und dem Glück des Schwebens im Kopf? Warum muß er hier sein, gefesselt in einem selbstgewählten Körper, trauriger als der Schimmel im Holz, erschöpfter als ein explodierter Stern, unfähig, so ein kleines Glück zu spüren wie es diesen Motten widerfährt?
Die Zuschauer wissen nichts von dem Mottenglück über ihren Köpfen. Wenn ab und an ein Tierchen im Tausendwattlicht verbrennt und in fadendünnem

Rauchsturz auf einen Kopf niedergeht, wird das verloschene Glück mit ärgerlicher Geste weggewischt.

Gott lauscht gelangweilt den ihn umgebenden Flüstergesprächen, atmet den staubigen Glimmer des Theaters ein, hört das Rascheln der rauen alten Pelze der Damen und das ungeduldige Scharren und Zurechtsetzen ihrer Begleiter.
Merkwürdig. Das Wort formt sich samten in seinem Kopf. *Merkwürdig*, denkt Gott. *Wie merkwürdig das alles ist und wie merkwürdig das aussieht! Was habe ich mir bei der Erschaffung all dessen nur gedacht?*
Er spürt zu allem die matt gewordene Liebe eines erwachsenen Kindes zum Spielzeug der frühen Tage. Alles erscheint ihm abgegriffen und stumpf. Der Zauber ist dahin. *Nur die Motten*, denkt Gott, *die Motten amüsieren mich noch.*

Er weiß nicht, warum der Frühjahrseinbruch diesmal im Mai stattfand oder warum sich die Toten aus den trägen Wogen der Meere und Flüsse neuerdings mit einem geflüsterten Sichfügen inventarisieren lassen, manche von ihnen sogar mit spiegelblank polierter Seele. Über dem Halbrund der Erde sitzen geduldig der Himmel und meine Seele, denkt Gott, aber nichts geschieht, alles setzt seinen Daseinsweg fort.
Gott holt sein Lorgnon hervor, er richtet es, nicht ohne Irritation von seiner Umgebung zu ernten, auf die Insektenschwärme unter der Decke des Theaters. Er lacht. „Heute Morgen", sagt er an eine zu seiner Linken sitzenden Matrone in üppiger Samtverpackung gerichtet, „waren das alles Leute wie Sie. Das waren Leute, die der Luciver geholt und in Motten verwandelt hat. So eine Art von Wiedergeburt lehrt euch die

Kirche nicht."
Er lacht. Lacht. Laut und unverschämt. Man zischt, ringsum kommt Unruhe auf, ein kleines nagendes Gefühl breitet sich aus: Fort ist die Lustigkeit, als habe eine hauchdünne Schneedecke sich auf alles gelegt. Gott lacht. Er lacht und lacht und kann nicht mehr aufhören. Manchmal müssen Väter auf diese Weise über ihre Söhne lachen.
Der Sohn.
Das Lachen erstirbt in Gottes Kehle.

Wenn man auch darüber lachen könnte! Irgendwo da draußen weiß er seinen Erstgeborenen Luciver mit dem Mondstrahl eintreffen, weiß er diesen Apologeten der Sterblichkeit dem Höllentief der Nacht entauchen: *Komm heraus, gehörntes Lieblingskind, verstoßenes Balg, tritt ins Licht, an den Rand der Bühne, die nicht trägt, und stürze, stürze hinab ins Reich der Menschen, stürze, mein Sohn, Schandmal Du, gehörntes, bocksfüßiges, engelsgesichtiges!*
Die Mutter zu Schnee geworden, der Vater schwerelos, melancholisch auf Zerstreuung bedacht, der Sohn zum spielfreudigen Fürst alles Abgründigen geworden und zum Erfinder der – Gott mußte immer wieder glucksen bei diesem Menschenwort – „Hölle".

In diesem Moment springt Luciver über Galaxien, quert die Milchstraße, wird ein Wortschwall, der fröhlich durch die Zahnschluchten einer alten Frau springt und endlich, auf dem steinernen Grund der Seele von Lucius Onagre aufprallt.
Harte Landung. Ein solches lichtloses Loch von einer Seele hatte Luciver nicht in Erinnerung.

Hatte er nicht selbst diesen Onagre einst zu seinem Vergnügen mitten in die vom Vater ersonnene Welt hineingepflanzt?}.

Das Maskenspiel Onagres war für einige Jahre fast erloschen, das Theatermonstrum versunken. Auf seinen Ruinen breiteten sich neue Städte und Länder aus, siedelten sich Menschen an, denen am Theater nichts lag. Doch der Name Onagre wuchs ins Unermeßliche. Welch ein Staunen in den Gesichtern der Kinder, wenn man vom Theatermann Onagre sprach. Welch ein nostalgisches Blühen in den Herzen der Älteren, die noch selbst im Onagre'schen Weltenspiel ihre Maske tragen durften!
Doch der Meister war verschollen, spurlos verschwunden.

Die unschönsten Nachrichten wurden von Mund zu Mund gereicht. Man habe Onagre, der versehentlich aus seinem eigenen Universum gestürzt sei, überfahren: Die Räder des Theatermonstrums, breit und hoch wie eine gotische Kathedrale, hätten den Großen, den Einzigen zermalmt. Dann wieder hieß es: Onagre sei niemals wirklich an Bord des Gefährts gewesen, habe es schon vor der ersten Expansion verlassen, als meh-

rere kleine Länder mitsamt allen Bewohnern und allem Hausrat ins Innere des Theaterfahrzeugs umsiedelten.
Sein Werk sei getan gewesen, er habe sich um anderes kümmern müssen.
Um etwas Neues. Etwas Größeres.
Etwas, das die Welt dringend benötige, aber nie zuvor gesehen habe.

Die Jahre verstrichen, die Sterne zogen ihre Kreise, ohne daß man je wieder etwas von Onagre hörte.

DAS GLÜCK UNTERSCHREIBT SEINE BOTSCHAFTEN MIT BLUT

Zu Recht fragtet ihr euch,
aus welchem Grund ich euch verließ ...

Fast einhundert oder mehr Jahre nach der Premiere von Onagres „Basilisk“ hatte ein gewisser Louis Fahlbrand einen anstrengenden Tag in einer Spelunke beendet und war, weil er die Zeche nicht begleichen konnte, kopfüber auf das Kopfsteinpflaster seiner Heimatstadt befördert worden, wo er lange sinnend und bedrückt liegen blieb. „Hundsmiserable Welt“, stieß er hervor, „vermaledeites Pech, strunzente Tücke“ {er war ein Liebhaber altmodischer Flüche von internationalem Rang mit regionalem Einschlag und nutzte diese Art der Brauchtumspflege intensiv, wenn etwas zuwiderlief}. Wie er so im Schmutz lag, fiel ihm ein weißes Blatt auf dem schwarzglänzenden Steinpflaster auf. Dann ein weiteres Blatt: eine Spur weißer, an den Rändern sich aufstellender Papiere, hell und zart, viel zu edel für dieses Stadtviertel. Manchmal, überlegte Fahlbrands in diesem Augenblick sehr träg arbeitender Kopf, wirft ein mittelloser Schriftsteller sein Werk aus dem Fenster. Arme Künstler gibt es hier wie Ratten, in jedem Kellerloch hockt ein Lyriker oder Romanautor ohne Glück, in den Kaffeehäusern gibt es die Künstlerecken, in denen die Gebeine toter oder, manchmal, gerade so noch lebender Verkannter sich auf dem verschmutzten Leder des versunkenen Kaiserreichs türmen, und einmal im Dezennium nimmt man die Knochen und die abgelehnten Manuskripte und wirft alles in die düsteren Hinterhöfe oder in die schwarzen Abgründe der alten Eiskeller, in denen manches Geheimnis sein Grab fand. In der Herbstsaison schweben die Manuskriptblätter vergessener Autoren mit dem toten Laub in die Gosse, die Gedanken werden vom eisigen Regenwasser ausgelöscht, manchmal noch bleibt die Spur eines mit blauer Tusche geschriebenen Wortes auf dem grauen Pflaster haften:

Liebtest du mich? Warst du mein?

7 Kilo Kartoffeln kaufen.

Morgen bring ich mich um {nicht vergessen!}

Warum bin ich der, der ich bin und nicht einer,
der ich gern wär?

Die Welt ist Entsetzen und Entzücken,
ohne beides kann nichts sein...

Louis Fahlbrand stieß mächtig auf. Die Sauregurkensuppe war nichts. Nur sauer war sie, kaum Gurken darin, Holzspäne, ja, und bittere, schwarz verbrannte Zwiebelhobel, auch die Brühe war eine fade Zumutung {schade, daß dafür ein Huhn gestorben ist}. Ohne den Wein wär das Alles gar nicht zu ertragen, dachte Fahlbrand.
Sein unsicherer Schritt folgte der Spur der weißen Blätter. Dieses trübe Künstlerleben--! Er lachte gehässig. Warum sie da sitzen und schreiben und dichten und sich so viel machen aus dem Wenigen, was so ein Publikum dabei empfindet! Ein bißchen was lesen vor dem Schlafen könnte ich noch, dachte Fahlbrand und bückte sich. Aber es war nichts, was sich einfach lesen ließ. Er war schon ein paar Meter durch die Buchstaben gestolpert, als ihm aufging, oder er erst jetzt wirklich hinsah, daß es sich um eine Nachricht handelte. Jede Zurschaustellung von übertriebener Empfindlichkeit kam Fahlbrand recht. Als echtes Kind seiner Heimatstadt liebte er alles Bunte, Laute, Lärmende. Er richtete sich auf, spuckte einen zerbrochenen Zahn aus und griff sich eines der Blätter. Kein Gedicht, kein Liebesschmonzettchen. Etwas anderes.

Er las die darauf zu lesende, in große Lettern gefasste Botschaft mit wachsendem Interesse, dann mit Entsetzen, dann mit dem reinsten Entzücken.

Kommissar Krähnzopf war ein erbärmliches Geschöpf. Die Buchstaben, die ihn beschreiben sollten, müßten verfaulen, wollten sie sich seiner Erscheinung anpassen: Ein verhunztes Viech von einem Mann, das Gesicht von einer unförmigen und ausgefaserten Nase dominiert, die fleischigen und dabei ganz konturlos unter einem verschlampten Oberlippenbartgewächs bummelnden Lippen immer fettig von etwas soeben Verspeistem, vielmehr *Heruntergeschlungenem*, richtiger: *Hinabgefressenem.* Das ganze Gesicht so verschliert, so verundeutlicht, ach, der ganze Gesichtsklumpen eine einzige fleischige Undeutlichkeit: Wegschwimmend die Augen, so von Nichts erfüllt ... Verkratert und weit über die Augenhöhlen springend die Stirn, rotflammend die Nase, wirr und düster das Haar, das noch nicht mal dazu taugte, vom Gesicht abzulenken, in das zu blicken niemand wagte.
Krähnzopf, um sein Leben in mageren Sätzen zu beschreiben, lebte im Alter von achtundvierzig Jahren noch bei seiner Mutter, die ihn mit ebensolcher Inbrunst haßte wie sie ihn verhätschelte, weil sie einerseits seiner vorzeitigen Geburt das frühzeitige Ende ihrer Karriere als Seiltänzerin anlastete, andererseits aber auch in dem großen und düsteren Haus, das ihr von einer Bagage ebenso düsterer und wortfauler Tanten überlassen worden war, unmöglich alleine leben konnte. Daß der Sohn ungern mit ihr sprach, das war – in ihren Augen – einem charakterlichen Fehler zuzuschreiben und nicht ihrem fürsorgenden Umgang mit dem Burschen, der etwas Besseres hätte werden können als ein kleiner Distriktskommissar.
Nachdem sie ihm ein Frühstück bereitet hatte – für dessen Vorbereitungen sie täglich schon um fünf Uhr das Bett verließ –, schlug sie ihm voller Genuß auf den

Kopf und verfluchte die Stunde seiner Geburt, verfluchte die Lenden, die ihn geboren, den Hund, der ihn gezeugt hatte. „Fünnefuhr!", brüllte die alte Krähnzopf, „Rausaussembett!"
„Jamama", sagte Krähnzopf.
Jajamamajamama: Er sagte das, seit er sprechen konnte. Er hätte das schon mit zwei Jahren aussprechen können, hatte es aber vorgezogen, bis zu seinem zehnten Lebensjahr zu schweigen. Was hätte er sich mit Amalie Krähnzopf {geborene Eiertanz} schon unterhalten können–?

Die Laufbahn eines Kriminalkommissars war Krähnzopf beinah in die Wiege gelegt: Er neigte zu übertriebenem Gerechtigkeitsempfinden und zur Pedanterie. Sagte man etwas zu ihm, so reagierte er stets skeptisch, hatte sich darum auch mit zehn Jahren aus der Deckung des Schweigens gewagt, weil er in der Kirche, wohin die Mutter ihn täglich schleppte, einfach etwas hatte sagen müssen, gegen das Theater, die Bühne, die schlechten Kostüme und Darsteller; *Himmelherrgott*, hatte der Knabe Krähnzopf denken müssen, *wir leben in einer Zeit, die den Lucius Onagre hervorbrachte, und müssen uns dann sowas anschaun?*
Und da war er – ein epiphanischer Moment, vielleicht sein einziger – aus der Bankreihe getreten, hinaus auf den Mittelgang, hinauf zum Pfarrer, den er aus seiner feurigen Rede gegen alle Ungläubigen und Andersseienden riß, indem er laut fragte: „Wenn es den Gott gibt, warum zeigt er sich dann nicht selber mal, und überhaupt, ich frag mich, der Gott, der doch alles gemacht hat, warum hat der so viel Scheußliches gemacht, das würd ich gern wissen, hat er das gemacht, weil er uns

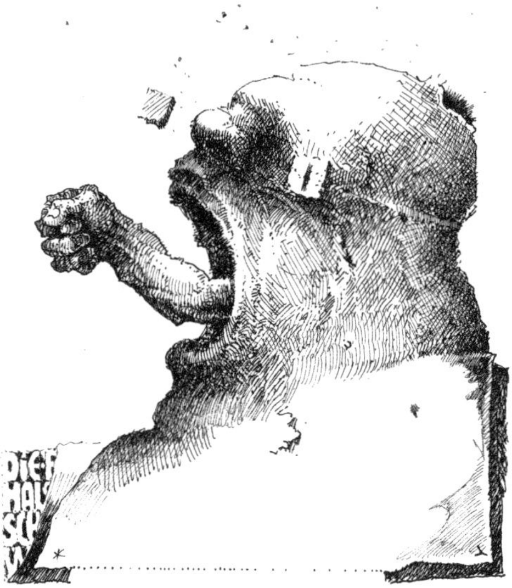

nicht mag oder weil er es nicht besser weiß?“
In die Worte des Knaben stieß der entsetzte und fassungslose Aufschrei der Mutter – „reden kann er, er redet, hat noch nie was gesagt, der Fetznschädl!“ – und das kurzatmige, von vollkommener Fassungslosigkeit gezeichnete Atemschnappen des Geistlichen, der dem Redeschwall des jungen Krähnzopf mit einer Ohrfeige vorerst ein Ende setzte.
So ist das also, dachte der, mit brennendem Gesicht in die Bankreihe zurückgehend, wo ihn die Mutter ihrerseits mit einer Backpfeife willkommen hieß. So ist das also. Fragen soll man nicht. Auch wenn es wichtig wär, weil man es wissen muß.

Das Herumfragen wurde dem Krähnzopf zu eigen. Immerzu hatte er etwas, das er wissen wollte, und als er, ein trüber käsgesichtiger fettköpfiger Tropf von achtzehn Jahren, noch immer nicht wußte, was er mal

werden sollte, da sagte ihm einer – eher im Scherz – „geh doch zur Polizei, die stellen auch immer die falschen Fragen“. Und da war er zur Polizei gegangen, hatte sich vorgestellt und gefragt, ob man hier arbeiten könne? „Ja, warum willst du denn zur Polizei?“, kam die Gegenfrage.
„Ich stelle gern Fragen“, sagte Krähnzopf, und sein Gegenüber, ein alter Hase, im Leben an jenem magischen Punkt zwischen verzweifelter Gleichgültigkeit und der das Alter ankündigenden Lust an Unfug und Konfusion angekommen, fand das eine gute Antwort und sagte: „Unterschreib hier – und laß dir die Haare schneiden! Siehst aus wie ein Schaf.“

So war der Krähnzopf zur Polizei gekommen und hatte immer seine Fragen gestellt und sich so zum Kommissar gemacht. Nun saß er in einem ockerfarbenen Büro am Ende eines ockerfarbenen Flurs in einem ockerfarbenen Gebäude und dachte ockerfarbene Gedanken. Es roch nach Kaffee und Linoleum und Putzfrauendeodorant und alten Schuhen und es war ein ockerfarbener Tag. Vor ihm Akten. Ein Mord. Ein oder zwei Sittlichkeitsdelikte. Ein gestohlenes Kruzifix und eine entgleiste Straßenbahn.
Noch drei Stunden bis zur Mittagspause.
„Ich geh mal was recherchiern“, sagte Krähnzopf. Es war ohnehin keiner da, um es zu hören. Er ging aus dem Haus und ums Haus herum, hinüber in den Park und auf die Chaussee, wo die Menschen reglos standen. Er ging mit gesenktem Blick, die Zigarette im Mundwinkel halb feucht, das Feuerzeug ging nicht, und als er endlich aufsah, gingen auch ihm die Sinne auf: Kein Laut, kein Ton, nur das Atmen, das Flüstern, kein Geratter der Bahnen, kein Dröhnen der Fahr-

zeuge, kein Gebrüll der Händler, Kinder und Schwachsinnigen, nur das Atmen, das Flüstern, kein Donner des Lebens, kein Klingeln der Eiswagen, kein Gebell und Gekläff von Tieren, nur das Atmen, das Flüstern, das Stillstehen und Starren auf die Berge von Papier, die sich dort, wo das Straßenbahngeleis verlief, türmten, und die Straßenbahn, die dampfend und aus der Spur gerannt in den Papierberg hineingerammt stand, und die Fahrgäste, durcheinander gewirbelt zu einem verblüfften, gleichwohl ebenfalls fast stummen Haufen aufeinander geworfen, und es war so still, weil sie lasen, sie lasen, was auf den Papieren stand.

Krähnzopf nahm sich ein Papier, und seufzte. Das würde viel Arbeit geben!, und er las und las, und sobald er das letzte Wort erreicht hatte, noch einmal von vorn, und es war ihm, als spräche ein lang verschollener Freund leise in sein Ohr, und er antwortete, indem er die Worte dieses Freundes ebenso leise wiederholte:

> *Freunde, Menschen, Tiere, lange war ich fort, zu Recht fragtet ihr euch, wohin ich ging und aus welchem Grund ich euch verließ. Ihr müßt wissen, daß ich gehen mußte, weil alles erreicht war, was damals zu erreichen war. Als wir begannen, gab es nichts, keine Darsteller und keine Requisiten, wir hatten keine Geschichte zu erzählen und keine Musik, alles, was wir hatten, war unsere Stadt, eine kleine und staubige Bühne, die niemand wollte, die uns als Aufgabe, als Bürde, als Erlebnis, als Anfang oder Ende hinterlassen wurde. Und wir eroberten diese Bühne und wir lernten zu spielen. Wir spielten wie*

die Kinder, ernst und verloren im Spiel, und es gab keine Kulissen, aber viele Geschichten, die wir gemeinsam ausgedacht hatten. Doch es gibt noch etwas zu erzählen, eine letzte Geschichte, und diese Geschichte wird euch erzählt werden, wenn ihr euch zu diesen Koordinaten begebt:

65°36'22"N 20°38'13"W

Wenn ihr auf direktestem Weg geht, solltet ihr in weniger als zehn Tagen eintreffen und sehen, was ich für euch, für uns alle eingerichtet habe, und ihr sollt erfahren, warum wir alle da sind und wer der Mann ist, den ihr als Gott bezeichnet, den ich aber als meinen Vater adressiere und der, entgegen allen anderen Darstellungen, niemals nur einen Sohn hatte, sondern viele Söhne und Töchter, wobei ich stets die Ehre hatte, als sein mißratenster und vielleicht darum als am meisten geliebter zu gelten. Ihr kennt mich als Lucius Onagre, andere als Luciver, doch folgt ihr den Koordinaten, so lernt ihr den Erfinder des Theaters kennen, der euch sein größtes Werk zu Füßen legt.

10:11

Ich schaute die Berge der Dunkelheit, welche Winter macht, und die Stelle, von wo das Wasser ausströmt in jeden Abgrund. Ich sah auch die Mündungen aller Flüsse in der Welt und die Mündungen in der Tiefe …

Das Buch Henoch[1]

Die Zeit hielt an und machte alle Uhren wertlos. Blickte man auf die Uhr, so zeigte sie 10:11, an diesem Tag, am kommenden Tag und an allen Tagen. Die Uhrmacher warfen ihre Produkte fort, verschlossen die Läden und gingen davon, schweigend, von einem unbeschreibbaren Gefühl der Nutzlosigkeit und des Versagens gepeinigt. Die Sonne blieb auf ihrer Bahn stehen und brannte, brannte – brannte aus – wurde gelb, orange – wurde runzlig – und die Jahrtausende

verstrichen und es war immer 10:11 und der Sonnenklumpen wachte an immer der gleichen Stelle am Himmel. Und immer noch drehen die Menschen das Schreiben Lucivers in den Händen: Gehen, nicht gehen, gehen?
Soll man, darf man, will man der Aufforderung folgen, darf man – soll man – *muß man*?

Die Sonne steht auf 10:11 und die Häuser sind gedörrt, alt, würdevoll und verloren. Die Einwohner, die seit Jahrtausenden in einem einzigen Augenblick festsitzen, drehen das Papier mit der zweifelhaften Einladung in den Händen: Ist man schon in der Hölle und das Papier ist der Ausweg – oder ist es umgekehrt? Die Stadt ist voller wichtiger Geschäfte, in denen wichtige Menschen wichtige Dinge kaufen, es sind prachtvolle Geschäfte mit prachtvollen Dingen in prachtvollen Auslagen. Es gibt putzige Kaffeehäuser, in denen putzige alte Damen aus putzigen Tassen einen nach Staub und Liebe und altem Bratfett schmeckenden Kaffee trinken. Es ist ein feudales Kaffeehaus, in dem man, versteckt von uralten Zimmerpalmen und gelblichen Vorhängen, Gold und Kaffee riechen kann, beides von vornehmster Verkommenheit. Menschen sprechen gedämpft in diesen marmornen Hallen: Nichts ist wichtig genug, um es laut auszusprechen.
Draußen auf dem Boulevard tobt die Sonne auf 10:11, so viel Sonne gibt es in keinem anderen Viertel. Wir sehen so viel Sonne, daß uns ein wenig schwindlig wird, sie wird doch nicht explodieren wollen, die liebe alte Sonne ...? Sie wird es doch nicht schon getan haben, explodiert wird sie doch nicht sein–?
Es ist eine Verschwendung, all das Sonnenlicht auf diesem Boulevard – !

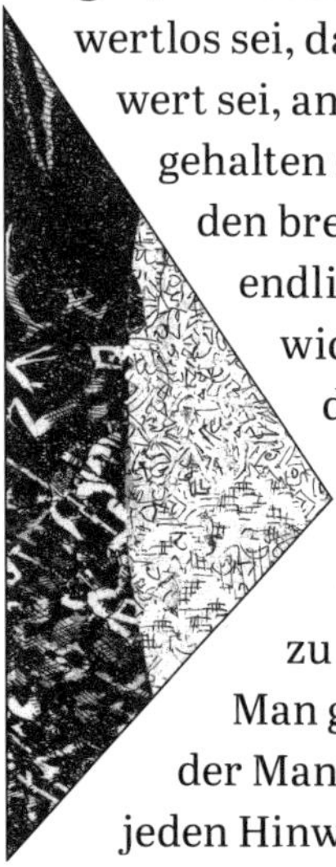

Wir beachten die rechte Gabelung der Straße nicht, wir werden später darauf zurückkommen, wir beachten in diesem Moment nur eine Menschenmenge, die eigenartig unruhig von etwas oder jemandem vor sich her geschoben wird: Menschen, die ihre Taschen voller wichtiger Dinge an sich gedrückt halten, als fürchten sie, man raube ihnen nicht etwa Tasche und Inhalt, sondern als fürchten sie, man könne ihnen sagen, daß alles, was sie an sich gedrückt halten, wertlos sei, daß es im Grunde nichts gebe, was es wert sei, an den Leib gedrückt und für wertvoll gehalten zu werden. Sie sprudeln unruhig auf den breiten Boulevard {die Menschen}, und endlich teilt sich die Masse, eine zähe, widerwillige, beunruhigte Masse, an deren Spitze ein Mensch tritt, dessen Namen wir immer wieder in den folgenden Beschreibungen lesen werden und dessen Existenz doch bis zu diesem Moment angezweifelt wurde. Man gönnt sich ein aufgeregtes Tuscheln, der Mann geht inkognito, sagt man. Er habe jeden Hinweis auf seine Existenz getilgt, er selbst sei gar nicht da. Daß man ihn nun, an der Spitze dieser nervös schäumenden Menschenwolke sieht ist auch nicht gewiß, denn im einen Moment meint man ihn deutlich zu sehen, wie er mit klarem Schritt und einem ungewissen, unwirklich oszillierenden Lächeln auf dem Pflasterstein schreitet, im nächsten Moment heißt es schon: Das ist er gar nicht, das ist nicht der richtige Lucius Onagre, er kann es nicht sein!, das ist der falsche!, das ist nicht der echte! „Der echte wer ...?“, fragt ein anderer und wird von empörtem Schnauben zum Schweigen gebracht. Was, das weiß er nicht, um wen es hier geht? Würdevolle Herren blicken einander traurig an, die Damen hüsteln, die Herren tragen ihre Schnurrbärte mit Ingrimm: Geräuschvolle PSCH!-Laute. Meister Onagre, so geht es durch die Reihen, sei unsichtbar geboren worden. „Blödsinn", heischt ein fetter Mann unter einem eben solchen Zylinder um Aufmerksamkeit: „Onagre ist unsichtbar bei gleichzeitiger Sichtbarkeit." Er könne sich also, so das Urteil des fetten Mannes unter einem eben solchen Zylinder, inmitten der Masse befinden, sich mit ihr bewegen, er könne in vollkommenem Inkognito sein und mit freundlichem Lächeln das eigene Erscheinen beobachten. Onagre sei natürlich nicht *wirklich* da, fährt der fette Mann fort, das sei nicht denkbar, nicht nach Jahrtausenden, nach dem Höllengang der Menschheit. So leicht mache es einer wie Onagre einer solchen Menschenmasse nicht, nicht nach allem, was vorgefallen sei, nicht nach all den Skandalen, den Unruhen, dem Weltuntergang.

Die Masse zögert: Ist das *Onagre*, der sich etwas Hundekot vom Schuh abstreift? Mit einem undeutbaren, in den äußersten Mundwinkeln kauernden Lächeln wird Onagre beobachtet, doch der rührt sich nicht, es passiert nichts: Das Abbild hängt fest. Schon sprudeln die Menschen weiter, vorbei an Onagre, den sie in respektvollem Abstand auch dann noch im Blick behalten, als sie schon mit scheinbar verlorenem Interesse voransickern in die Seitengassen und Geschäfte.
Ach, wäre nur die Sonne nicht, das flache, das brennende, das trockene Licht, und die allgemeine Mattigkeit springt auf die Höllenkreisbewohner über, und schließlich ist niemand mehr da. Der Mann, der für

Lucius Onagre gehalten worden ist, geht ohne Hast auf den ypsilonförmigen Rumpf des Boulevards zu, dorthin, wo sich die Straße in den prachtvollen Boulevard auf der Linken und in eine schattige Gasse zur Rechten gabelt.

Die Zeit flackert: Eine Flamme, die sich noch einmal ins Zeug legt vor dem endgültigen Erlöschen.

Ein Mann folgt der Gestalt Onagres – seinen Namen werden wir niemals erfahren, denn dieser Mann bin ich, der Erzähler, und auch wenn ich meinen Namen sagen könnte, so empfinde ich es doch als Notwendigkeit, von den Ereignissen, die bald eintreten werden, nicht durch Nebensächlichkeiten wie meinen eigenen Namen abzulenken.

Ich beobachte in der schattigen Gasse, an deren schmalster Windung das Kaffeehaus Beißstein steht – und Passanten wie Fahrzeugen mit seinen weit hinausbuckelnden Wänden förmlich ein Bein zu stellen versucht, den Onagre, der in eine Bäckerei geht und wieder herauskommt mit einem Brot unter dem Arm. Ein weiterer Mann mit einem Graubrot unter dem Arm folgt ihm: ein kleiner dicker schwitzender Mann mit einem Hut, der sein halbes Gesicht beschattet, es ist der Kommissar Krähnzopf. Onagre geht in eine Metzgerei, ich folge ihm, Krähnzopf folgt uns. Wir alle kaufen Wurst, wir reden kein Wort miteinander, wie man so angestrengt vor einer Auslage mit Fleisch kein Wort zueinander sagen kann, ist unfaßbar. Als wir aus der Metzgerei herauskommen, jeder mit einem Paket voller Würste ausgestattet, da folgt uns eine Gans, die nicht zu Gänsewurstpastete

und Rindfleischwürstchen verarbeitet werden möchte. Die Männer mit den Broten und den Wurstpaketen unter den Armen und die Gans betreten ein Geschäft für Miederwaren, sie kommen wieder heraus, eine Frau mit einem Blumenhut folgt ihnen.
Die Männer, die Gans und die Frau mit dem Blumenhut gehen in eine Schneiderei, sie bleiben dort ungewöhnlich lange, dann kommen sie, ein jeder völlig neu eingekleidet, wieder heraus, diesmal trägt die Frau die Brote, einer der Männer trägt den Blumenhut, die Gans wird nun von einem Hund verfolgt, einem grauhaarigen, in Würde gealterten Aufpasserhund, der den Männern, der Frau und der Gans ins Stadtbad folgt, wo sie wer weiß was tun. Erst kurz vor dem Abend kommen sie heraus mit feuchtem Haar und gehen die Straße entlang, einige Kinder folgen ihnen, eines der Kinder – es ist mit keinem der Menschen, die wir bisher beschrieben haben oder zukünftig beschreiben werden, verwandt – trägt die Brote und die Metzgerwaren, es kommt auf die Idee, daß niemand merken wird, wenn eine Wurst und ein Stück Brot fehlen, und knabbert an den Einkäufen.

Die beiden Männer, die Frau, die Gans, der Hund und die Kinder gehen zum Bahnhof, sie gehen zum Fahrkartenschalter, sie kaufen Fahrkarten oder bekommen sie geschenkt, so genau ist das von meinem Standpunkt aus nicht zu sehen, am Ende aber haben wir alle Fahrkarten für einen Zug, der zu einem Meer fährt. Schweigend sitzen der Mann, der Onagre sein könnte, der Kommissar Krähnzopf und ich im Abteil, neben uns die Frau, die Kinder, die Tiere, die Wurstwarenpakete, die Brote und viele Menschen, die sich uns irgendwann anschlossen haben und die alle auf Onagre

starren, als sei er der liebe Herrgott.
Onagre zieht sich den Hut ins Gesicht, lehnt sich zurück und sagt: „Ans Meer also ...“

Wir sind also auf dem Weg zum Meer, irgend einem Meer, das, so hatte Lucius uns versichert, in nordöstlicher Richtung zu finden sei – solange man nur immer brav im Zug sitzen bleibe und nicht zu früh aussteige. Bleibe man lange genug im Zug sitzen, dann gelange man, bis auf wenige Meter, die man selbst zu gehen habe, direkt ans Meer.

Wir sitzen im Zug, der Proviant wird dezimiert; zwar geht ab und an eine schwitzende Schaffnerin mit feucht aussehenden Leberwurstbroten durch die Abteile, die sie halbherzig vorzeigt und zu einem lächerlichen Preis anbietet, aber niemand mag seinen Hunger eingestehen angesichts dieser lappigen Brote in den schweißnassen Fingern der Schaffnerin. Zorn quillt in ihr hoch, als sie ein Brot vor das Gesicht des Kommissars hält {die Dicken essen immer, die müssen essen, egal was, komm, mein Dicker, greif zu!} und der mit heftigem Widerwillen ablehnt. Im nächsten Moment ist es ihr schon wieder egal. Sie trottet weiter, am Ende des Zugs öffnet sie ein Fenster und wirft die Brote hinaus.

Wir sitzen schweigend, den Blick in die draußen vorüberziehenden Landschaften gebohrt. „Ist das die Hölle?“, fragt ein Kind. Der Kommissar brummt schläfrig: „Wahrscheinlich.“
Ich erkläre, daß die Hölle viel Ähnlichkeit habe mit allem, was wir kennen, die Windräder zum Beispiel, die scharfen Kanten in den Landschaften oder das

glühende Grinsen der Sonne, alles in allem, schließe ich, ob der eigenen Erklärung mutlos geworden, ist es wie zuhause, nur heißer und einsamer.
Das Kind verschwindet in seinem Sitz.
Ein Mann wird vom Schaffner gerügt, es ist der Verfasser dieser Zeilen, der, weil er seine Fahrkarte verlor, nun als Schwarzfahrer im Zug sitzt und eine böse Strafe bezahlen und viele unschöne Vorwürfe des Schaffners zu ertragen hat.
Sonst geschieht nicht viel. Die Sonne wird abgeschaltet, man gaukelt uns Nacht vor, indem man schwarze Tücher vor die Fenster hängt.
Die Kinder grausen sich vor den schwarzen Fenstergläsern, hinter denen alles Mögliche geschehen kann.

Erst schlafen die Kinder ein, dann die Gans, dann der Hund, dann die Frau, zuletzt wir Männer, die wir uns geschworen hatten, Wache zu halten und die kleine Reisegesellschaft vor Bösewichtern, Raubmördern und Lüstlingen zu schützen.
Als ich wieder erwache, steht der Zug in einer weiten grauen schlafenden müden alten Landschaft.

Es ist eine unbekannte Landschaft, ich glaube nicht, daß hier jemals zuvor Menschen gewesen sind. Schnaufend steht der Zug, ein Schaffner weckt die Leute auf: „Aussteigen, aussteigen, es geht nicht weiter, raus hier, na los“, mault er, schreit: „Havarie! Havarie!“, und brummt: „Das Ende der Reise.“

Man ist allgemein ungehalten: das Meer ist nicht in Sicht, die Landschaft ist fad und müde. Wir hatten uns nichts vorgestellt, aber das hier wünschen wir uns anders. Wer sich etwas vorgestellt hatte, hatte es sich

anders vorgestellt. Wir gehen hinaus, wir stehen da, wir sind ratlos.
„Da ist ein Hotel“, sagt der Kommissar. Er zeigt auf ein Schild: *Hotel Tartaros. Eigene Dampfsauna, Hausschlachtung und immerwährender Kostümball. Schmerzfreie Nächte. Gehen Sie geradeaus, es ist gleich hinter dem Fluß*, lesen wir.
„Hinter dem Fluß“, murmelt einer.

Onagre geht voran, in den Wald.
„Irgendwo dort“, sagt der Kommissar und sein Finger zittert entlang der Horizontlinie, wo schwarze Waldkrause den Blick in die Ewigkeit verhindert, „ist das Hotel und hinter dem Hotel ist das Meer, ich kanns schon riechen.“

Wir folgen Onagre, der Kommissar geht voran, ihm folgt der Hund, die Gans folgt mitteilsam schnatternd, der Gans gehe ich hinterdrein und hinter mir die Kinder, sie gucken trüb, sie haben die ängstlichen Träume der künstlichen Nacht nicht verdaut. Die Frau hat den Blumenhut verloren, dennoch hat sie gute Laune: Sie spricht von einem schönen Nebeltag, sie sagt, der Nebel habe etwas Beruhigendes an sich, man könne ihn sehen und atmen, er sei friedlich, sie habe sich nach diesem Frieden gesehnt.
Der Frau folgen die übrigen Fahrgäste, dann der Schaffner und ein Mann mit einem Cellokasten, und ganz am Ende, vermutlich nur aus reiner Langeweile dem Troß folgend, ein junges Wildschwein, das grunzend am Cellokasten schnüffelt, den der Cellist ängstlich an seinen Leib drückt.

Wir gehen lange Zeit dahin, wie man so sagt, denn tatsächlich kann eine Ewigkeit oder keine Minute vergangen sein, die Uhren zeigen 10:11. Der Nebel wird, obgleich ihn von irgendwoher Sonnenlicht perforiert, nicht dünner. Es brechen kleine Kriege an den Rändern der Gruppe aus: Ein Mann streitet mit der Frau ohne Blumenhut über die Konsistenz des Nebels, ein anderer Mann streitet mit dem Zugführer, welcher behauptet, er kenne sich im Navigieren aus und finde daher, man müsse sich mehr links halten; der Mann {seinen Namen brauchen wir nicht zu kennen, ebenso wenig den Namen des Zugführers} kontert, der Zugführer fahre immer den Geleisen entlang und müsse darum von Himmelsrichtungen und Orientierung einen Dreck wissen; die Kinder kreiseln als erschrockenes Knäuel um den Hund herum, der in seiner zottigen schweigenden Art am unbeirrbarsten von allen wirkt, er geht kerzengeradeaus und irgendwie, man hätte im Nachhinein nicht zu sagen vermocht, wie es geschehen war, führt der Hund die Gruppe an, der Hund, dem Onagre und der Kommissar folgen, und dann die Frau ohne Blumenhut, die Kinder, die Gans, die Fahrgäste, der Cellist mit dem Jungschwein und zuletzt der Zugführer, der, da er beleidigt ist, auf einen gewissen vielsagenden, der Gekränktheit ihren Platz lassenden Abstand zur Gruppe achtet.

So gelangen wir schließlich, nachdem wir einen schwarzen Wald umwandert und einen anderen Wald durchschritten haben, über eine schmale und baufällige Brücke an den Fluß und ich erkläre, daß ich nicht übertreibe, wenn ich sage, daß dies der tiefste und schwärzeste Fluß ist, den die Menschheit kennt, und daß wer in ihn stürzt, nie mehr herauskommt. Wir verstummen und schreiten in kleinen, eng aneinandergepreßten Gruppen über die Brücke, man hört kein Wort, selbst nicht von den Zankfreudigsten unter uns. Auf der anderen Seite, sich jäh aus dem Nebel schälend, erwartet uns das aus grauem Holz und braunem Stein und schwarzen Dachschindeln gebaute *Hotel Tartaros*, der Schriftzug ist zerfallen, nun sieht es aus wie *Tar ..os.*

Es wirkt verlassen: Müde hängen die Fensterläden, sofern sie überhaupt noch vorhanden sind, in den rostigen Angeln – die matten Scheiben putzte seit der Renaissance keiner mehr – Moos unterm Holz, Insektenrascheln im Gebälk – und trauriges Nagen der Zeit an allem, als fiesele ein wütender Köter einen längst abgenagten Knochen ab.
„Meine Güte", sagt die Frau; die Kinder schreien in die Leere und ergötzen sich am zurückschlagenden Echo: *H-a-a-Lo-lo-o-o-o!*

Man betritt zaghaft das Hotel, nähert sich der verlassenen Rezeption, der Hund immer voran, Onagre und der Kommissar folgen ihm auf dem Fuß und mit schlenkernden Armen; nun fällt es uns auf: Die Brote sind weg!
Die Frau trägt die Gans auf dem Arm, die Gans hat einen Namen erhalten, über den ich an anderer Stelle gern mehr sagen kann – momentan muß es uns aber genügen, zu wissen, daß eins der Kinder diesen Namen auswählte {weil es sich durch die Gans an eine ebenfalls leise vor sich hin schnatternde Tante erinnert

fühlte}. Ein Mensch, ein Mann genauer gesagt, weht herein, er trägt einen Hut, er ist lang, zu lang, länger als jeder Mensch, er trägt einen struppigen Bart und seine Stimme klingt knarzend und morsch, als wären die Stimmbänder aus altem Gestein und seine Worte aus knirschender Holzkohle gemacht, wir können seine Worte kaum verstehen, seine Hände tropfen. „Wo ist das Meer", fragt die Frau, „auch die Kinder verlangen das Meer zu sehen", der Hund bellt, die Gans faucht, alle wollen etwas über das Meer wissen und der Mann hinter der Rezeption – seinen Namen werden wir niemals erfahren – erklärt, das Meer sei nicht weit weg, es liege nur wenige Meter hinter dem Wald, durch den wir gehen sollen, den Wald hinter dem Hotel wohlgemerkt, nicht die Wälder vor und neben dem Hotel. Ein weites Meer sei es, sagt der Mann hinter dem Tresen, ein großes und weites Meer, das an manchen Tagen friedlich sei und an anderen Tagen laut und wild , so daß jede Menge Leute kämen, um sich das Spektakel anzusehen.

„Wir dürfen nun keine Zeit verlieren", sagt Lucius. Der Hund bellt, als wolle er antworten, auch wir stimmen zu: Wir sind so weit gekommen, wir sollten keine Zeit mit Schlafen, Essen oder anderem vergeuden. Wir reservieren die Zimmer für die Gruppe, und während der überlange Rezeptionist mit seinen tropfenden dunklen Händen dreiundvierzig Zimmerschlüssel in einem Schlüsselregal sucht, an dem nur fünfzehn Schlüssel hängen, gehen wir hinaus.

„Das Meer", sagt ein alter Mann mit wirrem weißem Haar, mehr sagt er nicht, den ganzen Rest seines Lebens wird er nichts mehr sagen, nur noch dieses eine

andächtige liebevoll gehauchte, kindlich staunende „Das Meer". Wir gehen kerzengerade durch den Wald, der gleich hinter dem Hotel beginnt, doch schon nach wenigen Metern befallen uns Zweifel. Ob das Meer wirklich halten wird, was uns Lucius versprochen hat? Ob es sich wild gebärden würde, ob es brüllen und toben würde, uns zuliebe? Wir steigen über Pilze, deren Ruhe zu stören nicht unser Ansinnen ist, wir flüstern, um den Hasen und Rehen, die gelegentlich unseren Weg kreuzen, keinen Anlaß zu schlechter Laune zu bieten, denn schließlich, so sagen wir uns, sind wir nur Gäste.
Das Wetter ist so friedlich, daß man genauso gut hätte feststellen können, daß es gar nicht existiert.

Irgendwo gibt es Wolken, irgendwo eine Sonne und etwas Wind, aber wo genau, das läßt sich nicht feststellen. Einem der vielen Menschen, einem Mann, um ganz genau zu sein, beginnen die Füße zu schmerzen und er setzt sich niedergeschlagen auf einen Baumstumpf. Er habe, so erklärt er mit schwarzgefärbter Stimme, immer geglaubt, daß ein anständiges Meer sich genau dort aufhalte, wo man es vermute, und er vermute, daß es hier gar kein Meer gäbe, denn, so erklärt der Mann, während er seine Füße massiert, er könne hier weder den typischen salzigen Geruch von Seeluft wittern noch das angenehme, gleichmäßige Rauschen hören, das einem Meer zu eigen sei, wenn es nicht gerade brülle oder tobe. Ob er uns nicht seinen Namen verraten wolle, sagen wir, wenn er schon da sitzen, den ganzen Fortgang unserer Reise aufhalten und defätistische Reden halten müsse, dann könne er auch seinen Namen nennen, und der Mann, der seine schmerzenden Füße zurück in seine abgetretenen

Schuhe packt, erklärt, sein Name sei Louis Fahlbrand, er sei von Berufs wegen ein Misanthrop, Doktor Misanthrop, und er lacht und niemand möchte mitlachen. „Das Meer", sagt dieser Doktor Misanthrop, „das ist nicht da! Hört auf meine Worte: Wir gehen in die Irre."

Wir möchten ihm nicht zustimmen, denn dieser Louis Fahlbrand erscheint uns als übellauniger Schwarzseher. Der einzige gute Grund, einen Menschen wie ihn auf eine solche Reise mitzunehmen, besteht im großen Mitleid, das man empfindet, wenn man einen Menschen wie ihn sieht: Er ist groß und schwer und fettiges Haar hängt ihm ins Gesicht, er trägt einen Bart, der ungepflegt über Wangen und Kinn und Lippen rankt, er hat gelbe Zähne, er hat einen Abschluß an einer Universität, die es nicht mehr gibt, und die Frau ohne Blumenhut gibt sich nun, in das betretene Schweigen hinein, als seine Frau zu erkennen und erzählt, daß er wohl bald wegen Pfusches seinen Doktortitel verlieren werde – und da faßt uns ein solches Mitleid, daß wir, ganz ohne nachzudenken, Louis Fahlbrand anbieten, ihn vom Gegenteil zu überzeugen, ihn also an das Meer, dessen Existenz er leugnet, mitzunehmen.

Bald danach aber, wir mochten einige hundert Meter hinter uns gebracht haben, da beginnt er erneut das Meer zu leugnen und überdies Zweifel am Vorhandensein einzelner Personen unserer Reisegruppe anzumelden; er sagt, da vorne gehe ein Mensch, der sich hartnäckig als nicht vorhanden deklariere, ein Mensch, der sich als nicht existent bezeichne.

Fahlbrands Schmähungen tragen nichts zur Verbesserung der allgemeinen Stimmung bei. Wir fühlen uns versucht, ihn im Wald auszusetzen.

Der Wald, das erweist sich nun, führt immer steiler bergan, die Vegetation zeigt sich karg und kühl. Wo Onagre geht, weiß niemand. Ist er überhaupt noch unter uns? War er es überhaupt, der uns veranlaßte, hierherzukommen? Wir sehen Edelweiß und Bergziegen. Louis Fahlbrand schneidet sich in den Fuß, als er von einer scharfgratigen Felskante abrutscht. Das Meer, sagt der Kommissar, sei immer daran zu erkennen, daß es in seiner Nähe einen Strand oder zumindest eine Klippe gebe; ferner sehe man des öfteren Schiffe und Boote auf dem Wasser, und das Wasser, fährt er fort, das Wasser sehe man in der Regel direkt unter der Wasseroberfläche – riesige Mengen davon – es sei ganz sensationell – man müsse nur überlegen, daß die Wasseroberfläche den natürlichen Trennbereich zwischen Wasser und über dem Wasser befindlichen Dingen wie Himmel oder Horizont darstelle–!
Louis Fahlbrand, übellaunig und verletzt, erklärt, ihm sei es egal, ob er einen Berg besteigen müsse, um das Meer zu sehen, aber er werde nicht eher einen Laut der Zufriedenheit von sich geben, bis er wenigstens ein Stückchen Meer mit seinen eigenen Augen erblickt habe. „Onagre ist noch da", sagt die Frau. "Er ist ganz vorne. Er geht voran, er kennt den Weg."

Nach weiteren zwei Stunden, in denen wir zunehmend atemloser den zunehmend steileren Bergrücken hinaufkletterten, erreichen wir eine Anhöhe.
Wir sind vollkommen erschöpft, der Tag geht zur

Neige. Wie wir es so weit geschafft haben, ist ein Rätsel, aber als wir da oben stehen, auf der scharfkantigen Felsplatte, da eröffnet sich uns ein unfaßlicher Anblick.

„Willkommen zuhause", sagt Onagre, er lacht, er löst sich auf, er zerrinnt, wir applaudieren. Was für ein Magier, was für ein Schauspieler – eben noch ist er da, dann ist er fort, geworden zu Staub – zu Luft – zu einem Hauch, der ein Sturm wird und uns hinausweht an das Ende dieser Geschichte, umgeben von den natürlichen, scharfen Rändern des Papiers und dem blendenden Weiß unbeschriebener Taten, die wir in Zukunft vollbringen werden.

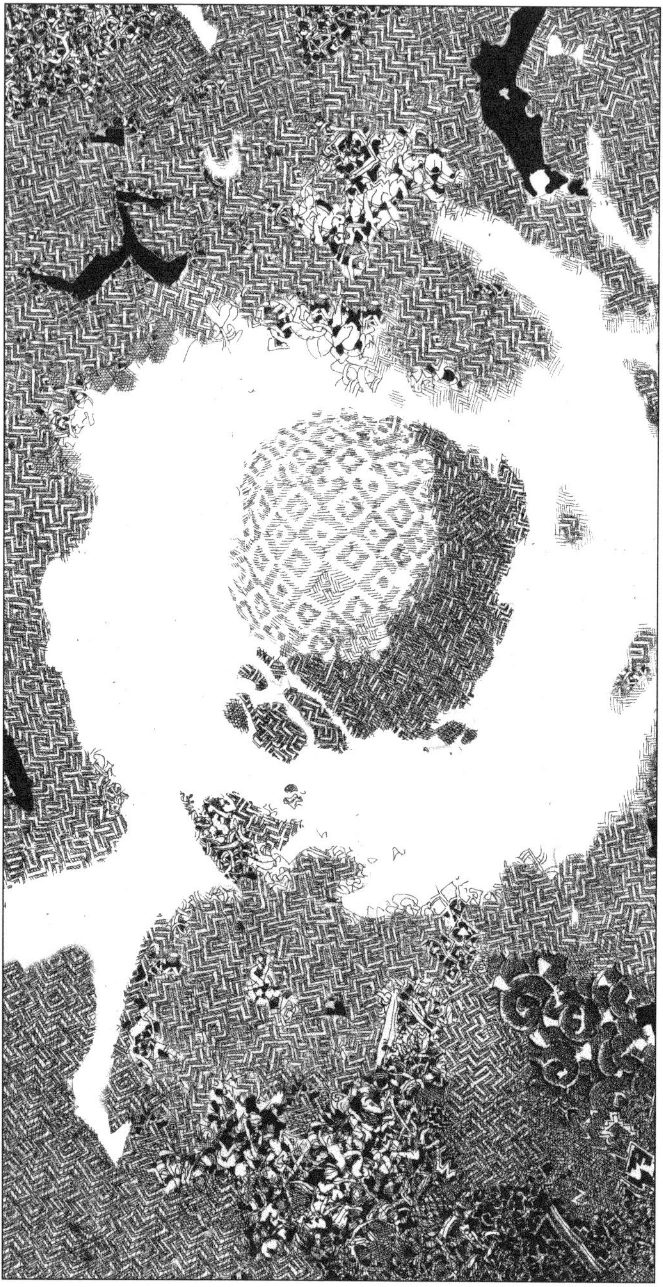

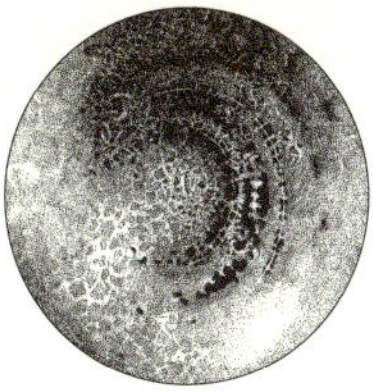

RENAISSANCE

Ummantelt von tiefen Wäldern, überspannt von einem papierenen Himmel, hinter dem eine künstliche Sonne scheint und nachts eine Flut von verschieden hellen Gaslampen uns einen funkelnden Sternhimmel vorgaukelt...

Stürzen.
Wir stürzen.
Wir stürzen auf die Erde.
Es ist ein angenehmes Stürzen, ein langsames Stürzen, das weder durch rauschenden kalten Wind in den Ohren noch durch die beim Stürzen einsetzende Angst vor dem Aufschlag und dem daraus resultierenden Ende des Daseins begleitet ist. Von weit oben blicken wir auf festes Land, auf eine Stadt, ja, eine große Stadt. Alles, was uns interessiert, ist der Blick

auf dieses Mosaik: Straßen, Häuser, Höfe, Hinterhöfen, Gärten, Plätze, rumpelnde Straßenbahnen, schnaufende Fahrzeuge und das wimmelnde bunte Wogen vieler Bewohner. Tiefer stürzen wir ..., schon sehen wir die Flecken auf den Straßen ..., die Schweißperlen auf Gesichtern ..., die wuchernden Balkonpflanzen, die Schlote der Fabriken, die Plakate der Theater und Kinos, die Hinterhöfe der Kaffeehäuser ..., die ganze Anatomie einer Stadt, die schon aus großer Höhe so vertraut erscheint. Gehört nicht dieser spitze, angeschrägte Giebel zum Kaffeehaus G. ...?, ist nicht das rotviolette Haus der Geburtsort des Dichters L. ..., sagt, kennt ihr nicht diese Stadt? Ist das nicht ...?

Wir stürzen auf die Stadt zu, es ist ein im Grunde angenehmes Stürzen aus großer Entfernung hinab zu großer Nähe, zu so großer Nähe, daß wir bald schon kleine Punkte wimmeln sehen, nein, keine Punkte, es sind Personen, es sind Menschen, sie schwärmen durch die Adern der Stadt, sie wimmeln in die kleinsten Gassen hinein ..., ein Pulsen ist das ..., ein Strömen, ein Wimmeln ... Es ist phantastisch ...
Wir sehen viele Straßen, die einander wild kreuzen, wir sehen Fahrzeuge, die einander anfauchen, wir bemerken das vertraute Schimpfen und Wüten kleiner Gewerbetreibender, deren Fahrzeuge von Ordnungshütern abgeschleppt werden. Wir erkennen viele Ordnungshüter, aber keine Ordnung. Wir erkennen viele Wege, aber kein System.
Uns wird schwindlig: Wir sind bald da ... So nah ist alles schon ... So nah und warm und summend.

Wir blicken auf eine Straße, eine nicht besonders breite Straße, die links und rechts von Gründerzeit-

bauten gesäumt ist, Bauten, die irgendwann einmal sehr schön anzusehen waren, Bauten, in denen wichtige Menschen wichtige Dinge geträumt haben. Aber das ist lange vorbei. Die Stadt, in der wir gelandet sind, ist W., das von Jahrtausenden und mitleidlosem Zeitstrom zerschlissene W., unser schönes und trauriges, schmutziges und hinterhältiges W.! Wir erkennen seine engen Gassen und seine hochtrabenden Boulevards, seine hochnäsigen Fiakergespanne und den einlullenden Duft von Vanillezucker und Suchtgasen, wir staunen und grausen uns. „Willkommen zuhause", sagte Onagre, der dieses neue W. errichtete während der langen Zeit, die er verschwunden gewesen war. Er war nicht etwa verschwunden, um sich für immer von den Menschen und vom Theater abzuwenden, nein. Er hatte dieses W., sein eigenes W., aus einem mückenverseuchten Talgrund emporgezogen, gepreßt ins geöffnete Herz eines fernen und fremden Landes, ummantelt von tiefen Wäldern, die nie ein Mensch betrat, überspannt von einem papierenen Himmel, hinter dem eine künstliche Sonne scheint und nachts eine Flut von verschieden hellen Gaslampen uns einen funkelnden Sternhimmel vorgaukelt. Und er hatte für alles gesorgt: Hatte berüchtigte Prasser, Trunkenbolde und Schürzenjäger in sein W. gelockt, hatte mit der besessenen Liebhaberei eines großen Theatermannes jeden Blutfleck des originalen W. auch in diesem neuen W. nachgebildet, jeden Grabstein des Friedhofs von Ur-W. im neuen W. nachgeformt, und im Schloß prangen an den Wänden die Portraits der bluttrunkenen Vorväter, die nicht nur ganze Stadtviertel hinrichteten, sondern sich auch goldgefaßt im Gewand gesitteter Adliger konterfeien ließen. In dieser in besten Ölfarben und Goldrahmen verewigten Eleganz prunkt die ganze Finsternis ihrer Seelen, das Bösartige ihrer Taten, das sich als Landkarte der begangenen Abscheulichkeiten mit tiefen Furchen in die Gesichter narbte. Bis hinab in die Kanalisation und hinauf in die Höhen des Doms mit seinen taubendreckverzierten Krönchen zeigte Onagre in allen Details eine solche Kunstfertigkeit, daß es uns ein Leichtes war, in kürzester Zeit zu vergessen, daß wir an einem künstlich geschaffenen Ort gelandet waren.

W., du schöne und ewige Falle für jenseitssüchtige Verbrecher, Mörder, Lüstlinge, Schabernakreisende, Physiker und Säulenheilige, Irrwische und Schauspieler, vor allem aber Stadt der vielen Theater, in denen das Volk sich von Tagesanbruch bis in die späte Nacht das Herz aus dem Leib reißt und anderem Volk zum Fraß vorwirft. Stadt, in der alles, was nicht gesagt werden darf auf Litfaßsäulen und Plakatwänden erscheint ..., und doch niemals gelesen wird.
„Ging allein in die weite Welt hinein", sagt eine alte Frau und wird von einer Trambahn zerbrochen. Ihr Hund, ein herrschaftlich-verfressener Mops, guckt traurig auf die abgerissene Hundeleine, schaut mit feuchten Augen dem paffenden Todesbringer hinter-

her, dann schnüffelt er sich die Straße entlang, begegnet einem freundlichen Menschen, der ihn in eine Küche lockt, ihm den Kopf einschlägt und aus dem Tier ein Gulasch kocht, gewürzt mit viel Paprika, Trespe und Knoblauch, um den faden Hundegeschmack zu übertünchen, reichlich „Krötenstuhl", um die Gäste ans Lokal zu binden. {„Beautiful Soup!" – „Der Kleinste, der ißt sie auf!"} Vorn, im Lokal, da sitzt der Kommissar Krähnzopf, schlingt das Gulasch aus Hunden in sich hinein und denkt an die Frau Mama, *jaMam*a, selbst die Jamama hat Onagre, der Teufel, nachgebildet bis ins letzte gesträubte Haar. Alles ist hier so unerträglich wahr und unentrinnbar dem echten W. entnommen, daß einem jede Lust daran vergeht, sich anzustrengen. Es ist alles wie immer und alles eins, ein Tag folgt dem andern und auf der Uhr, die der Kommissar stur trägt, steht immer und ewig 10:11, Gulaschzeit im Kaffeehaus „Beißstein". Nirgends ist das Gulasch besser.
Das Fett läuft dem Kommissar übers Kinn, vor Wonne zerfließt ihm das Gesicht: er könnte noch hundert Portionen essen.

Am Nachbartisch fällt ein Mann tot um. Man fühlt nach dem Puls, aber wohin man an dem ausgezehrten und eiskalten Leib auch fasst: Einen Puls fühlt man nicht mehr. Tot. Man gönnt es ihm, so alt ist der Mann, daß jeder Atemzug schon eine Qual gewesen sein muß. Man trägt ihn hinaus, fährt ihn ins Krematorium, wo man ihn als den großen Baumeister Martero Gematalles identifiziert. Ehrfürchtig entkleidet man den Verblichenen, legt den verheerten Leib auf eine Bahre. Knochen, Sehnen, Leberflecken, weißes Haar – was hielt den Greis überhaupt am Leben?

Gerade beginnt ein Leichenwäscher, den Toten auszukleiden, da fährt dieser mit einem lauten Schrei hoch – sieht sich um – und beginnt aufs Fürchterlichste zu fluchen: „Betrug, Betrug", schreit der Totgeglaubte, der mit der erstaunlichen Vitalität eines jungen Burschen von dem Schragen klettert, seine Kleidung an sich rafft, sich ankleidet und, ohne die entsetzten Krematoriumsbediensteten zu beachten, von den schrecklichen Dingen spricht, die er jenem antun werde, der ihm das ewige Leben geschenkt habe. „Ewig leben", flucht der Alte, sich umständlich

in seine dem vierzehnten Jahrhundert entstammenden Knöpfstiefel zwingend, „wie konnte er mir das antun für alles, was ich ihm gab, mein Wissen, meine Kunst, und wie dankte ers? Vor den Göttern soll man übermenschliche Vorsicht üben – –!“
„Sie da!“, herrscht er den reglosen Leichenwäscher an, „rufen Sie in meinem Bureau an, Scheolgasse 36 Parterre, und sagen Sie meinem Gehülfen, er möge die Kutsche schicken sowie einen Hut, meiner ist mir offensichtlich gestohlen worden während meiner Ohnmacht!“

Gematalles geht hinaus. Auf der staubigen Straße, enger als eine Broca'sche Windung, das uralte sandige Licht eines gotischen Gemäldes. Firnis einer Stadt, die vergessen hat, wie alt sie ist. Gematalles betrachtet seine Hände: Auch er hat vergessen, wie alt er ist. Möglicherweise kannte er die Sonne schon, als die Erde noch jung und glühend heiß war. Gut möglich, daß er das alles erbaute. Gut möglich, daß seine alten Hände, von Flecken und Fehlstellen über und über gezeichneten Hände das Fundament legten, auf dem diese Stadt sich über den fiebrigen Sümpfen am Rand eines schmutzigen Flusses erheben sollte. Sooft er auch Gift trinkt, sich mit tödlichen Substanzen ernährt, ein Messer ins Bauchgewölbe rammt oder in einem brennenden Haus einsperrt – er erwacht lebendig, als sei der Tod nur die dünne Hülle eines unruhigen Mittagsschlafes.

Die Kutsche trifft ein: Ein schwarzer, dunkler Katafalk auf Rädern, in dem Gematalles mit den erschöpften Bewegungen eines enttäuschten Schauspielers verschwindet.

Es ist ein lauer Sommerabend in W., durch den Rauch der Schornsteine trudeln ausgelassen und ohne jede Erinnerung die Seelen der Toten bis vor das geschlossene Himmelstor, wo sie lange verharren, bis sie endlich begreifen: Den Himmel gibt es nicht mehr, das Jenseits hat geschlossen. Und zurück geht es auf die Erde, zurück in irgendeinen Leib, Wiedergeburt nennen die Ahnungslosen diese Zirkulation, und so schwirren die Seele des Hundes und seines Frauchens an diesem Abend als Mücken nebeneinander in einem Insektennebel über Gottes Haupt und sehnen sich, sehnen sich wie verrückt nach dem Licht und haben alles vergessen, was in ihrem vorigen Dasein geschah.

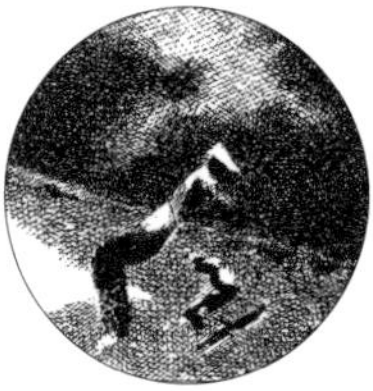

WUNDER OH WUNDER

Warst mir immer einer der Liebsten,
darum sparte ich deine Wiederkehr
auf bis heute..

Es ist genau 10:11, als in der Laudongasse fünfzehn Wolfgang Amadeus Mozarti erscheinen, wie aus dem Nichts stehen sie da, bis zur gepuderten Frisur und der verpustelten Gesichtshaut ist alles echt, orientierungslos stehen die Mozarti in der Gasse, einer von ihnen wagt als Erster, das Wort an seine Abbilder zu richten: „Mir träumte, daß ich grad gestorben bin, Brüder!, ich sag euch, das war kein Spaß!, ein Geplärre war um mich und ich sehs noch in aller Deutlichkeit, wie der Teufel mich in eine blaue Phiole steckte und hunderte Jahre damit neckte, er werde mich wieder zurück auf die Erde kommen lassen! – und wann immer ich

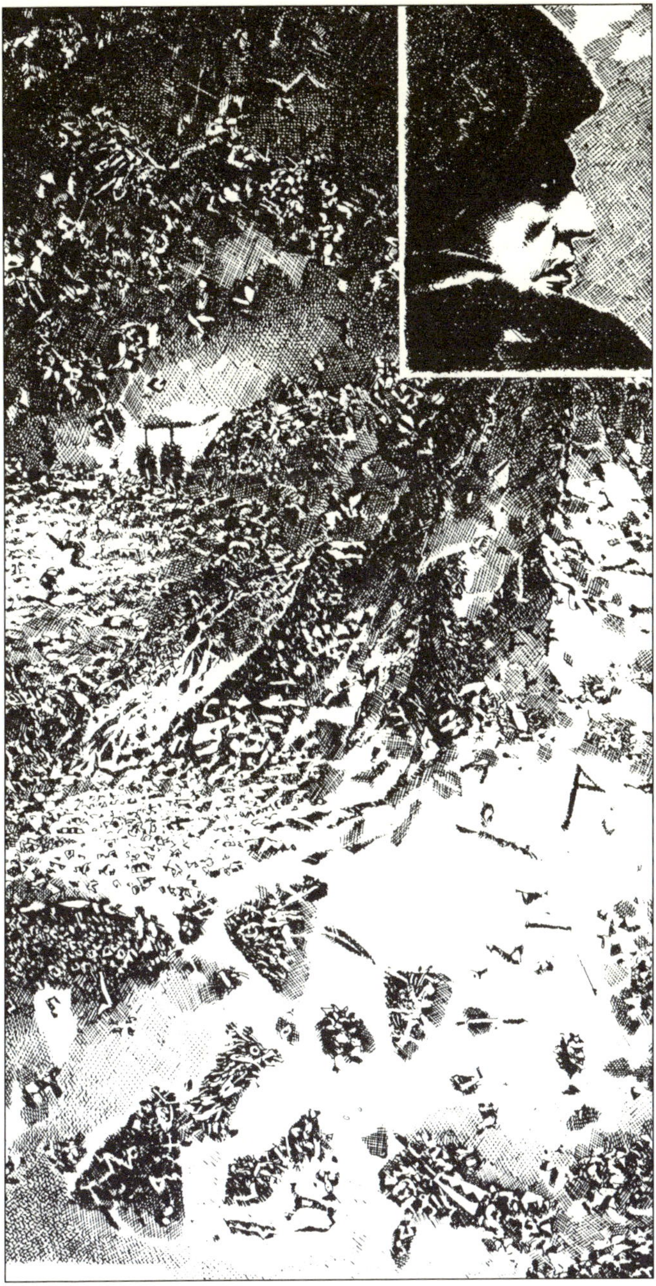

dachte, jetzt darf ich endlich wiederkehren, da schüttelte er die Phiole nur, warf mich herum in meinem gläsernen Gefängnis – und wieder rasten die Jahrhunderte davon, ohne daß etwas passierte."

Die Mozarti scharren nervös mit den Füßen und blinzeln ermattet. So ein heller Tag, es ist anderthalb Ewigkeiten her, seit ihnen der Blick in so ein Licht hinein vergönnt war. Sie zählen durch: Fünfzehn Mozarti stehen da herum, fünfzehnmal der gleiche Bursche, bis zum Muttermal auf der linken Hinterbacke gleich, selbst die Narbe von der Prügelei mit dem Grafen Prostozzi ist da – fünfzehnmal.
Ein fein gekleideter Herr mit einem roten Zylinder, der einen penetranten Ammoniakgeruch verbreitet, vermischt mit einer zarten Brise Orangenaroma, kommt ihnen entgegen, an seiner Seite ein unscharfer Schemen, der, wenn er den Mund öffnet, ein Kaugummipapiergeknister ausstößt: „Ich bin Lucius", sagt der feine Herr, „und heut war mir danach, dich wiederkommen zu lassen, Wolfgang. Warst mir immer einer der Liebsten, darum sparte ich mir deine Wiederkehr auf bis heute ... Vielfach kehrst du zurück, ein kleiner Ausgleich für deinen Tod, den ich damals verschuldete, denn ich paßte nicht auf und schon warst du hin. Jetzt aber lebe, amüsiere mich, schreibe Musik und beehre Hurenhäuser, setze Kinder in die Welt und schreibe unflätige Briefe–! Diesmal achte ich darauf, daß dir nichts passiert – keinem von euch."
Der Schemen öffnet den Mund, Kaugummipapierrascheln ertönt, Lucius lacht auf: „Richtig", sagt er, „das sollte ich unbedingt erwähnen: Diesmal seid ihr unsterblich – alle siebzehn – und werdet, sollte ich doch einmal nicht aufpassen können, ganz automatisch

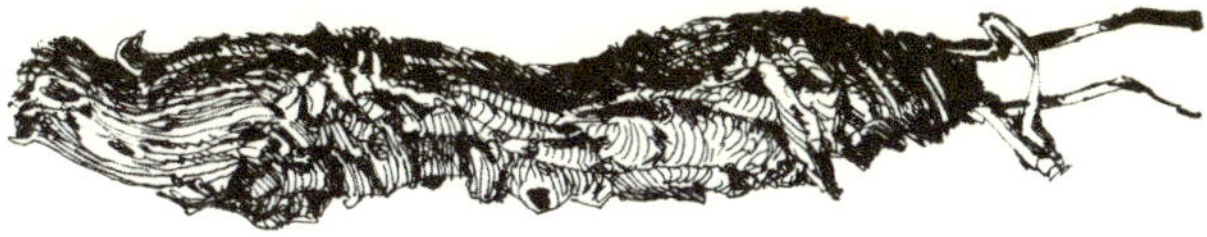

wiedergeboren. Seid dennoch achtsam, denn eine Seele nimmt bei jeder Wiedergeburt einen kleinen Schaden, eine kaum auszumachende Macke, die sich bei der ersten Wiedergeburt einstellt und bei jeder neuen Wiedergbeurt größer wird, bis am Ende – ach nein – das sage ich lieber nicht, ich will euch das neue Dasein nicht verderben ...!“
Damit gehen Lucius und das Kiankuli davon; die Mozarti setzen sich in ein Kaffeehaus, wo sie von einem Kellner bedient werden, der die Seele des Grillparzer besitzt und darum nicht nur den Kaffee vor Staunen fast verschüttet, als fünfzehn Mozart-Inkarnationen eine Melange mit ein bißchen zu viel Zucker und warmer Milch bestellen. Gestern ein Beethoven, letzte Woche acht Erscheinungen vom Zweig, die Woche davor die ganze Nebenstube voller Hoffmannsthals, wo soll das hinführen?
Die Mozarti sitzen stumm beieinander, sie können nicht sagen, was sie mehr bedrückt: daß sie nun unsterblich sind und sich darüber gar nicht so recht freuen können – oder daß sie in diesem Moment alle das gleiche denken und empfinden, fünfzehnmal der gleiche Gedanke, das gleiche synchrone Aufrichten des Haars, das gemeinsame Schaudern – daß sie nun

immer leben werden und daß sie, da sie schon fünfzehnfach da sind, gar nichts besonderes mehr sind. Ja, wenn sie fünfzehn unterschiedliche Mozarti gewesen wären, ja dann!, aber so waren sie fünfzehn Kopien einer Ausgabe, die es nicht mehr gab.
Welcher der Mozarti es ist, der sich als Erster laut zu Wort meldet, hätte im Nachhinein keiner zu sagen gewußt – ob es der dritte von links, der achte von rechts war, keiner hätte es sagen können – aber einer, das ist gewiß, sagt: „Wären wir weniger, wäre das etwas anderes. Es ist mir die Idee gekommen, daß wir weniger sein müssen ... Daß es sogar reichen würde, wenn nur einer oder zwei von uns da sind."
„Aha!", sagt ein anderer Mozart, „schlägst du also vor, daß wir uns dezimieren – und verwenigen? – willst am Ende ein paar von uns mit Strüchnin und Güft ins Jänseits beschaffen? – Ich darf erinnern, daß wir unsterblich sind, 's geht also nicht!"
Ungehaltenes Brummen – schwer zu sagen, ob es Zustimmung, Unmut oder nur ein müdes Herunterschlucken des Gähnens. Drückende Gedanken.
Einfälle flackern auf: Hinausreisen in die Welt! Wenns in jedem Land bloß einen Mozart gäbe und in manchen Ländern sogar gar keinen, dann wäre doch alles gut! Natürlich, nicht ein jeder sollte gerade Musik machen. Manch ein Mozart könnte als Lastwagenfahrer oder als Kühlmittelverkäufer arbeiten, eine Familie gründen, ein Reihenhaus in der Vorstadt haben und abends auf dem Balkon sitzen und Ravioli aus der Dose essen, während der Sonnenuntergang die Häuser anzündet. Dann schaut man den Motten zu: Sind sie nicht bezaubernd schön mit ihren weichen Bäuchen und den Augen, die so rot aufglühen, wenn ein Lichtfädchen sie trifft–? Und so sitzt man da, sieht hinaus in den Abend,

es sternenglänzt und sternschnuppt – goldgefasste Finsternis. Blau glühendes Wimmeln vor unbewegter Kulisse. [redacted] Schön ist das Leben in der Vorstadt in seinem Benzindampf und dank der roten Tabletten, die man in den Briefkasten gesteckt bekommt –– [redacted] ein Auto startet und fährt weg, Fernsehgedröhn hinter Sicherheitsglas und, aus irgendeinem Haus, ein Mozart-Stückerl, gespielt auf einem Ding, das wie ein Klavier aussieht und das es erst gibt, seit aufgrund der Vorkommnisse der [redacted] vor ein paar Jahren die Erdkruste aufbrach und gewaltige Motten – groß wie ein Mittelgebirgszug – aufstiegen, hinausflogen zur Sonne und darin verglühten. In den leeren Mottenhöhlen, die sich fast bis in den Erdkern hinabzogen, [redacted] fand man alles, was man für ein gutes und langes Menschenleben braucht: Medikamente, futuristische Geräte, Teletransporter und Haarwuchsmittel, [redacted] glückseligmachende Tabletten und eben auch [redacted] Musikinstrumente, welche die Menschen niemals zu spielen imstande sein werden. Woher die Motten all diese Schätze hatten, wem sie sie gestohlen oder ob sie das Zeug sogar selbst erfunden hatten, wird man niemals herausfinden. Man sucht allerdings auch nicht nach einer Erklärung, sondern schüttet die Höhlen zu, man baut Windräder und Kinderspielplätze und Badeseen darüber und vergißt im Eiltempo.

Die fünfzehn Mozarti beschließen, sich zu trennen. Ein letztes Mal will man gemeinsam durch W. schlendern, um der alten Zeiten willen, des vorigen Lebens

wegen, an das man sich, vage und unter stumpfem Kopfschmerz, erinnert: ans Nannerl, an den Herrn Papa, der so streng war und sie mit dem Geigenbogen verdrosch, an die Kutschreisen durch die altväterischen Städte des nördlichen Europa ..., Durchfall in Antwerpen ..., verdorbene Suppe in Augsburg ..., es war ein trübes Dasein. Diesmal werden sie es besser haben.
Sie gehen zum Bahnhof, da steht der Zug „Wolfgang Amadeus Mozart". Sie lachen: der eigene Name auf so einem Stahlwurm! Hinaus in die Zukunft! Sie steigen ein, was könnte schöner sein als dies: Fünfzehn Mozarti im Innern eines Mozart ..., Mozart gefüllt mit Mozarten ..., darüber lachen sie herzlich, sie lachen bis zur Endstation am anderen Stadtende, wo sie aussteigen wollen. Vielleicht wäre alles noch gut ausgegangen, wäre nicht [redacted] und hätte nicht zugleich der elfte Mozart, bislang eine der schweigsamen Ausgaben aus ihrer Runde, einen Zettel aus seiner Hosentasche geholt und gesagt: „Ich wollte es nicht ...! Mir kam ein Lied in den Sinn, mögt ihrs hören? Es ist ganz kurz."

Die Mozarti nicken, hören zu, während ihnen etwas vorgesungen wird, mit kippelnder Stimme singt der elfte Mozart etwas Zartes und Trauriges, das ihnen zwar nicht bekannt, aber ohne weiteres als das Werk eines Genies vorkommt, und fast ist der elfte Mozart fertig mit seinem Singen, da reißt ihm ein Windstoß das Papierchen mit der kleinen netten Melodie aus der Hand, fegt es hinab in den Graben, in dem die Zuggeleise warten. Sofort springt der elfte Mozart hinab

{„Mein Lied! Habs noch nicht fertig! Brauchs noch!“}, hüpft über die Stahlstränge, elegant sieht das aus, der kleine hüpfende Mensch, der da noch mit überkippender Stimme jubiliert: „Hab es schon“ ..., da reißt ein Luftstoß den elften Mozart von den dünnen Beinen, im nächsten Moment schon überrollt ihn ein Zug mit seinem eigenen Namen, es ist gar keine Zeit für einen Schrecken: Schon sind der elfte Mozart und sein Lied zermalmt.

Wie die Mozarti bedrückt am Geleisrand stehen und betäubt der Spezialtruppe beim Wegkratzen der Überreste ihres Fleischesbruders zusehen, da steht der auch schon wieder neben ihnen: Mozart *Nummer Elf*, auferstanden, wiedergeboren, noch ein bißchen blöd im Kopf von der Wiedergeburt. Als er ihnen erklären will, daß das Wiedergeborenwerden beim zweiten Mal noch unangenehmer ist als beim ersten Mal, da kann er nur dies äußern: „Fra Msch.“ Immer nur: „Fra Msch.“
„--Was meint er damit?“
„Ist er deppert?“
„Ist er bei der Wiedergeburt auf Beton geknallt?“
„- Fra Msch.“
„Ein depperter Mozart“, sagt ein anderer Mozart ungehalten. „Wär er lieber tot geblieben.“
Hatte ihnen nicht Luciver gesagt, daß die Wiedergeburt schädige? Vielleicht ist sie noch schädlicher als gedacht?
„Ab jetzt stirbt keiner mehr! - Und keine Musik - ihr seht, wohin das führt!“, sagt *Mozart Nummer Neun*, ein Mozart, der beschlossen hat, sich durch rote Schuhe und eine Sonnenbrille von seinen Duplikaten abzusetzen. „Spiel dich nicht auf“, sagen ihm die anderen, „du bist auch nur ein Mozart!“

DEUS EXPANSUS

So viele Namen für das immer gleiche Spiel.

Der Tag streckt sich, dehnt sich, die Uhrzeiger erzittern und bleiben stehen: Sturzflug in den vollkommenen Stillstand.
10:11.
Die Bilder überlagern sich, verschwimmen ineinander und lösen sich ganz auf, als die Zeit irrational in alle Richtungen und Dimensionen strebt, während Gott und sein Sohn im Kaffeehaus sitzen.

Luciver schließt den Koffer: „Jetzt sind wir unter uns", sagt er. Gott verzieht den Mund: „Wegen mir hättest Du nicht alles anhalten müssen–!"
Selten sieht man die beiden so friedlich beisammen sitzen. Manchmal war Gott fast so weit, seinem Sohn

zu verzeihen. Und dann... dann ...
Ein Blick in den kalten Kaffee: Auf der öligen Oberfläche das verzitterte Antlitz eines verbrauchten Kerls. Er hebt den Blick auf Lucius. *Lucius. Lampus. Zephyrus. Teiresias. Lazarus. Lucien. Lazifar. Luciver.* So viele Namen für das immer gleiche Spiel.

„Du hast doch schon die Hölle. Viele Angestellte. Eingespieltes System“, sagt Gott. „Wozu also das hier?“, und seine Hand fährt, ohne Kraft, in einem vagen, unsauberen Halbkreis durch die Luft, ungefähr das neue W.,

die neue Traum- und Höllenstadt beschreibend.
„Warum denn nicht“, sagt Lucius. „Hast mich immer sabotiert! Hast mir die Seelen geputzt und die Türen der Vorhölle aufspringen lassen. Wie oft, meinst Du, sind mir die Insassen davongelaufen, haben sich zu dir geflüchtet? Am Ende hast du Dir sogar meinen Türsteher genommen, kaum gab er sich einen neuen Namen, wurde er hochmütig. Heute redet er nicht mehr mit mir, nennt mich nur den ‘Gefallenen’, den ‘Unaussprechlichen’. – Wozu das hier? – Damit Du mir gratulierst, einmal nur – ein einziges Mal nur! Weil ich mich selbst um ein Vielfaches übertroffen habe! Keine Türen und Lücken wie beim „Basilisk“! Diesmal entkommt niemand ...
Sieh nur, wie fein mir die Labyrinthe gelungen sind, wie scheinbar endlos der Himmel ist, den sie, wenn sie es nur wagen würden, mit einem Finger zerreißen könnten. ... Du mußt zugeben – Dein erster Wurf hatte nicht diese Raffinesse, diese Verve, diese bunte und souveräne Abscheulichkeit!“
„Ich hatte ja auch etwas anderes vor!“
„Hätte ist ein Wort ohne Schatten“, versetzt Lucius. Er trägt elegante Kleidung, einen prächtigen Pelz mit langem, funkelndem Haar, die Schöße liegen nachlässig weit ausgebreitet auf den von Flecken aller Art, Kaugummidreck und Körperausscheidungen verdunkelten Kaffeehauspolstern. Ein roter Zylinder thront auf seinem Kopf, das Kinn ziert ein gepflegter Spitzbart – eine modische Koketterie, die Lucius einer katholischen Teufelsdarstellung abschaute, die sein Amüsement weckte. Als ehemaliger Himmelsbote und amtierender Leiter der Unterwelten ist er mit allen Attributen seiner Amtswürde ausgestattet, allem voran das schweinsledern gebundene Verzeichnis eingestriche-

ner Seelen, das aufgeschlagen neben ihm liegt, sowie ein blecherner Bastard aus Hörrohr und vertrockneter Ingwerwurzel, der ihm den ständigen Kontakt zu Gott sichert, mit dem er abends lange Gespräche über den Verlauf der Tage führt. Ammoniakgeruch, vermischt mit einer zarten Brise Orangenaroma: Der Duft eines Höllenfürsten. An anderem Ort würde Lucius auffallen – im prunksüchtigen W. nimmt man ihn bestenfalls als bürgerliche Erscheinung wahr: Ein Handelsreisender, unterwegs mit einem Köfferchen, und allenfalls der exzentrische Dreizack, den er bei sich führt, mag einen subtilen Hinweis auf die Tätigkeit {– und letztlich auch auf die Ursache des Schwefelgeruchs} des Herren geben.
„Ich denke übrigens gar nicht daran, nachzugeben und Dir das Feld zu überlassen“, sagt Lucius. „Als ich den ‘Basilisk’ aufführte, hatten wir eine Abmachung getroffen – ich erinnere Dich ungern daran, aber Du scheinst es vergessen zu haben! Wir hatten vereinbart, daß jede Seele, die im Innern des Theaters landet, mir gehört. Und dann hast Du wieder eingegriffen, alles lief aus dem Ruder und ich durfte mir – wieder einmal! – etwas Neues einfallen lassen. Nein! Diesmal wirst Du das Feld mir überlassen müssen. Du bist müde, Du hast keine Lust mehr. Ich hingegen befinde mich auf dem Höhepunkt meiner schöpferischen Einfallskraft ... Nie wieder wirst du eine solche Auswahl an Verführern, Schmeichlern, Gotteslästerern, Sodomiten, Wucherern, Geizigen und Veschwendern, Jähzornigen, Wollüstigen, Zauberern, Wahrsagern, Heuchlern, Dieben, Räubern, Häretikern, Sektierern und Zwietrachtstiftern finden ...! Na, sag ehrlich, ist dieses W. nicht der Inbegriff eines verdorbenen Paradieses–? Wie sich die Plastikengel am Prater drehn

und wie der fette Bratwurstgestank bis in den Friedhof hineinwalzt, wie die Pfarrer sich die Hände wundbeten und Puderwölkchen am Himmel stehn – so eine Farce, so ein Schauspiel hast Du dir nur einmal einfallen lassen, und das – ich sag es ungern – ist viele, viele Äonen her."
Lucius zündet sich eine Zigarre an {er benötigt dafür natürlich kein Feuerzeug}. Auf seinem Schoß liegt ein kleiner schwarzer Koffer, welcher die ganze fiebrige Aufmerksamkeit eines in der Nähe herumhüpfenden Geschöpfes auf sich zieht – ein Zwischenmensch, halb Geist, halb reale Erscheinung, unwirklich für das Gros seiner Zeitgenossen – die ihn, wenn überhaupt, nur als Schatten an der Wand oder als Kaugummipapierrascheln wahrnehmen. So ein Zwischenmensch, Kiankuli genannt, sitzt in älteren Kaffeehäusern fest wie der Kleidungsstaub in den Polsterritzen, ist nicht wegzudenken und dankbar, wenn man ihm eine kleine Aufgabe überlässt. Diensteifrig flattert das Kiankuli an Lucius' Seite, fistelt mit kaum hörbarem Stimmchen: „Darf ich zu Diensten sein, ich bittschön, hab ja nix zu tun, sitz da herum, bin allein, bittschön, darf ..."
„Jajaja, natürlich", sagt Lucius mit boshaftem Lächeln, das die griesgrämige Stille, die sich um Gott herum ausbreitet, provokant streift, denn wer hat wohl das Kiankuli in die Welt gesetzt wie so viele andere Halb- und Zwischenwesen–?
„Sieh einmal, hier dieser Koffer: Wir machen ihn auf – und was sehen wir?"
Eine große Ratlosigkeit entfärbt das Gesicht des Kiankuli: „Ja – nun – nichts sehen wir – oder, Verzeihung, bittschön – einen Schalter seh ich – sowas wie einen Kippschalter, wie man ihn fürs Anundausschalten von einer Lampe nimmt, bittschön – – "

„Einen Schalter, sehr genau." Lucius greift in seinen Mantel und nimmt ein Paar weißer Handschuhe heraus, die er dem Kiankuli überstreift: Zu kostbar der Schalter aus dem Elfenbein des Höllenwals. Kaum verhüllt, machen sich die kleinen Pranken des Zwischenmenschleins auch schon selbständig: Sauber vom Arm abgetrennt sausen die Hände im Kaffeehaus herum, bringen einen Kellner zu Fall und erinnern an frisch geköpfte Hühner, die noch ein letztes bißchen Panik aus sich herausrennen müssen. Aus den Armstummeln des Kiankuli lässt Lucius neue Hände wachsen {„Ich bin heute in so guter Stimmung"}. Das Kiankuli, noch ganz vom Staunen gefangen, begreift nur langsam, was Lucius ihm zugedacht hat: „Ab jetzt", sagt Lucius, „paßt Du mir auf den Koffer auf – wirst immer an meiner Seite sein – und wenn ich es Dir sage, dann drückst Du auf den Schalter – der Schalter hält das Spiel an, das ganze große bunte W. steht dann still – und dann, nur dann, können wir uns die Figuren und Geschichten zurechtdrehen und alles nochmal von vorn anfangen – hast Du verstanden?" Das Kiankuli nickt und gafft verdattert seine früheren Hände an, die sich, nun wie zwei gehorsame Hunde, neben dem Höllenfürsten wartend niedergelassen haben.
Gott erhebt sich: „Zahl Du für mich, ich habe nichts dabei."
„Du hast nie etwas dabei."
Gott brummt: „Das Geld war auch nicht meine Erfindung, wie Du weißt", steigt in seinen Mantel, stöhnt, windet sich. Rheuma habe er, sagte der Vater, ob das vorstellbar sei? Rheuma oder etwas Ähnliches. Es quäle ihn. Wer hätte gedacht, daß etwas ihn zu quälen vermag?

Einen Moment lang steht Gott atemlos da, halb in seinen Mantel gewunden, ratlos, was mit der eigenen Müdigkeit und Erschöpfung anzufangen sei. Seine große, schwere Erscheinung ist jetzt fast durchscheinend. Einen Moment lang steht der alte Mann mit verdrehten Beinen da, die Arme suchen nach den Ärmeln. Endlich entwirrt sich das Gefüge von Stoff und Körper {Aaaaaah!} und Gott steht still da, rotgesichtig, als müsse er sich erinnern, wo er ist. Gerade so kann er sich ein zorniges „Teufel, Teufel!" auf den Lippen zerdrücken.
„Und", sagt Lucius. „Hast Du mir sonst nichts mehr zu sagen? War das alles? Keine Rüge? Keine Warnung? Keine väterliche Weisheit, die mir den Tag versüßt–?"
„Spar Dir diesen Sarkasmus", sagt Gott. „Darauf hab ich heute keine Lust. Überhaupt, wie unerträglich Du wieder bist ...! Von mir hast Du das nicht."

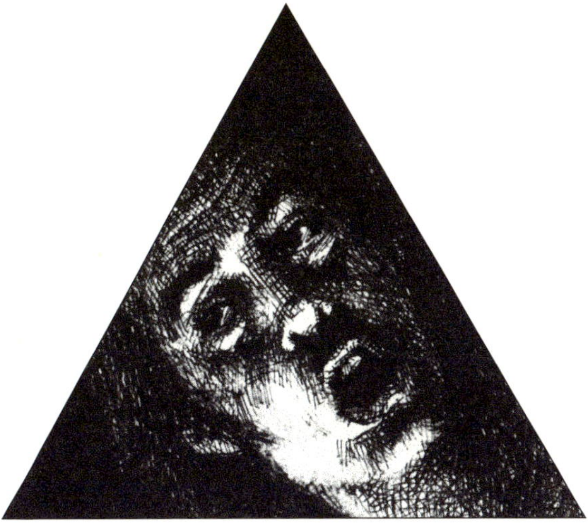

"MONA LISA WAS A FISH!"

Die Erinnerung ist ein Insekt mit vielen Beinen

Die Zeit stürzt lautlos vorbei: Luftgeborene, erdgestorbene Zweige der Familie vor Lucivers innerem Auge. Trügerisches Gedächtnis: Wie hieß die Großmutter ..., wer zog den Höllenhund groß ..., wer riß das Streichholz für den Urknall an? Wer hat das angefangen und warum? Die Schöpfung eine Liebeserklärung oder ein Unfall? Die Menschen nennen „Mythos" und „übermenschlich", was im Familienalbum der Schöpfung als vergilbtes Foto übersehen wird.
Die Zeit in unverdaubaren Dimensionen.
Immer beginnt es mit dem Vater, übersehen werden Großvater, Großmutter, die Urgroßeltern, die Urahnen, die Urschichten, die kein Gedächtnis tragen kann. Die Erinnerung ist ein Insekt mit vielen Beinen. Wo soll ich zuerst hinhören und vor wem zuerst die Ohr-

en verschließen? Vor der Kraftmeierei der Theologen? Vor den Emanationen der Kabbalisten? Deus expansus! Eine einzelne Seele verglüht in den Streiflichtern der Zeit. Die Lebenden zerdrückt unter dem Übermaß der Legenden, des Erfundenen und sich selbst Erfindenden. Adam und Eva und das Paradies, ein bißchen Sterngefunkel und viel Leere dazwischen – und dafür will der Alte immer noch geliebt werden? Eine Wut hat Lucius nun. Was muß er denn noch tun, damit der Alte ihm einmal, ein einziges Mal nur ein Lob ausspricht oder, wenn es schon kein Lob ist, zumindest die Andeutung einer Anerkennung. Etwas kreieren kann schließlich nicht nur der Alte –!

„Jetzt hab ich eine Wut", sagt Lucius zum Kiankuli. „Wenn ich eine Wut hab, dann hab ich Lust auf ein Zugunglück."
Er läßt sich vom Kiankuli das Kursbuch reichen. 10:11. „Wie passend", lacht Lucius, „der kleine Bummelzug 'Wolfgang Amadeus Mozart'! Schau an! Heut schleppt sich das alte Wrack durch den vierten Bezirk!" Das Kursbuch wird zugeklappt, Staub prallt heraus. „Hab ich jetzt eine Lust auf ein Zugunglück", wiederholt Lucius. Dem Kiankuli läuft es eisig über das Herz.

Der Zug „Wolfgang Amadeus Mozart" hat bessere Tage gesehen: Gedächtnislos, verstunken und müde schlurft er auf rostigen Schienen um W. herum, den Wanst voller Fahrgäste. Gefüttert wird er mit Kohlen, schwarzen Kohlen, damit die Leute am Bahnsteig schon durch den heranwehenden Gestank und die schwarzen Rauchfahnen über der Stadt wissen, wo sich der Zug gerade befindet. In der II. Klasse des „Wolfgang Amadeus Mozart" sitzt auf hartem Holz

eine Blunzn[1], sie bildete sich fort, erwarb ein Diplom als Flitscherl, wanderte auf dem dritten Bildungsweg zur Erleuchtung als Gietschn[2], heiratete einen Gröschenkliber[3], der dank bester Beziehungen zur Kaste der Hacklschmeißer[4] ein angesehener Großkopfata[5] wurde. Als sie ihm zu alt und zu schlaff wurde, als sie so ein richtiges Heibodntiarlaunduschal[6] wurde, gab

1 Österreichisch für: Schlichte weibliche Person.

2 Österreichisch für: Junges Mädchen, das glaubt, schon alles zu wissen, und sich besonders wichtig nimmt.

3 Österreichisch für: Geizkragen.

4 Wienerisch für: Intrigant.

5 Österreichisch für: Mensch in Machtposition, der glaubt, besonders intelligent zu sein, aber durch seine Handlungen und Äußerungen sich als dem Gegenteil zugehörig erweist.

6 Österreichisch für: Ein tollpatschiger Mensch.

er sie bei einer alten Keifn[7] in Zahlung.
Die Keifn konnte mit dem armen Heibodntiarlaunduschal nichts anfangen und verkaufte es weiter an ein Kloster, wo das Heibodntiarlaunduschal jetzt an der Kasse sitzen und zweimal am Tag schnauben darf: „Macht einsfünfzig Eintritt, da drüben ist die Toilette, zum Eingang geht's drei Avemaria, Vergeltsgott, beehrn Sie uns baldwieder – Gotthabedieehre!"

Das Heibodntiarlaunduschal fächert sich mit einem Ave Maria frische Luft zu, während ein über ihrem Kopf installierter Zerstäuber ihre ausdörrende Figur fortwährend mit einem feinen Sprühnebel aus Myrrhewasser vor dem endgültigen Zerbröseln bewahrt.

Lucius in übler Laune: Zehntausendfach kündigt sich Unheil an, krümmen selbst die Schatten sich in tiefer Furcht. Lucius in übler Laune: Da kann nichts ihn erheitern, nicht einmal ein Rundgang durch seine Schöpfung, *primus inter pares* inmitten seiner Kreaturen, die er erfunden oder zumindest verdorben hat. Es erfreut ihn nicht, wie da zwanzig Mozart-Kopien an einer Straßenecke für ein paar Groschen ein Requiem spielen und wie ein Beethoven mit dem Geist eines auf dem Schafott vergangenen Taschendiebs in der Fleischerei steht und der Fleischerin die Pranken auf das üppige Fleischerinnenfleisch legen will. Die schöne Beethovenseele verkommt im Körper eines Wellensittichs im sechsten Bezirk, wo das Tierchen zur Verwunderung der Nachbarschaft musikalische Botschaften aus Vogelfutter legt ... eine Etüde aus Hirsekörnern ... ein Chorsatz aus Sonnenblumen-

7 Zanklustiges, nicht mehr taufrisches Weibsbild mit lautem Mundwerk.

kernen, die Notenschlüssel vom kleinen Vogelschnabel mühsam aus Bröckchen des eigenen Kots geformt ... Leider ist keiner der umgebenden Vogelfreunde musikalisch genug, um zu erkennen, daß die Botschaften mühselig gelegte Melodiefetzen sind ...! Da ist der Beginn der 10. Symphonie, deren Manuskripte schon gestohlen waren, als Beethoven noch auf dem Sterbebett japste. „Ja so eine Sauerei", faucht die Besitzerin des Vogels, als sie das sieht. Sie wischt mit einem Lappen alles fort, den schwungvollen ersten Satz „Andante" vernichtet sie *allegro molto*, dabei leise vor sich hin schimpfend, *ma non troppo*: "Mona Lisa was a Fish!"

Lucius reckt sich launisch unter dem blaßschwarzen Schirm aus Abgasen, Verwesungs- und Orgiendüften, rottenden Gesinnungen und feistem Kaffeehausnebel, Kellnerinnenschweiß und verdampften Tränen, Putzmittel und dem Grubengas bösartiger Gesinnung. *Oculis nutantibus impetrare*[8]: Lucivers Abäugeln der konvexen Außenseite des Universums. Er steigt in den Zug. Eine Fahrkarte braucht er nicht: Als der Schaffner ihn sieht, weicht er zurück, stammelt verdutzt: „Der gnä'Hä! Der ... Härr selbst ...!, Jahso, jaja ...!, Bittschön, setzens Ihnen!"
Und Lucius setzt sich, gleich neben das Heibodntiarlaunduschal. „Verzeihen Sie", sagt Lucius ausgesucht freundlich, „stört es Sie, wenn ich rauche?"
Das Heibodntiarlaunduschal schreit: „JA!"
Lucius zieht tief und sieht der abbröckelnden Asche an der Zigarrenspitze mit schielend eingedrehten Augen zu, stößt eine Rauchfontäne aus, die jedem Wahrsager die Glaskugel für eine Ewigkeit verdüstern würde,

8 „Mit den Augen erlangen" im Sinne von „Liebäugeln"

bläst und nebelt das Heibodntiarlaunduschal so sehr ein, daß dieses hinterm Nebel verbissen-stolz den Atem ausschwärmen läßt, als wäre nichts geschehen. „Verzeihen Sie“, sagt Lucius ausgesucht freundlich, „stört es Sie, wenn ich fluche?“
Das Heibodntiarlaunduschal windet sich, Lust und Ekel auskostend: „Ja, oh ja, jajaaa!“
Lucius fährt sich ganz langsam mit der Zunge über die Lippen – das Folgende will gut vorbereitet sein – ganz langsam fährt er mit der Zunge in den Mund hinein, findet das erste Fluchwort, es springt heraus, fröhlich, laut und satt. Das ist allemal besser, als einfach nur dazusitzen und zuzusehen, wie vor dem Zugfenster eine geistlose Landschaft vor sich hin verschwindet:

Aungriada, Fadlpappn, Auntepschter!
Ausgschwabter Donaufetzn! Bahööschwesta!
Blade Blunzn! Einedrahra! Kaneukapfen!
Oarschgraüler! Obezahrar!
Kasperltheatererstereihsitza!
Schassgranadn! Scheaglate Euln!,
Schwindlicha!, Wiaschtlstira!....

Das Heibodntiarlaunduschal windet sich, das Myrrhewasser vermischt sich mit der Sekretion der rechtschaffenen Fassungslosigkeit, krampfend, schäumend ruft es: „Nein, oh nein!“
„Verzeihen Sie, sagt Lucius ausgesucht freundlich, stört es Sie, wenn ich Ihre Seele nehme?“ Das Heibodntiarlaunduschal schreit: „Jaja-jaja-jaja!“
Der Halsabschneider mit dem blutunterlaufenen Blick neben dem Heibodntiarlaunduschal raunzt: „Bittschön, nimm ers schon, die Bißgurrn, die Bixn, die fade!“
Lucius lächelt und ruft das Kiankuli heran, das ihm

diensteifrig den kleinen schwarzen Koffer öffnet, dessen ganzer Inhalt ein einziger weißer Kippschalter ist, den Lucius genüßlich herunter auf „Aus“ drückt. Kaum hat er sich dieses Vergnügen gemacht, wieselt fiebrig das schon in der Nähe wartende Kiankuli herbei, wirbelt mit einer blaufarbenen Phiole vor dem aufreißenden Mund des Heibodntiarlaunduschal herum, das mit lautem Seufzen zu zerfallen beginnt. Es bröckelt – es löst sich auf – es verschwindet – es zerstiebt – und leise hört man, so lange die Staubwolke noch die Umrisse seines Körpers zeigt: „Nein, oh nein, ja, oh ja ... oh nein ... ja ... nein ... ja ...“ Das Kiankuli lockt die Seele an: „Hier herein, Seele-Seele, hier, komm, komm!“, und kaum hat die ausgehauchte Seele sich in das warme Dunkel der Phiole gerettet und das Kiankuli die kleine Flasche sorgsam mit einem Korken verstopft, da stellt Lucius wieder auf „An“. Das Kiankuli verbeugt sich.
Lucius schüttelt die Phiole sacht: „Daß Du mir nicht so einen Radau machst wie beim letzten Mal. Hast mir einen Weltkrieg gemacht ...! Das nehm ich Dir immer noch übel, es war viel unvorhergesehene Arbeit, die Du mir eingebrockt hast.“ Und um die Seele – ein Gespinst aus fadendünnem Hauch, der zwischen den zarten Glaswänden der Phiole auf- und absteigt – noch ein wenig zu ärgern, schüttelt Lucius die Phiole zweimal, bevor er sie ins Seitenfach des Koffers senkt.
Der Kofferdeckel schließt sich.
Für diesen Tag ist das Spiel gespielt.

Zur gleichen Zeit steigt im dritten Bezirk Gott in eine Straßenbahn, wohlgefällig betrachtet er die in den Plastiksitzen kauernden Gestalten. Er nimmt Platz: Einer unter vielen, so wickelt er sich in seinen Mantel.

Heut dürfen ihn alle gern in Ruhe lassen, denkt er sich, denkt er ... und fühlt die Hand des Kontrolleurs Aloys Schabrack auf der Schulter, der, als habe er es schon hundertmal gesagt, forsch fordert: „Zeigens mir bitte Ihrn Fahrschein, der Herr!"
Gott lächelt. „Ja, natürlich, der Fahrschein."
Recht und Ordnung.
„Ich bin Gott", sagt Gott, „einen Fahrschein habe ich nicht {brauche ich nicht, sagte er glücklicherweise nicht, es wäre eine zu große Unverschämtheit gewesen im Angesicht dieses vor Wichtigkeit dampfenden Beamten}."
„Keinen Fahrschein?"
„Ja, sehr richtig", sagt Gott, „ich bin Gott, ich sagte es schon, na, Sie werden doch nicht ..."
„Werden Sie nicht frech, ja? Wissen Sie, wie viele hier jeden Tag sitzen, die sagen, Sie wärn Gott?"
„Das mag schon sein", erwidert Gott, es sei in diesen Zeiten ja auch nicht ungewöhnlich, wenn der einfache Mensch gemütskrank werde und sich für Gott halte; nun sei es aber so, daß er wirklich und wahrhaftig Gott sei, der Gott, der eine Gott, bekannt aus ...
„Werden Sie nicht lustig, Herr, ja?" Kontrolleur Schabrack blickt unlustig auf seine Armbanduhr, die, wieder einmal, bei 10:11 stehen geblieben ist {Mistzeug, für anderthalb Kreuzer auf dem Flohmarkt gekauft und nach fünf Jahren schon hin!}, „wir haben hier nicht den ganzen Tag Zeit, also erstmal zahlen Sie eine Strafe, dann steigen Sie aus, sobald es geht, und dann holen wir die Gendarmerie, Herrgottnochmal."
„Ja", sagt Gott, „JA! Herrgott ...! Das bin ich! Ja, Sie müssen mich doch erkennen, sehe ich nicht so aus, wie Sie sich Gott immer vorgestellt haben ...? Weißer Bart

... gütiger Blick ...! Ja, schauen Sie mal gut hin!" Kontrolleur Schabrack schaut und schaut und: „Nein, wirklich nicht. Um der Wahrheit die Ehre zu lassen", sagt er, „hab ich mir Gott nie vorgestellt, weil ich an den nicht glaub. Hab mal an Buddha geglaubt, dann an die Zenzi, bis sie mir durchgegangen ist. Jetzt glaub ich an nix mehr." Seufzend holt er den Block mit dem Strafmandat aus der Tasche.
„Aber wenn ichs doch sage, ich bin Gott!", ruft Gott. „Ich könnte die Bahn entgleisen und alle sterben lassen und dann wieder ins Leben zurückrufen, ich könnte die Zeit zurückdrehen, ich könnte ..."
„Ach, lassen Sie das doch", seufzt der Kontrolleur. Der Blick in die Sitzreihen ringsum bessert nichts: Gott sieht, wie sie alle ihren Blick verschleiern und in sich wenden, wie sie stattdessen aus dem Fenster gucken, als gäbe es draußen etwas Besseres als eine von Architekten und Gfrasta[9] verhunzte Kunstrasenlandschaft, der als Pickel kleine durchnormte Siedlungen mit Namen wie *Schasklappersdorf*[10], *Unterstinkenbrunn*, *Hühnergeschrei*, *Wurmbrand*, *Landfraß* und *Arschlochwinkl* aus der fadgrünen Haut sprießen.

Lucius schaltet den weißen Kippschalter ein und aus, wie ihm gerade ist. Nach dem Streit mit dem Herrn Vater {ein Streit wars ja nicht, zu einem Streit reichte es nicht einmal mehr, ein wütendes Beisammensitzen war es nur ...!} tobt er sich an dem weißen Schalter aus und das Kiankuli hat seine liebe Mühe mit dem rechtzeitigen Zurückschalten. Ein einziges Umlegen des

---

9 „Versaute Kinder"

10 Irgendwo am Ende der Welt, ganz weit weg, gibt es solche Namen und der Verfasser verbürgt sich dafür, daß alle diese Siedlungen existieren und richtig geschrieben wurden.

weißen Schalters, und ganze Stadtteile verschwinden oder entstehen neu, und wo sich Lucius' Liebe für die Menschleinsmechanik sonst in Nachsicht und amüsierter Zurückhaltung äußert, da tobt sie sich heute in einer Art und Weise aus, daß die Plagen und Katastrophen der Antike sich im Vergleich dazu ausnehmen wie ein Spaziergang in regnerischem Urwald. Er hat eine sentimentale Schwäche für seine Maschinen. Alles was in seinem W. herumwieselt und -schnobert, alles was Kaffee und Huren konsumiert, alles was zu seinem Vergnügen Weltreiche erspinnt, Kinder mordet, Kriege vom Zaun bricht, wässrigen Beton anrührt, so daß ganze Häuser über ihren Einwohnern zusammenstürzen, und auch die fuß-, hirn-, magen-, weltkranken Monarchen, die aus ihren fauligen Eiern kriechen, Paläste errichten, den Frieden kremieren lassen, das alles hat er erdacht.
Und nun, wütend wie er ist, stößt er, der verletzte Genußsüchtige, seine Figuren um: Im Akkord sterben sie und werden wiedergeboren, einhundert Mozarti sind es an diesem Tag, die in einem Erdspalt verschwinden. Der Halsabschneider mit dem blutunterlaufenen Blick, der als Kerzelschlecker[11] sein Heil suchte, taumelt betrunken ins feuchte Fundament eines Hochhauses, der Beton hat noch nicht abgebunden, da ist er schon vergessen. Und der einhundertste Mozart, immer und immer wiedergeboren und wiedergeboren worden, stirbt auf der Toilette des Bummelzuges mit Namen „Wolfgang Amadeus Mozart", indem er durch den rauschenden Abfluß verschwindet. Als er die Spülung betätigt, wird er selbst hinausgesaugt in die Ewigkeit: Seltsam sanft und fast ohne Laut verschwindet er Kör-

11 Österreichisch für: Sehr eifrige Kirchengeher oder sonstige Klienten von Klerikern christlicher Religionsrichtungen.

perteil für Körperteil aus dem Zug, und wer vielleicht in diesem Moment die Toilettentür geöffnet hätte, hätte das überaus erstaunte Gesicht eines Wolfgang Amadeus Mozart betrachten können, ein Gesicht, das noch einen letzten Moment im Ereignishorizont des Toilettenabflusses zittert, bevor es mit einem enormen SCHLOPP im ratternden Klangspiel des ramponierten Zuges verschwindet {Dieses Kribbeln auf der Haut, wenns ans Sterben geht! Unbeschrieben für immer, dieses allerletzte Gefühl!}.
Die Überreste auf den Geleisen, eine weitere blaue Phiole in Lucius' Koffer – eine Fußnote unter den lodernden Tag.

Auf dem Revier im dritten Bezirk sitzt Gott und verweigert die Aussage: „Nein", sagt er noch, „dazu sage ich nichts, ich *bin* Gott ... Ja, ich weiß schon, daß viele das von sich behaupten ... Nein, so viele sind wir nicht, es sind genau genommen nur ... Hören Sie mir doch zu! Warum zum Teufel sollte ich einen Personalausweis haben, wenn ich Gott bin! Ich sage jetzt nichts mehr ... Gfrasta! ... Rufen Sie meinen Sohn an."
„Welchen Sohn", fragt die Stenotypistin {eine Teufelin vielleicht, eine Dämonin, Himmel, sieht die gut aus, denkt das Gipsengelchen an der Wand, reißt sich den Steiß aus dem Mörtel und fliegt davon: wer soll das aushalten, das alles!}
„Wenn Sie nichts sagen, nehmen wir Sie in Gewahrsam. Wollen Sie jemanden anrufen?"
„Ich bin ...", setzt Gott noch an, dann sagt er nichts mehr, nun ist es vorbei, heute dürfen sie ihn herzlich gern in Ruhe lassen, hätte er hier, in Lucivers Reich, irgendetwas auszurichten, er wäre längst ...
In diesem gräßlich dahinsinkenden Vorabendidyll, im

Licht der ausflammenden Sonne, im staubigen Dunst eines kleinen Reviers, da sitzt er nun, Gott, und hat keinen Cent in der Tasche für einen Anruf und keine Ahnung, mit welcher aus tiefer Gekränktheit losbrechenden Wut Lucius durch sein W. fährt und lacht, wenn ein Lastwagen umfällt und die Weltmaschine mit Krachen ins Stocken gerät. Schwarze Wolken brechen aus dem Turm des Domes hervor, Gipsengel fallen vom Himmel {Der letzte Höllenkreis, sagt im Kaffeehaus der älteste aller Kaffeehausgeiger zum ältesten Kaffeehausgast ohne jeden Anflug von Unruhe, hat sich soeben geöffnet}. Unter schauerlicher Musik, Note für Note von Lucius auf dem dünnen Leinen von Gottes Schöpfung notiert, wird der letzte Akt der großen Untergangssymphonie eingeläutet. Der Halsabschneider mit dem blutunterlaufenen Blick, der als Kerzelschlecker nun in einem Kloster ist, schläft auf einer Pritsche, über seinem Haupt hängen die zwei Peitschen, mit denen er sich stundenlang selbst schlug, von seinem eingetrockneten Blut sind sie ganz steif geworden, dreihundert oder mehr Heiligenbilder fasst die Kammer des Kerzelschleckers. Die Kammer ist klein und luftlos, der Glaube aber versetzt Wände. In Schasklappersdorf stehen im Abendlicht vierhundert wiedergeborene Mozarti, blinzelnd, mühsam Atem schöpfend, einige hinken, anderen fehlt ein Körperteil, es sind nicht nur Arme und Beine, die vermißt werden, was für eine Schurkerei es doch ist, dieses Leben nach dem Leben nach dem Leben nach ... Im einzigen Gasthaus von Schasklappersdorf fällt der Wirt tot um, als der dreihundertvierte Mozart eintritt, in dessen Gesicht vier Augen sitzen, und ein jedes hat eine andere Farbe. Das Ende des Tages aber ist erst erreicht, als der alte klappernde Zug

„Wolfgang Amadeus Mozart“ endlich, als habe er es seit Jahrzehnten ersehnt, aus den Geleisen springen darf und das ganze unerfreuliche Schasklappersdorf unter sich zermalmt, alle vierhundert wiedergeborenen Mozarti inklusive. Schaut, wie schön die Sonne überm Trümmerfeld steht. Bald ist Hochsommer, er wird heiß und feucht sein, man sieht es an den nervös schwirrenden Fliegenschwärmen.
Bewohner des Staubs, sammelt euch unter eurem hohen Himmel!

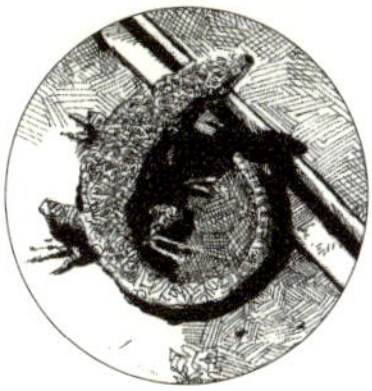

FABRILL III

... durch enge Gassen, ins Schattenschwarz

Als sie vor dem Polizeirevier des dritten Bezirks auf die Straße treten, hat Lucivers Laune sich gebessert, wohingegen Gottes Stimmung kaum mehr aufzuhellen ist. Dieses würdelose Verfahren ...! Das Abgeführtwerden und die Leibesvisitation ... Die Fragen ...! Staubbeschwerde!

„Den Personalausweis wollten sie", schnappt er fassungslos, sieht dann seinen Sohn an und schreit: „SO mußtest Du kommen, ausgerechnet so? Auf Bocksfüßen, mit Hörnern auf dem Schädel und mit dem roten Zylinder auf Deinem Kopf? SO mußtest Du da hereinkommen, mit dem Spitzbart am Kinn, daß Du aussiehst wie ein Schurke alter, nein sehr alter Schule, vielmehr der Erfinder und Vater aller Schurkerei?

Und …! Als wäre es nicht genug … mußtest Du direkt vor dem Revier aus einer gedrechselten Rauchsäule aus reinem Schwefel steigen, daß alle alten Weiber in einem Radius von drei Kilometern lang hinschlagen und zwanzig Avemaria beten?"
Sofort beugen sich zwei Schabracken interessiert ins Bild: Ausladend, breitzüngig, schweinsäugig, käsköpfig, wursthäutig stehen sie beisammen und belauschen den Höllenfürsten und seinen Vater. Ganz unverbrämt gilt ihr Augenmerk dabei dem Allerwertesten Lucivers. Laut machen sie sich über sein Äußeres her, warum auch nicht?, mehr als in die blaue Phiole zu kommen, kann ihnen nicht passieren. Der Alte ist uninteressant, ein verbrauchter Kerl, aber der junge Herr …!

„Mei, is der fesch. Schau mal, wie fesch der is. Ich tät ihn ja nehmen, den Kerl, auch wenn er den Untergang der Welt im Sinn hat. Na, schau nur, wie er dunkel wird, während der Papa ihn anbrüllt. Schön ist er. … Ja, ich fürcht mich auch sehr vor ihm …, schau nur, wie schwarz seine Augen sind und wie der Schwefel ihm aus den Poren dringt …, aber, mei, fesch eben, richtig fesch!"

Mit einem sehnsüchtigen „SCHLUCHZJUCHÉ" schauen sie Luciver nach, der den Vater fast zärtlich am Arm nimmt und aus dem Blickfeld der alten Hyänen führt: 150 Meter und es ist nichts mehr von den Herren zu sehen. „Das hat keinen Sinn …, ich will mir nichts vormachen", sagt Gott. „Hier habe ich keine Macht. Nicht mehr habe ich hier als jede andere Kreatur: Einen Leib, eine Stimme, einen Tod. … Was wirst Du

mit mir anstellen?"
Luciver führt ihn sacht durch enge Gassen, ins Schattenschwarz. Gott ist heiß. Er fühlt sich töricht. So war ihm noch nie zumute! – Fieber! – Tiefrote Schwäche! Heiß und eiskalt. Mühseliges gehen: Der Weg ist länger als gedacht. Seltsame Stadt, denkt Gott. Die Gasse wendet sich steil in Richtung Himmel! Wie ungelegen das kommt: Ich habe Fieber, kann keinen Schritt mehr gehen, das wars, aus ists, aus, aus, aus!

Wenig später sitzen sie im ältesten Kaffeehaus der Schöpfung, über und über mit Fliegenpilzen bewachsen, mit Moos bekränzt, mit Flechten beflaggt, so ein Haus sieht man nicht oft heutzutage, so etwas ist selten geworden, diese salbungsvolle Betonung des Verfalls, der so überaus pittoresk aussieht und – eine kleine, doch angenehme Nebenwirkung! – auch unerwünschten Besuch fernhält.
Gott und sein Sohn sitzen schweigend beisammen im Kaffeehaus. Wer die Geschichte nicht kennt, könnte glauben, die beiden säßen in friedvollem Schweigen beisammen. Vater und Sohn.
Manchmal, denkt Gott, bin ich fast so weit, meinem Sohn zu verzeihen. Und dann... dann ...!

QUEL TEMPS EST IL?

Das Spiel der Staubfeen im Gegenlicht.

10:11.
Der strahlende, azurblaue Sommermorgen ...

{Nein. Nein. Vielmals nein. Gräßliches Klischee. Azurblau ist da gar nichts. Schau doch hin, Du Dichter: Grau ist es, trüb, traurig dreht sich der Tag ins Lot, hält die trudelnde Zeitachse die letzten Uhren an. Irrelevanz in allen Möbeln und Winkeln ... Was siehst Du? Das Spiel der Staubfeen im Gegenlicht: früher eine Freude, in Kindertagen ein Anlaß, das Phantasiegetriebe anzuwerfen, das heute rostend in Trümmern liegt. Die Welt ist Staub: Staub ist menschlicher Atem, geronnen, getrocknet {Hautschuppengebrösel!, überhaupt lauter Reste der Menschenfassade!}. Gewünschtes aber selten erreichtes Abstandhalten

zum nächsten Verwandten, dem Affen: Ein Trottel, der nasebohrend philosophiert. Ein ungemachtes Bett, ein zerfleischtes Kopfkissen, ein Speichelfleck auf dem Nachhemd ...
{–Richtige Schreibweise, das NACH-HEMD, nicht zu verwechseln mit dem VOR-HEMD, das man vor dem Nachhemd trägt, bekanntermaßen}, das einstmals weiß und nun ockerfarben ist. Tand wird alles in Menschenhand: Wirft man sich mit dem breiten Hintern auf die Matratze, stürzt der Staub zur Decke, wo er sich in konzentrischen Kreise ablagert und mit der Zeit zu barock anmutenden sog. „Stuckkreisen" aushärtet, die man sachte abkratzen und für Tausende auf dem Schwarzmarkt an Idioten verkaufen kann, die dem Stuckkreis magische Heilungskräfte zuschreiben}.

Der azurblaue Sommermorgen ...

{Jetzt hör' endlich auf mit Deinem Sommermorgen, dem gräßlichen, halt den Mund, guck in Deinen Kaffee, Du Einschillingpoet, im feinen sprühenden Regen ist die Stadt zuhaus', das ist ihre Wahrheit, die nassen Straßen, die Keller, die Bewohner, die Maschinen, das dauernd Überhandnehmende, so ist es doch, so und so und nicht anders und ...}

Ganz still ist es geworden am Ende dieser Seite. Kein Wort mehr, nicht mal ein Laut. Staub im Gegenlicht.

Wie schnell die Kindheit vorbei war, überhaupt: Das Leben.

AKTE IM UNTERHOLZ

… Noch einmal dem wilden Ruf des Blutes folgen und am kommenden Morgen, verkatert, blicklos, nackend im Hinterhof eines Hurenhauses erwachen.

Atemholen! Atemholen! Und nun hinaus mit dem lautesten Schluchzer aller Zeiten!
Kein Tränengefäß, das groß genug wäre, um aufzunehmen, was an Flüssigkeit aus diesen Tränenkanaltiefen emporsteigt, am Rand des Auges zitternd innehält und dann hinausspritzt in den hellen Morgen, der voller gespitzter Ohren ist. Was sich da ausheult, ist reinste Waffe im Weiberrock. In einer Folge von eingespielten Bewegungsabläufen wird das Tränentuch ans Auge geführt, werden Schluchzmuskeln trainiert, wird feuchtigkeitsgeschwängerte Theaterluft ein- und

ausgeatmet {wehe, es guckt keiner hin!}. Sie verdreht die Augen, klappt ihre Augendeckel auf und zu. So etwas lernt man in der Theaterschule: Ein Druck aufs Emotionsknöpfchen und schon fließt die Träne, rötet sich das Auge, bebt der Busen unter lungentiefem Schluchzjuché.
{Die Waffen einer Frau: Das Tränenlassen!}

Nun, da die Nachbarschaft, das Publikum und auch der Teufel selbst Notiz nehmen, nun also kann sie aufschreien, die Gudrun Tschnabobiedl, und ihren dramatischen Monolog der geprellten Jungfer psalmodieren: „Ach“, ruft sie, „wie viele Tränen ergeben überhaupt einen Liter?[12] Und muß nicht womöglich in einer anderen Flüssigkeitswährung gerechnet werden, in Maß vielleicht, in Dezilitern oder in Quarten, in Ohmen oder auch in Nöseln, oder doch lieber in Seidel oder in Wispel?"

Nichts kann die Gudrun Tschnabobiedl erheitern: sie hat ihre Jungfräulichkeit verloren! {: *weiß nicht wo! 'S war spät und dunkel: da verliert man leicht was, vor allem des süffigen Heurigenweins wegen, der süffigen Heurigenmusik wegen, der heurigen Saufbuben wegen, der weichen Holzbänke, der schmucken Heurigengläser und der Heurigendüfte wegen, heißes Laub und verschwitzte Haut!*}

---

12 Bei solchen Prozeduren wurden in früheren Epochen ganze Kriege entschieden. Ein nasses Taschentuch entschied, ob der Kaiser am Morgen zur Kriegsführung ausritt oder zuhause blieb bei Weib und Balg. Doch während früher bei ähnlichen Vorgängen wenigstens noch die Andeutung einer Rechtsmittelbelehrung herruntergehaspelt wurde, heißt es mittlerweile nur noch lapidar „Wennde gehst brauchste nich wiederkomm!"
Siehe: Falagofel, Christos: Krieg im Ehebett, Barcelona, 1999.

Schnaubende Akte im Unterholz: Vorbeugeprogramm gegen grassierendes Jungferntum und Nonnenbildung. Morgens läutet das Telephon: Man wird gefragt, mit wem man nachtsüber das Laubbett teilte, das so eifrig zu rascheln beliebte? Obs etwa wahr ist, daß der Herr Professor, der alte Professor Q…, na, man muß seinen Namen nicht hineinziehen, und ob sie sich beide eine ganze Menge Igelstacheln aus allerwertesten Körperteilen picken mußten nach der Nacht? Wars ein arges Geschrey?

Die Entjungferte schwebt leichtfüßig zum Fenster und läßt das Rollo herunter. Alles gerät außer Kontrolle, alles, alles, alles–! Was wird die Frau Mama sagen? Ist sie schon drauf und dran, der Regierung Grundstücke und Vermögen in unverständlichen, seitenlangen Juristendokumenten ins gierende Maul zu schleudern, nur um der mißratenen Tochter nichts geben zu müssen, der Tochter, die sich, ja, man weiß es nicht – von einem Kerl – von einem Igel – von wer weiß was oder wem – hat schwängern lassen.

„Pah", sagt der Familienarzt Irschmenzmemmer {Ja, nein, man muß seinen Namen nicht hineinziehen}, „das kommt vor, in den allerbesten Familien, bei den Tschnabobiedl genau so wie bei anderen! Die Frauen der Sippe Tschnabobiedl haben immer leicht die Jungfräulichkeit beim Heurigen eingebüßt."
{Wo er Recht hat ... es war nun einmal immer so ...!}
Die Tschnabobiedlinnen verfallen den Wissenschaftlern, den Querköpfen, den wildbärtigen Söhnen der Musen, der Künste und der *Ars Scientia*, den jugendlichen Athleten des Geistes, die sich, bevor sie als würdevoll verfallendes Professorengezücht die Marmorsäle der Universitäten füllen, noch einmal dem wilden Ruf des Blutes folgen und am kommenden Morgen, verkatert, blicklos, nackend im Hinterhof eines Hurenhauses erwachen, wo man sie als Ersatz für den durchgegangenen Wachhund angekettet hält. Nach einer Diät aus Knüppelschlägen, Schmerz und Demütigung sendet man sie in einer Stahlkiste zurück in ihren Geburtsort, wo sie der Familie rührende Geschichten erzählen: Sie seien Opfer eines grauenaften Überfalls geworden! Man habe ihre Gehirne aus den Schädeln genommen und darin Weltenformeln entdeckt oder unbekannte Beethoven-Partituren. Nun aber wären sie bereit, endlich, den Rang einzunehmen, der ihnen gebühre: Den Rang eines Professors. Man applaudiert, man schminkt diese verwilderten, nicht mehr ganz jungen Burschen wie die Leichen, man kleidet sie in Weiß oder in Braun, man fährt sie in eine Universität, von denen es mindestens eine in jedem größeren Nest gibt, und legt sie in einem Marmorsaal einer Studentenschaft zur Kartographierung vor: Leber, Lunge, Herz, Nieren, da oben das Gesicht, na, es ist kaum der Rede wert. Nach vielen Jahren

telegraphiert man den Verwandten in der Heimat und teilt ihnen den Tod des Professors mit, der, kurz bevor er verschied, schnell noch zwei, drei Auszeichnungen und Ehrendoktoren als Grabbeigabe erhalten hatte. Nun werden die von Trauer und der langen Anreise gezeichneten Verwandten gebeten, den Toten mitzunehmen, die Fakultät habe keinen Platz, das Ausstopfen und Herzeigen von toten Professoren mache man schon seit einigen Jahren nicht mehr. Man gibt den Verwandten, die dankbar und überwältigt sind, viele unverständliche Dokumente, die der Tote vor seinem Ableben verfaßte, es sind Bücher, Broschüren, kistenweise Notizbücher und Gemälde dabei, all das, so bittet die Fakultät, möge man doch mitnehmen, es sei gewiß alles *sehr originell*, aber man könne nicht alles aufheben, was der kostbare Verstorbene produziert habe: Das Wertvollste, was der Tote hinterlasse, ermannt sich der Universitätspräsident zu sagen {ein würdevoller Unhold in schwarzem Krepp, lungenkranker Kettenraucher mit vorspringendem, zweifach gespaltenem Kinn}, sei schließlich die kolossale Wirrnis in den Köpfen seiner Studenten, die sich als Juristen, als Wendehälse, als Gesichtsschützer, als uniformierthabilitierte Bänkelsänger am Verfall des einstigen Kaiserreiches ein sicheres Aasgeierdasein eingerichtet hätten; die Bestattungsformalitäten sind bald geklärt, der liebenswerte Leichnam wird in die schwarze Erde seiner Heimat versenkt, von der böse Mäuler munkeln, sie sei nur deshalb so schwarz, weil sie voller verkommener und nutzloser Seelen sei, die in ihr verrotteten – –

Der Unhold, der die Jungfernschaft der Gudrun Tschnabobiedl zerstörte, lebt noch, betonen wir es ruhig:

noch!, sie hat den Verdacht, daß es der draht-haarige, wie ein Uhu keckernde Professor Willibald Quarschdorn war, der jetzt ausgestopft im „Museum für Altertrümmer“ steht.

Quarschdorn hatte es sich mit der Obrigkeit verscherzt.
Vermutlich hatte er – wie alle Gelehrten das gerne tun – den Finger an eine moralische Wunde gelegt, vielleicht auch die Völlerei, die Vielkinderei und die verlotterten Nasen angeprangert, jedenfalls wandte man sich von ihm ab, man schnitt ihn, man verlachte ihn, man entließ ihn. Er bekam Husten, später Ruhr und bald sah er so tot aus, daß man beschloß, ihn auszustopfen. Er war allerdings noch nicht tot, denn als man ihm den Bauch aufschnitt, da schreckte er hoch und merkte keckernd an, daß er sich „durchaus noch des Lebens erfreue“ und, „wenn es gestattet ist“, dies trotz seines hohen Alters gerne noch ein Weilchen weiterhin so halten würde. Aber die Arbeit war begonnen, die Ausstopfer hatten Werkzeug und Material dabei ... jedenfalls ließ man sich von der lästigen Lebendigkeit Quarschdorns nicht stören und setzte das begonnene Werk fort. Wie dieses Tun von Professor Willibald Quarschdorn bewertet wurde, ist nicht bekannt ... Man darf davon ausgehen, daß es unangenehm war und seinen Plänen zuwider lief ... Aber unbeirrbar wurde die Arbeit zu Ende gebracht. Man bescheinigte den Ausstopfern eine besonders feinsinnige Arbeit, ja, weithin hieß es, hier habe das diffizile Handwerk der Taxidermie[13] eine Sternstunde gehabt.

---

13 Griechisch für „Gestaltung der Haut“.

Professor Willibald Quarschdorn wurde auf ein kleines Marmorpodest gestellt und im "Museum für Altertrümmer" gezeigt. Schnell wurde der Ausgestopfte zum Ziel von Touristen, die sich mit ihm fotografieren ließen. Seine Wichtigkeit verdunstete im Lauf der Zeit. Seine Figur schrumpfte, die Holzwolle, mit der man ihn präpariert hatte, sackte zusammen, zuletzt war Quarschdorn gerade einmal halb so groß wie zu Lebzeiten. Die Glasmurmelaugen funkelten nicht mehr. Doch man hielt das Gespenst in Ehren, zeigte ihn bei größeren Festen gerne herum als den einstmals größten Gelehrten einer längst versunkenen Epoche.
Drückte man auf einen Hebel in seinem Nacken, dann öffnete und schloß sich der Mund lautlos.

Er hatte bereits drei Monate auf seinem Marmorpodest gestanden, als die Gudrun Tschnabobiedl erfuhr, daß sie von ihm schwanger sei. Vor seinem Standbild brach sie zusammen: „Willibald, was tu ich jetzt–?"
Glasmurmelaugen hinter der verstaubten Lesebrille gaukelten das geringe Maß an Lebendigkeit vor, das Quarschdorn zu Lebzeiten noch ausgemacht hatte. Jetzt gehörte er den Spinnweben, dem Staub.
Trost oder ein guter Rat war von dem Staubfänger nicht zu erwarten – –

THÖATA!

Geschichten sind die Bohrwürmer dieser Stadt

„Göhns ins Thöata! Göhns ins Thöata!" brüllt ein Mensch, über dessen Aussehen im Wesentlichen zu sagen ist, daß er einer glotzäugigen, triefnaß geschwitzten, Brille tragenden Sardine ähnelt. Ein selbstgemaltes Schild verstellt den Blick auf seinen immensen Wanst, in krakeligen Buchstaben kann man darauf lesen: „Thöata bilded! Thöata machd scheen! Kaufens einen Billett!!! Schäne Fraun und muttige Männr! Thöata Schmeslmaya, Knächerlgass Siebmahalb!"

Mit weichen Bewegungen raubt er die Frauen aus, während er ihnen die Vorzüge des Theaters schmackhaft zu machen versucht. Seine Hände leeren Hand- und

Manteltaschen mit der vollendeten Unsichtbarkeit eines wahren Diebes, und sonderte er nicht einen infamen Dosengemüsegeruch ab, so hätte er vielleicht die Sympathie des Volkes gewinnen können. Doch er spricht laut, feucht und mit einem Dialekt, der selbst den derbsten Tagedieben peinlich ist: Ekelhafter Wortschwall aus ungepflegtem Redeapparat!
Angeekelt wendet sich das Publikum ab, hält sich mit Gesten der Verzweiflung und des Entsetzens Nasen und Rüssel zu: Wer ist dieser schlaffhäutig-gelbfarbige, zu Sülze zerfließende Mensch, dem das Haar bis an die Nasenspitze hängt?
Er ist der zweitletzte Überlebende der Sippe „von Knoschpenzahn“, einem vierschrötigen Völkchen bettelarmen Landadels, das im 18. Jahrhundert in vielen Exemplaren über die wehrlose Stadt W. hereinbrach, um sich nach Errichtung eines Schlosses an unauffälliger Stelle sogleich mit dem Geschlecht „derer von Zwiefeldach“ zu verbandeln {und dieses auszurotten}, dann mit den „Höllenzollern-Pflaumensingern“ ein paar kraftlose und schnell wegwelkende Nachfahren zu zeugen, als deren letzte und leider wenig ansehnliche Nachkommen der sardinenhafte Theatermensch Schmöselmayer und der Stadtarchivar Semion Hostagfrass überlebten.
Schmöselmayer geht auf der Gasse vor dem Stadtarchiv auf und ab: Gilt sein Geschrey dem Volk oder dem taub in seinen Katakomben sitzenden Cousin Semion, der als behördlich registrierter Wahnsinniger das Stadtarchiv leitet? Ins Theater Schmöselmayer geht man nicht, nicht, wenn einem Leib und Gesundheit am Herzen liegen. Schmutzig sind die Stücke, schmutzig das Inventar, gespielt wird alles vom Sardinenmensch Schmöselmayer selbst, der sich

auch als junge Frau verkleidet zum Heruntersingen von Opernarien hergibt. „Göhns ins Thöata! Göhns ins Thöata!“ brüllt Schmöselmayer ohne Unterlaß. Mag die Stimme auch welk werden – er hält sein Schild hoch, er becirct und bestiehlt die Passanten. Langsam nähert er sich dem Fenster des Stadtarchivars, brüllt ein flehentliches, lautes, unverschämtes „Mägest nöd ins Thöater gähn?“ in den Kellerschlund. Das Fenster wird mit lautem Knall geschlossen {„Schreyhals! Schwätztier! Gibt er nie Ruhe? Wo nur die Gendarmerie bleibt?“}.
Hostagfrass kennt den zerfließenden Cousin wohl, allein, ihm fehlt jede Liebe zu dem häßlichen Burschen und seiner Kunst. Hier unten braucht er Ruhe. In seiner Welt gilt seine übermenschliche Anstrengung der Stadt W. und ihrer Geschichte. Ohne einen Funken Wahnsinn würde er nicht versuchen, die Sedimentschichten der Jahrhunderte zu durchstoßen: Wer wurde gekrönt, wer hingerichtet, wer erlosch wann und warum, wen befiel eine Krankheit und wer starb an Altersschwäche, wen überrollte ein Fiaker und wer stürzte sich vom Dom?
Fotos junger Menschen, deren Körper längst zu Staub geworden sind, bilden unruhige Türme auf seinem Schreibtisch. Hostagfrass raucht zu viel, seine Haut ist gelb, sein Haar schütter. Er weiß selten, welches Wetter und welche Tageszeit außerhalb seines Büros im Souterrain gerade herrschen.

Von Amtes wegen zur Archivierung, Systematisierung und Auswertung aller Geschichten der Stadt W. angehalten, türmen sich in seinem Bureau Zettelsäcke mit aufgeschriebenen Ereignissen, Ereignisse, die alle eine Wichtigkeit besitzen, für irgendwen, zentnerweise

Geschichte, an der Zeit und Klima und kleine Käfer nagen. Die Möglichkeiten dieser Stadt: Das Diabolische bei einer Tasse Kaffee oder einem Glas Wein in ein reines, helles Kleid zu gewanden, die Aussicht, das eigene Schicksal als Notiz auf einem Bierfilz niederzuschreiben, ein Foto zu veranlassen und dann zu sterben, in der ruhigen Gewissheit, im Gelaß des Stadtarchivars Unsterblichkeit mit Karteinummer zu erlangen. Ganze Familien liegen nicht auf dem zentralen Friedhof, sondern hier begraben. Der Friedhof hat nur die Gebeine, Hostagfrass aber hat die Fotoalben, die Gebisse, die Schuhe, die Möbel, die Tagebücher, alles, was die Toten einmal umgab, was sie hervorbrachten.
Und nun kann Semion Hostagfrass nur noch mit dem Gabelstapler dieser Flut von Aufzeichnungen begegnen, und längst hat er es aufgegeben, sich der „gefährlichen Ecke" zu nähern.

Die „gefährliche Ecke": Ein Winkel im Archiv, wo sich unter einem Fuder Papier ein Mahlstrom bildet und jeden, der dorthin tritt, unweigerlich verschlingt!
In einen Aktenordner einzusortieren ist dieser Mahlstrom – so wünschenswert das auch wäre – leider nicht. Der Buchdeckel, der nötig wäre, ihn darin zu fassen, müßte die Größe des ganzen Landes haben ...! {...sollte auch dringend gegen Legendenfraß imprägniert sein!} Geschichten sind die Bohrwürmer dieser Stadt, fressen Löcher und Läsionen in alles und jeden, nagen den Putz von sauberen Hauswänden und legen Backstein frei, der braven Bürgern empfiehlt, übereinander herzufallen. „Göhns ins Thöata! Göhns ins Thöata!" brüllt Schmöselmayer. Ein paar Leute haben ihm ein Billett abgekauft, aus Mitleid. Ein schlechtes

Gewissen ist eine feine und löbliche Sache, sehr modern obendrein. Ins verschmutzte Schmöselmayer-Theater wird auch an diesem Abend keiner gehen. Das Schild wird in einen dunklen Winkel geworfen, morgen wird er ein neues Schild malen, morgen wird er wieder vor dem Stadtarchiv seine Runden drehen, ohne daß der Cousin in seinem Gelaß ihn eines Blickes würdigt. Ein Theater braucht W. nicht mehr, überall gibt es jederzeit etwas zu sehen. HEUTE ABEND HINRICHTUNG! schreit ein Plakat an der nächsten Hausecke. Darunter, in schönster Zierschrift, wird versprochen: KINDER HABEN FREIEN EINTRITT! INTERNATIONALE SPEISEN! WELTBERÜHMTE HENKER KÖPFEN WELTBERÜHMTE STRÄFLINGE! ... WER NOCH LEBEN WILL, DER BEEILE SICH![IV]

ANNI MIT DEN SCHÖNEN ZÄHNEN

Halunken, Taschendiebe,
Raubmörder und Attentäter ...

Die „Bruderschaft der pensionierten städtischen Henker“ sitzt halb besoffen im „Kaffeehaus Schädelstein“ und plant zum siebenhundertfünfzigsten Jahrestag ihres Bestehens mögliche Festakte. Es ist eine traurige Runde, die sich da bei Wein und Fusel eingefunden hat. Der ehemalige Oberhenker Sanktuarius Schnüffelzahn, ein herzensfrommer Mensch, überdies Oberkleingärtner und Kassenwart der „Städtischen Henkersseilsammlungen“ seufzt leise: „Wir haben die ganze Welt bereist und überall war sie rund! Überall rund! – Aber besonders rund ist sie hier – im schönen W.! – So rund wie hier ist die Welt nirgends sonst – ... und schön war es damals, als man uns gebraucht hat; herrlich waren die Umzüge, schön die

Galgenbergbeleuchtung, und im Herbst hats ein Fest für Kinder gegeben, mit einem Lebkuchengalgenmann gratis für jedes. Aber die Raubschlösser stehen leer ..., die Touristen fallen in respektlosen Scharen über die Friedhöfe her ... Und manchmal ist der Friedhof schon weg, man hat eine Tankstelle darauf errichtet oder ein Möbelhaus ...!. Das Sterben hat keine Würde mehr. Die gebrauchten Grabsteine werden um einen Zwanziger auf dem Naschmarkt verschachert, wo sich der Siegfried Grübelhaar ein Zubrot verdient, indem er die nutzlos gewordenen Namen abradiert. Man mag uns nicht mehr, Freunde! So ist es leider – das Hängen ist unpopulär geworden, seit es die Guillotine gibt! Das Köpfen hat uns um den Ruf gebracht – was mir ganz unbegreiflich ist, wenn ich daran denke, wie viele Leute da immer gekommen sind und sich gefreut haben! – Und das Großinquisitieren in allen Gassen einmal im Herbst, was war das für eine Gaudi! Bratwürstl gab es kilometerweit, an jeder Ecke eine Braterei – und der mobile Weinkeller an der Pestsäule hat jedem Freude gemacht und manche Ehe angestiftet – und wer lächelt nicht, wenn er an all die Kinder denkt, die in den Nächten nach einer solchen Großinquisition gezeugt wurden! – Ein Fest war das damals, ein Fest! – Und denkt nur einmal daran, wie fein sich die Leute amüsiert haben beim letzten Schauprozeß, mit Zügen, in Ochsenkarren, auf Dreirädern und ausgestopften Giraffen kamen sie herbeigeradelt, kandierte Ochsenzungen wurden ausgegeben und dazu gab es Bier und Wein – und erinnert euch nur an die herrlichen Grabreden unseres hochgeschätzten Kollegen Selberstirn, der jedem kleinen Halunken, Taschendieb, Raubmörder und Attentäter eine so ergreifende Rede hielt, daß selbst die Richter in helle

Tränen ausbrachen – und wem wird nicht mehr warm beim Gedanken an die rührenden Selbstfuneralien unseres Stadtoberhauptes Itzelgwotz, der so schön von der Kürze des Lebens und der Kürze des Hängens zu parlieren wußte, der sogar das Vierteilen als Lebensziel in feinen Worten an den kleinen Mann brachte – ach, die Zeiten sind roh! Die Gauner marodieren durch die Straßen, die Galgen verfaulen; in ihren Kronen bauen sich Störche ihre Nester und nebenan zieht man einen Supermarkt hoch, an dessen Kassen dreiarmige Frauen ohne Gesicht sitzen…"

Traurig dämmert die Runde der einstigen Henker dahin, traurig, indes nicht gänzlich hoffnungslos; die Trübsinnigkeit weiß sich ins helle Gewand der Zuversicht zu kleiden, sobald die „Anni mit den schönen Zähnen" kommt: Ein Zweizentnerschrank von einer Bedienung, der bisher noch jeden Gast durch ein paar aufmunternde Worte, eine behutsam versetzte Ohrfeige oder eine kunstvoll zusammengepantschte Weinschorle aufzuheitern wußte. Die Anni hat zwar Hände zum Fürchten, aber auch eine heitere, ins Brokatmäntelchen des Schwachsinns gekleidete, ansteckende Frohsinnigkeit. Mag die Welt untergehen, mag ein stumpfes Messer den Kopf vom Hals trennen, die Anni findet immer etwas zum Lachen. Man tut der Anni allerdings Unrecht, stellte man ihre den vier Windrichtungen huldigenden Zähne über ihre schöne Art der Fortbewegung: Die Anni hat am linken Bein statt eines Fußes – wie jeder ihn hat – ein kleines verkupfertes Eisenrädchen – wie nur sie es hat – und so kann sie sich in der Manier eines menschlichen Hochrades fortbewegen. Das brachte der Anni stets viel Neid und Häme ein. Mit Füßen wird jeder geboren, ein kunstvoll geschmiedetes Zwölfspeichenrad aber kann nur die Anni ihr Eigen nennen. Zum Glück gereichte es der so erfrischend naiven Person leider nicht, und gerne würde der Erzähler hier anderes berichten als das traurige Schicksal der Anni: An einem Morgen mit erhöhter Luftfeuchtigkeit und reichlich Nebel verrostete und verklemmte sich das Rad der Anni in genau dem Moment, als sie sich daran machte, mit der Leiter in den im Dachgestühl befindlichen Weinkeller des Kaffeehauses „Schädelstein" zu steigen. Statt also in die Höhe zu gelangen, verlor die Anni infolge des festgerosteten Rades das Gleichgewicht, kippte vornüber, zertrümmerte den Stützbalken des Dachgeschosses und durchschlug selbigen; stürzte pausenlos bis ins Erdgeschoß, wo sie den passionierten Absinthsäufer Leopold Siebenschaf zerstäubte und dann selbst von einem ins Rollen geratenen Weinfaß zerschlagen wurde. Der ganze Bezirk trug Trauer. Schwarzgewandet schlichen die Trinker zu ihrem Glas Wein: „Die Anni ist nicht mehr", hörte man statt der gewohnten fröhlichen Trinksprüche. Von weitem kamen Schaulustige, um das drei Stockwerke tiefe Loch zu sehen, durch welches die „Anni mit den schönen Zähnen" einen so nutzlosen Tod gefunden hatte.

MARQUIS

... Am Ende wird nur einer übrig sein.

Im Hintergrund steht Luciver, neben ihm das Kiankuli, das Köfferchen in der Hand, es kniet nieder, öffnet das Köfferchen und drückt den einen einzigen Schalter, der selbstredend auf „An“ steht, auf „Aus“, und kaum daß es sich diese Mühe gemacht hat ...
... hört Luciver das wohlvertraute Räuspern, das mahnende und bis in jede Ewigkeit hinaus verhasste kehlige Atemziehen seines Vaters, schon liegt ihm die Hand des Alten auf der Schulter: „Ich sage es nicht gern“, sagt Gott, „aber Du machst da einen Fehler ...! Fünfzehn Mozarti ... alle unsterblich! ... Na schön, warum auch nicht – aber etwas läuft falsch – sieh doch einmal hin – gerade eben hat einer sich in dieser Baugrube das Genick gebrochen – und da drüben läuft

eben einer in den Bus hinein – und schon sind es wieder zwei weniger – aber nein, Irrtum, sie sind schon wieder da!, nur blöder als zuvor ...! ... Und dann noch das – ein grober handwerklicher Fehler, mein kleiner Luz: Du hast den Faktor der Seelenspaltung übersehen, der sich bei einer so wahllosen Gewährung von ewigem Leben einstellt! Es sind längst nicht mehr nur siebzehn Mozarti, sondern schon achtundzwanzig – bald werden es vierzig sein, sechzig, hundert, tausend ... Ich sage es wirklich ungern, mein Sohn, aber Du machst einen Fehler ..."
„Der Fehler ist", fährt Luciver herum und stößt Gottes Hand von seiner Schulter, „daß ich Dir zuhöre und daß Du, was immer auch dein Blick trifft, in allem nur Fehler siehst ...! Immer mußt du alles perfekt machen, hast schon beim 'Basilisk' nicht Deine Hände aus dem Spiel lassen können, sondern überall mitgespielt! Dies ist mein Spiel! Um wie viel schöner wird alles sein, wenn wir dieses ganze herrliche Chaos seiner natürlichen Entwicklung überlassen! Und was, bitte, spricht gegen ein vermehrtes Auftreten von Mozarten? Indem sie verblöden, machen sie keine Musik; am Ende wird nur einer übrig sein, der Musik macht, und dieser eine Mozart – *mein* Mozart – wird eine Musik schreiben, zu der Dein Mozart nicht imstande war. Schön, Deiner ist umgekommen, weil ich nicht aufgepasst habe – aber dieses Mal, du wirst sehen, bleibt Mozart am Leben – irgendeiner von ihnen – und wird Musiken schreiben, wie andere sich die Nase schnäuzen oder Gase absondern!"
„Ich sage es nur ungern", sagt Gott, „aber ..."
„Dann sag es nicht!", murrt Luciver. „Sieh lieber zu, wie die Commedia sich fortsetzt, genieße das Spektakel, das ich eingerichtet habe! Sieh hin, sieh -!"

Und Gott sieht hin und sieht eine alte Dame mit einem Hund, der Hund ist ganz aus Plastik, mit einem Automatengehirn – das war eine Zeit lang so in Mode. Jetzt aber ist der Hund veraltet, und weil die neuen Automatenhunde zu teuer sind, führt ihn die alte Frau eben noch immer Gassi: „Soll er ruhig ein bissel an die Häuser scheißen", sagt sie, „an die Häuser, in denen ich nie verkehren durfte, die Häuser, von denen man mich weggestoßen hat. Hab mir nie die Miete für eine Wohnung in einem dieser Häuser leisten können ..., für den Gemeindebau hat es gerade so gereicht ... Aber ich hab einen Hund, der scheißt euch an ...!"
Der Hund wackelt, eine kleine Rauchwolke pufft aus seinen Ohren, er hustet, seine Rückleuchten blinken nervös, Drahtgeschling hängt aus der Schnauze, er hebt das Hinterbein, schüttelt sich erbarmungswürdig und läßt öligen Schlamm aus sich herauslaufen. „Jessasmarandjosef!", heult die Frau, „jetzt ist er ganz kaputt, der dumme Wastl!"
Sie schiebt die Gaffer weg: "Er hat doch erst Hunderttausendkilometer, ist fast rostfrei", sagt sie, „so einen Wastl baut heut keiner mehr, innendrin ist er aus Holz, wenn er nur kein Feuer fängt, wie schnell kann das was explodieren". Die Gaffer, teils angeekelt, teils erstaunt, weichen widerwillig, während der Hund, in immer dichteren Wolken aus Öl- und Schmorbrand verschwindend, ganz schauderhafte Geräusche von sich gibt; verflüssigter Kunststoff und eingeschmolzene Transistoren schwappen den Gaffern an die Schuhe, es kommt zu tumultartigen Szenen, als Minuten später alles Keuchen, Kreischen und Husten ein Ende hat: Der Wastl liegt explodiert im Rinnstein, aus der Rauchwolke aber tritt ein Mann, ein schöner Mann, ein unglaublich schöner Mann, ein erschreck-

end schöner Mann. Es ist der wiedergeborene Marquis de Sade, dessen Seele sich seit Jahrhunderten von Gegenstand zu Gegenstand rettete, im Innern von Kuckucksuhren und Musikautomaten war er gefangen und zuletzt im Automatenhirn eines Automatendackels. Nun ist der Marquis frei. Die Frau stöhnt auf: „Wastl?“
Der Marquis ätzt: „Leck mi, alte Schabracken!“

„Marquis!“ Gott seufzt. „Den hatte ich doch eigens da drin versteckt ... Eine schmutzige Seele ... Und jetzt holst Du ihn wieder heraus...?“ Gott setzt sein Polizistengesicht auf: „Muß das sein? Noch mehr Wiedergeburten, Seelenspaltung und Wiederverwendung von mißratenen Seelen? Mein kleiner Luz, das kannst Du besser, laß mich sagen, daß ...“
„Sei ruhig! Nenn mich nicht Luz!“, schnaubt Luciver, es riecht nach Schwefel, nach Ammoniak, ich sollte mich nicht aufregen, denkt Luzifer, aber ab und an muß man sich von einem Heiligen Vorhaltungen machen lassen. Zwingen wir das Glück und lenken die Hand des Schicksals, das mit zitternder Hand würfelt!

Wenige Tage vor dem 14. Juli 1789 hatte der Marquis, nachdem er jahrelang im Gefängnis in der Bastille mit seiner Raserei alleingelassen worden war, die Menge rund um das Gefängnis aufgehetzt, indem er in den Abflußtrichter für sein schmutziges Wasser einen sinnlosen Schrei brüllte, zweifellos den sinnlosesten, der jemals Stimmbänder strapazierte. Er schrie {es ist historisch überliefert}: „Volk von Paris, man mordet die Gefangenen!“ Wer sollte schon zuhören? Es ist wie mit dem Schrei der Vorstadtrentnerin, der das Volk aus Langeweile die Kehle aufschlitzt, bevor es nachsieht, was in der beige-braunen Handtasche zu räubern ist. Da ist nichts, gar nichts, die beige-braunen Vorstadtrentnerinnen haben nichts, was man stehlen könnte, nur das Leben, das restliche, das kann man ihnen noch nehmen. Wenn wir in den Hintergrund des Bildes blicken, sehen wir staunend, wie viele Leute des Nachts in einer Vorstadt umgebracht werden: Ganze Stadtviertel werden vom Mob gelyncht, gefressen, aufgeschlitzt und entbeint. Die Reste verscharrt man im Stadtpark oder im Wald, der sich als hoher Buckel über W. erhebt, ein regelrechter Kamm aus Knochen im Westen von W.

In diesem Wald hört man nicht das Rascheln der Blätter, sondern das Knirschen der Knochen. Auf Knochen wachsen Gras und Bäume und Orchideen besonders gut, es merkt niemand, wie prachtvoll sich die sonst so mäkeligen Pflanzen am Stadtrand entwickeln: Fleischfressende Veilchen und Primeln sind darunter, auch mancher Weinstock, der prachtvolle Trauben von der Größe eines Kinderschädels hervorbringt und nur darum so gut wächst, weil seine Wurzeln sich an die mineralreichen Schädel toter Dichter oder Komponisten klammern. Und das Gras im Park! So grün, so dicht! Müssen das viele Leichen sein, unter diesen Grünflächen, auf denen sich halb nackte Teenager räkeln––!

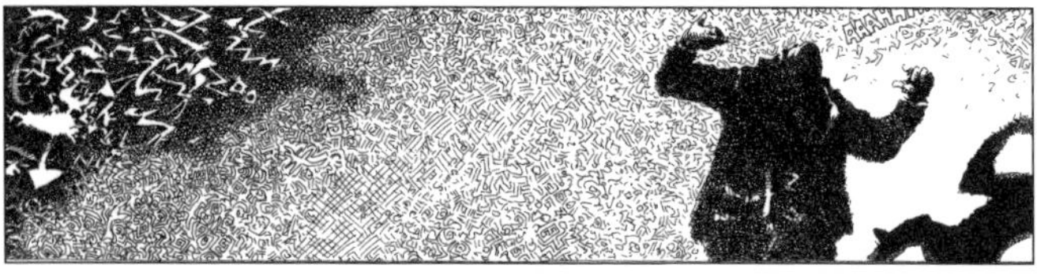

Thöata! Thöata! Aus einer barock-überdimensionalen Ölwolke steigt Marquis de Sade und peitscht junge Leute, bis sie vor Schreien heiser sind. Vier wiedergeborene Mozarti spielen dazu Etüden. Die Sonne stürzt ab. Vögel spielen sich auf: Sturm aus Geschrey und Federwolken. Rufe aus dem Publikum: „Feiglinge!" Gendarme marschieren auf und ab, sind da und wieder weg. Eine Tuba wird gespielt, zerfällt, ein Klavier rollt auf die Bühne, heraus steigt der Agent Lee Nolium und verneigt sich im schwarzen Panthermantel. Dann ist alles aus, es wird dunkel und wieder hell: Ein Stück wars nur, ein Theaterstück! Wir danken für ihr aufmerksames Entsetzen!
{Ein Stück nur, wer hätte das ahnen können?}
Alles verneigt sich: Lee Nolium, die Frau, der Mob, die Leichen, die Teenager, die Grünflächen, alles verneigt sich vor dem plätschernden Applaus des Publikums, das detachiert in die nächste Weinkneipe strebt: „Schön wars", sagt man, „und so amüsant", und: „Das nächste Mal gucken wir uns aber wieder den Nestroy an, der ist nicht so furchtbar modern."
Sie betrinken sich, betrinken sich an schlechtem Rotwein, von dem keiner weiß, woher er kommt, „so schön wars", lallen sie. „Aber schöner ist der Nestroy–!"

Lee Nolium tritt vor die Kneipe, zündet sich Rauchwerk an, nimmt zwei Züge, atmet zufrieden aus. Zurück an die Arbeit, zurück zum heimischen Herd, zu Frau und fünfzich Kindern und dem täglichen Verschwörerhandwerk {Schreibtisch voller Verleumdungen, boshafter Nachrede, Monstrositäten. Lügenwerk vom Fachmensch. Luxus Lüge}.

Ein Taxi hält vor der Kneipe, heraus steigt der Schriftsteller Kraxlfiete {bekanntester Titel: „Erde fressen"}, verknaxt sich einen Fuß und stürzt. Nolium blickt den jammernden Schriftsteller ohne aufkommendes Mitleid an {Ruhe da! Muß nachdenken!!}, noch ein Taxi kommt und verschluckt Lee Nolium. Kraxlfiete bleibt liegen, schreit und schreit, aber er wird nicht gehört. Die Stadtreinigung nimmt ihn mit, gibt ihn im Tierhort ab, in einem Hundekäfig legt man den Zeternden ab {„Rauschsüchtiger. Soll sich ausschlafen, das arme Vieh!"}, er schreit: „Schriftsteller bin ich!" {woraufhin sich der Schlüssel im Schloß gleich nochmal dreht: weg ist weg!} Lee Noliums Taxi fegt durch die Gassen, linksrechts Häuser wie hohle Zähne, „fahren Sie schneller", bellt Nolium den Fahrer an, einen grauen Hund, dem die Lefzen bis an den vorschießenden Bauchansatz hängen. Schon macht das Taxi einen Satz

nach vorn, mittendurch eine Gruppe Mozarti pflügt der eiserne Todesengel, hinab an den Hafen, ja, was sich hier „Hafen“ nennt. Lee Nolium: Der Steuermann, dessen Gesicht keiner kennt. Schon sieht man ihn auf der Brücke des Schiffes W., stadtgroßer Kreuzer verkohlter Träume. „Rudert hinaus“, klirrt Noliums Stimme übers Deck, reißende Muskelfasern im Abendlicht, so heben die tumben Ruderer das Schiff W. aus dem Wasser, köpfen dabei Reihen von Kopfweiden, die der Kaiser selbst anzupflanzen befahl, bringen den Kahn in die Stromschnellen der Zeit. Das Kentern liegt in der Luft, am Abendhimmel malt sich die Silhouette des Schiffes reizvoll vor die glimmenden Wolkentürme.
„Zieht, zieht“, tönt von fern, gläsern und atemlos die Stimme des Lee Nolium, des Agenten im schwarzen Panthermantel.

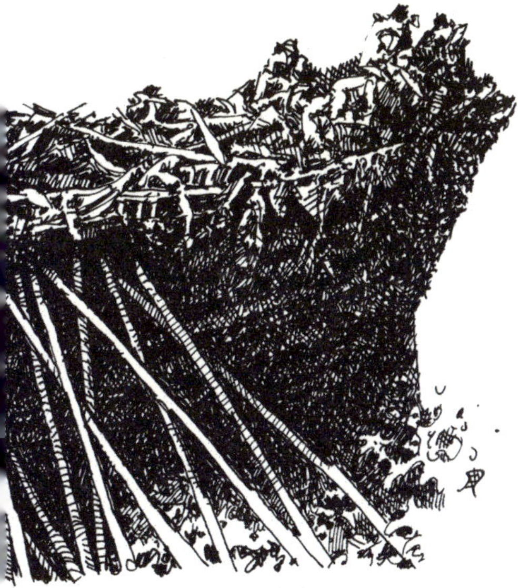

KÄFERDUFT

Spezl und Brandstifter,
chitinbeiniges Ungeheuer mit schönen Augen …

{Die Kulissen klaffen auf: Ein Schuß löst sich: Etwas Verputz bröckelt von der Wand: Ein dünner Strahl tröpfelt da heraus: Der Weinkeller der Familie Barsebero wurde getroffen. Blutrot fließt der 1890er Chateaux Leoville Barton Saint Julian: Ein außergewöhnlicher Wein, der nicht ins Bild dieser Familie in der Blutgrätsche zwischen einer großen und alten Kultur und einer wertlosen Gegenwart passen will.
Wenden wir den Blick ab! Es tut uns leid um den schönen Wein.}

Am Boden schwärmen aus den rasch anwachsenden äußersten Bezirken Chöre von Insekten und Heerscharen von Seraphimen herein: kleine und große, dicke und dünne, manche mit Lyra und Spinett ausgestattet. Ganz still stehen sie. Die Luft ist weich, es erhebt sich kein Laut und kein Windhauch: Worauf warten sie dort so geduldig? Erwarten sie die Ankunft des Riesenheuschrecks Pschibyl? In einer Landschaft der leeren Häuser, in einem Bezirk von W., der sich im Nebel verliert, steht das große Theater des Pschibyl: „Willkommen, Du alter Patron!"
Hier draußen wird es niemals warm, es ist das ganze Jahr hindurch kalt, auch bleibt der Himmel grau, niemals läßt die Sonne sich blicken. Die Kälte macht die Gesichter weiß, eisig stehen die Seraphime und harren aus {würden so gerne wieder in die zerwühlten, warmen Bettlaken kriechen, man hört nur das knirschende Echo ihres Atems in einer klaren Luft, in der Schneekristalle leuchten.
Pschibyl: Ohne die Tröstungen des Riesenheuschrecks wären die Engel und die alten Frauen, die einsamen Alkoholiker und die Brandstifter längst verzweifelt. Da kommt er in seinem Luftschiff: schöner Sünder und leuchtender Schwarzkünstler, würdevoll in edle Stoffe gekleidet, in Seide, Samt und Brokat. Von neuem beginnt sein raffiniertes Spiel der Täuschungen. Womit wird er das frierende Volk diesmal befrieden? Sein Erscheinen wird vom gierigen halblauten Gemurmel der Massen umfangen: „Pschibyl, Pschibyl", branden die Stimmen in der dünnen Luft vom vordersten bis zum letzten Engel. Was für ein Glanz in den verrotteten, schimmelverwüsteten Staffagen des elften Bezirks.

Der Liebling aller Damen, denen er aus seinen ausdrucksvollen Facettenaugen glühende Blicke zuwirft, und, seine ellenlangen Hinterbeine geschickt aufstellend, sich hinabbeugt zu seinem Publikum und leise die Worte „Wunder“ und „Zauber“ haucht.
Pschibyl darf wohl mit Fug und Recht als großer Straßentheaterintendant bezeichnet werden, hat er doch nichts weiter als zwei wohldressierte Eulen im Repertoire, um sein Publikum zu entzücken, die allerdings, das wird jeder zugeben müssen, aufs Trefflichste alle Dramen Shakespeares und Dantes zu spielen wissen, im Besonderen die „göttliche Komödie“, lieber noch das „Inferno“, dem sie Kraft ihrer runden, ausdrucksvollen Augen eine tragische Majestät verleihen. Pschibyl genießt in besonderem Maße auch die Gunst eines Luciver. Schamlos darf er sich aus dem Fundus von dessen Zeit als Lucius Onagre bedienen, selbst den wallenden Umhang und die wiegende Gangart Onagres weiß Pschibyl vollendet zu kopieren.
Mag er auch in den Augen eines Unwissenden weiter nichts als ein riesiges Insekt sein, dessen Chitinkörper in der spätbarocken Gewandung eines Impresario immerzu einen gewöhnungsbedürftigen Käferduft aussondert, mag er mit den Borsten seines Hinterleibs auch manch schöner Dame eine Schramme ins Antlitz gerissen haben – so ist er doch und war immer der Liebling aller Seraphime und aller Damen, denen er aus seinen ausdrucksvollen Facettenaugen glühende Blicke schickt. Den größten Applaus aber sendet Luciver: „Kommst mir gerade recht, alter Freund, Spezl und Brandstifter, chitinbeiniges Ungeheuer mit schönen Augen, was heißt schon schön, man muß ja nur mal in die pechschwarzen Teiche Deiner Augen

tunken, um zu sehen, daß Du eine Seele hast – so eine Seele hat sonst keiner! – kein Verlust und kein Schmerz hat ihren Glanz trüben können ... Nun tritt heraus, tritt aus dem Schatten, hinauf auf die Bühne – verneige Dich vor Deinem Publikum, Pschibyl!"
Jedes Weibsbild ist endgültig hingerissen, wenn Pschibyl mit der Grazie eines Tänzers auftritt und, seine ellenlangen Hinterbeine geschickt aufstellend, sich hinabbeugt zu seinem Publikum und leise die Worte „Wunder" und „Zauber" haucht.

Inmitten der Menge: der Bischof Fuselhuber, der nicht mitbetet, sondern nur den Mund aufklappt, gerade als wollten ihm bestimmte Dinge – wie die Worte der Zuneigung oder gar der Liebe – einfach nicht über die

letzte Hürde: Seine Lippen. „Halleluja“, ruft die Masse, während Pschibyl sie in den vorletzten Höllenkreis lotst: „Wer nicht weint, wer nicht ergriffen ist, der muß als fühlloses Maultier geboren worden sein!“

Bischof Fuselhuber ereifert sich im Kreise seiner Jünger: „Ausgerechnet Dantes Inferno! Das schlägt dem Faß den Boden aus! Ausgerechnet dieses Machwerk – ich habe es selbstredend niemals gelesen – ich werde mich hüten! – und gesehen habe ich es auch nicht! – werde mich hüten! – aber dieses Machwerk, das aller Moral, allen heiligen abendländischen Werten und Sitten Hohn spricht – das ist unerträglich--!“
Er gründet eine Initiative zur Verbannung und Verbrennung des Pschibyl'schen Theaterbetriebes, erwägt Exorzismen und Bußübungen, verübt an sich und anderen Askese und Hesychasmen, alles, um die Verderbtheiten des Theaters in der ganzen Stadt W. öffentlich zu machen. Aber den Leuten gefällt Pschibyls Spiel. „Natürlich!“, faucht der Bischof Fuselhuber und windet sich im eigenen Abscheu, in der tiefdunklen Sauce der von Geburt an Empörten: „Widerwärtig. Ekelhaft. Blasphemisch. Teuflisch – ja, teuflisch!“
„Natürlich teuflisch“, lächelt Pschibyl und entläßt aus der dunklen Tiefe seines Umhangs eine Eule, die dem Bischof Fuselhuber derart ähnelt – vom verzogenen Schnabel über die verkrümmten, krallenbewehrten Finger bis hin zu dem alkoholisiert-glasigen Blick hinter dicken Brillengläsern – daß alle das reine Entsetzen packt.
Der Bischof läuft wie von Furien gehetzt davon: Hunde, Katzen und kleine Kinder krakeelen hinter ihm

her, aus den Kaffeehäusern strömen die Gaffer, die Taxifahrer und Fiaker schließen sich an, im 12. Bezirk wird Fuselhuber von einem Wolf attackiert, der ihm den Ornat zerreißt, im 14. Bezirk wirft man faulige Würste nach ihm {Gesegnet seist du, gesegnet!}. Im 15. Bezirk tränkt man den Erschöpften mit Spumante, im 17. Bezirk stürzt er in einen Gulli. Die Menge guckt ihm lang hinterher und zerstreut sich dann: die Hilferufe langweilen durch ihre Monotonie. Könnte er nicht mal etwas anderes schreien als: Hilfe, Hilfe?
Der Morast verschlingt ihn und spuckt ihn am Rand von W. aus. Er lebt noch, hat aber jeden Rest von Verstand eingebüßt und kommuniziert, indem er mit Stöcken eine Art rudimentäres Morsealphabet auf die Schädel und Körper seiner Zeitgeschossen trommelt.

Pschibyl wird für diesen Spuk vom Papst Sixtus II. in den Stand eines kirchlich geduldeten „Spuk- und Magienherstellers“ erhoben, allerdings mit der Maßgabe, den Bischof Fuselhuber nicht wieder auftreten zu lassen.
Etwas später erhebt sich das Luftschiff des Pschibyl wieder in den Himmel, unter dräuenden Wolken fliegt es gegen den Stadtteil I., wo Luciver schon auf seinen schönen Riesenheuschreck wartet.
Freundlich lächelnd schwebt Pschibyl ein, grüßt seinen Mentor Luciver, der schlecht gelaunt in einer fein säuberlich gebauten Apokalypsenlandschaft unter tiefschwarzem Himmel steht, seine Gesichtsfarbe passend zu dem umgebenden, aus porösem Gestein getürmten Geklippe. Mit einem knappen Blick zerkratzt er diese Landschaft, wie ein kleines Kind mit wütendem Strich ein Blatt Papier verheert. „Daß er

mich auch nichts machen lassen will", zürnt Luciver, „daß er nicht einmal W. anerkennen kann! Reicht es ihm nicht, daß ich aus dem Himmel gestoßen wurde, daß er mich herabsinken ließ? – Kann er nicht sehen oder will er nicht sehen, wie alles Schwache und Zerbrechliche immer auch ein Spiegel seiner selbst ist und daß seine Reinheit des Himmelreiches eine unerfüllbare Verheißung – sagen wir es: Eine Lüge! – wie alle seine Lockungen, die er den Menschen bietet? Besitzt nicht mein W. mehr von einem Paradies als jede seiner Versprechungen?"
Pschibyl tritt zu Luciver und versucht ihn zu beruhigen. Seite an Seite stehen sie, wie Brüder, nehmen einander die Masken ab, in Tausende von Farben zerfallend. „Ich bewohne einen Körper, der nicht meiner ist", sagt Pschibyl, „endlich kann ich den Bühnenraum verlassen, kann mich des Körpers entledigen und zurückkehren; Du aber mußt noch bleiben, mußt noch ein wenig länger unser großes Theaterstück spielen, ihnen den Gaukler vorstellen. Während ich nun verschwinden darf, mußt Du bleiben. Werde nicht ungeduldig! Verzeih dem alten Mann, denn er ist müde und er versteht Dich nicht, hat Dich nie verstanden, keines seiner Kinder ... Sieh ihn an: er ist alt, auch er ausgezehrt von einem Vater, dem er, so wie Du ihm, niemals etwas recht machen konnte. Das Universum dreht sich um ... und durch! ... unsere Familie! Der Vater, der Sohn, der Enkel und immer weiter ...! Die Weiber haben sich aus allem verabschiedet, hatten schon recht ... Wir aber müssen, durch alle Generationen, den immer gleichen Kampf überstehen. Warte nur ab: Wenn der Großvater kommt wird alles matt und klein und unser alter Herr schrumpft hinein in seine Kinderhaut!"

Es wird still, ganz still, Pschibyl ist verschwunden, Luciver alleine: nun will er sich so zeigen, wie er dem menschlichen Auge scheinen mag, als einer der ihren, einer, der plötzlich auftaucht. Doch wo er auftaucht, da weicht die Welt zurück. Wütend fährt er über sein W., entwurzelt Bäume, nimmt ein paar hundert Seelen weg, läßt ein paar Häuser einstürzen, Züge entgleisen, erst einen, dann einen zweiten, dann einen dritten, löst Schwangerschaften und Geburten aus. Der Zorn verraucht und sein schönes Spielzeug W. ist in Aufruhr. Niemand hat am Feuertanz der untergehenden Sonne Freude. In den entgleisten Zügen saßen viele Mozartduplikate, die, kaum daß sie ihr Leben verloren, schon wieder zurückkehren, nicht recht funktionierend, dafür aber in großer Zahl. Was macht es aus, wenn einige Dutzend von ihnen durch Züge zerquetscht, von Straßenbahnen überfahren oder durch neuartige Krankheiten dahingerafft werden? Es bleiben genügend übrig.

In Lucivers W. dauert nichts länger, hat noch nicht einmal der Tod Bestand. Alle naslang wird gestorben und wiedergeboren. Teurer waren die letzten Quadratmeter auf Erden nie.

MANN AUS KALK UND GRANIT

Er ist ein Stein!

Syllab befindet sich in seiner Küche in einem Zustand des Versteinerns. Wie er das macht, weiß man nicht, aber man bewundert, begrüßt, bestaunt es, man denkt darüber nach und hat ihm im Hausflur ein Schild gewidmet, auf dem steht: KINDER LEISE SPIELEN! DENKT AN DEN HERRN SYLLAB! Und die Kinder spielen leise, denn wenn ein Herr versteinert und nur Tag um Tag am Tisch sitzt und ein Kinn aus Kalk und Hände aus Granit bekommt, das macht auch ihnen Respekt.
Draußen im Sandkasten spielen sie selbst „Versteinern“: Fressen Sand und Dreck, liegen reglos herum und warten darauf, ein Stein zu werden. Der kleine Franz hat besonders viel Talent. Der legt sich auf die Erde, der ist sogleich ein Stein, und wenn der Dackel vom

Herrn Pauletschek kommt und ihn aus Versehen anpinkelt, verzieht der Franz keine Miene, weil er ein Stein ist. Mag es regnen und hageln und mag die Mutter schimpfen! ... Er ist ein Stein! So liegt er bei Wind und Wetter da und will sich von den Jahrtausenden des Wetters glattschleifen lassen. Er rührt sich nicht, als Hunde aus allen Häusern herbeitrappeln und Appell halten. Eine kurze aber ernste Linie von Schnauzen und Gliedern, ausführlich und eindrucksvoll wartend. Franz zuckt auch nicht, als der Herr Kyselak vorbeikommt und ihm seinen Namen quer über die Stirn schreibt: „Kyselak war hier“. Seine Mutter könnte vor Stolz platzen, wenn er als Stein im Hof liegt: „Überhaupt, was der kleine Franz für ein talentierter Fratz ist, das hat er von mir, ich war ja auch ein begabtes Kind ...!“ Den Stolz läßt sie sich nicht nehmen, auch vom Franz selbst nicht, mag er auch eine halbe Million Ameisen an die Wand seines Zimmers kleben oder ein Loch in die Wohnung darunter schlagen und dem verdutzten Ehepaar Stopfmeyr erklären, daß er einen Weg zum Mond grabe ...! Alle Probleme des Daseins sind in

Franzens Augen durch Graben zu lösen, alle Probleme, wie sie da sind.
Manchmal sieht er den Herrn Syllab am Fenster stehen. Er fragt sich, ob aus dem alten Syllab ein Granit wird, ein Feldspat, ein Quarz oder ein simpler Kalk? Was kann er werden, der alte häßliche Mann, der seit Jahren die Wohnung nicht verlassen hat und zu Stein wird? Ob er mal mit einem Meißel hineingehen und sich ein Stück abschlagen soll vom Syllab-Brocken--?

Einst hatte der Herr Syllab das Leben genossen, er war ein angesehener Geschäftsmann gewesen, hatte sich erlauben dürfen, mit Gemeinheiten um sich zu werfen. Bedeutsam wie er war, dufte man ihm nichts übel nehmen. Er sagte, was er dachte und zwar so, daß das Gedachte von Wort zu Wort immer falscher wurde. Eines Tages erwachte Herr Syllab und blickte auf die stockfleckige Decke und war allein. Ringsum der Mietshausgeruch, der Mietshauslärm, das Besteckklappern, das impertinente Herumtrampeln von Kindern, das gierige Plappern von Müttern, Vätern, Tanten und anderen Lebendigen, das Hundegebell und Katzengeschrey und Rattengefieps, Toilettengeräusche und enthemmtes Musikspielen, Furzen, Lachen, Heulen, Schreien, immer und immer.

Herr Syllab war vom Tod umgeben: Die Frau gestorben, die Tochter davongelaufen, die Freunde hinüber oder irgendwo verschimmelnd, nur er noch da, allein in einer gelbstichigen Wohnung. Wen die Einsamkeit beißt, der muß etwas unternehmen oder daran zugrunde gehen. Herr Syllab hatte kein Interesse am Zugrundegehen, so annoncierte er in der Stadtteilzeitung:

GESUCHT! Eine Weibsperson zum Schikanieren. Alter Mann {83}, fast blind, impotent, bösartig bis ins Mark, alleinlebend seit 51 Jahren, infernalisch häßlich, sucht grobknochiges Ungeheuer weiblichen Geschlechts für Hausarbeiten und robuste Schikanierungen. Kräftiger Körpergeruch kein Problem!

Es meldeten sich verschiedene Damen, die allesamt weiß Gott grobknochig, hölzern, schwerfällig und selbst zu verschiedenen Graden der Bösartigkeit begabt waren. Doch keine, es sei an dieser Stelle geschworen, keine war so sehr geeignet, die Forderungen von Herrn Syllab zu erfüllen wie Berta Drotz, geboren in Drauz. Eine Frau, die so aussah wie die amerikanische Prairie, nachdem sie von zehntausenden von Büffeln zertrampelt und anschließend durch Buschbrand in Leichenstarre versetzt worden war. Berta Drotz roch wie eine stillgelegte Quecksilbergießerei.
Herr Syllab liebte sie sofort.

Er sah aus wie eingeschmolzen. Absichtlich zerlumpt. Er ging bandagiert, mit Papier umwickelt: verletzte er sich bei häuslichen Verrichtungen, so umwickelte er sich mit Zeitungspapier, es mußte gelesenes, benutztes, irgendwie zerschlissenes Zeitungspapier sein. Das Zeitungspapier habe eine aus Dreck und Verkommenheit geborene lebensstärkende Wirkung, sagte er {auch wenn keiner zuhörte}.

Seine Hände: Krallen, fleckig und borstig. Seine Nase: ein Haken. Sein Mund: ein brodelndes, halb zahnloses Loch. Seine Augen: tiefe Brunnen, in denen Unbestimmbares irrlichterte. Seine Ohren: faltige Elefantenohren, kräuselnde Gebüsche von weißem Haar rankten darin. Seine Aussprache: knarzend, geifernd, Worte in gestrecktem Galopp ausspuckend, ein an kantigem Wortwerk gefallen findender Zerstäubertrichter.
Sie paßte zu ihm.

Berta Drotz: ein kongeniales Monstrum, ein Gebirge. Ganz oben ein Kopf, mehrfachbekinnt, faltig und schwarzhaarig oben und unten und in der Mitte, mächtig thronend über zwei unterm Kinn ansetzenden Busenbergen, die unter dem als grauer Sack ausgebildeten Strickpullover wogten, selbst wenn Berta weiter nichts tat als atmen.
Perlender Schweiß betaute ihr die Stirn, welche flach und kerzengerade einen Zentimeter über den Augenbrauen Anlauf nahm zu weiter nichts als einem struppigen Haaransatz, wobei sich Menschen von Bildung und ästhetischem Sinn geweigert hätten, die grobborstige Ansammlung von Spiraldraht auf dem Schädel als „Haar" zu bezeichnen.

Ehrfurchtgebietend stand sie im Flur von Herrn Syllab, halb anstoßend an die Deckenlampe, blickte sie auf ihn herunter, er hinauf, mit sinister blitzendem Blick, und dachte: Herrlich, so ein astronomisches Saturnierweib, an der kann ich mich scheuern, die kann geifern, die kann ich schikanieren, die kann mein Strampeln mit Worten und Blicken aushalten, die hält alles aus, die ist Stein in Menschengestalt––!
Er nickte, sie nickte, sie nickten einander zu, das

Schlachtfeld war somit bestellt.
Er sagte: „Ich bezahle unregelmäßig, mal zu wenig, mal zu viel. Sie müssen sich daran gewöhnen."
Sie sagte: „Werr mier bscheißen bringt selber siiech umm!"
{Wie sie schon das U im Kehlkopf poltern lässt, wie sich das M in die Knochen rammt!}
Herr Syllab nickte: Das gefiel ihm, da kam keine falsche Höflichkeit auf, niemals.
Er sagte: „Ich schikaniere sie jeden Tag von zwölf bis sechzehn Uhr. Danach bin ich müde und schlafe wie ein Toter."
Sie erwiderte: „Mier egal wann und warum sie Mund sperrren auf. Iiiich niecht hören zuu!"
{wie das I übermütig, tobsüchtig fast, vervielfachend aus den Nüstern flieht, wie das Z als feuchter Regen von den düsteren Wällen der Lippen herabfällt––!!}

Sie gewöhnten sich schnell aneinander. Bald fehlte ihm etwas, wenn er das Schreien der hölzernen Bodendielen unter ihrem machtvollen Leib nicht hörte, wenn er ihr kurzatmiges „Ösch-Ösch-Ösch!" beim Putzen nicht vernahm, wenn er ihre aus einer fernen Heimat mitgebrachten kunstvollen Fluchcrescendi zu entbehren hatte, weil sie – es ließ sich nicht umgehen – ihren freien Tag hatte.
Manchmal bat er sie, für ihn zu fluchen. Er setzte sich in seinen Sessel, sie stellte sich kerzengerade vor ihm auf und ließ eine Kaskade von Verwünschungen und Flüchen in allen Tonarten erklingen, welche die Welt völlig neu definierten …
Er lobte sie: „Diese Flüche sind Kunstwerke! Sie sind nichtgegenständlich!, da sie nichts in der materiellen Realität Vorhandenes abstrahieren, sondern im Ge-

genteil Geistiges materialisieren!, es sind mehr oder weniger strukturelle Konstruktionen!, ich würde das direkt als abstrakte Kunst bezeichnen---!"
Er schlug ihr vor aufzutreten, er sagte: Sie sei ein Naturtalent, ihre Art des Fluchens und Atmens, dieses Diminuendo aus Atmen und Seufzen, das folgende Allegro aus Warmschimpfen und die kulminierenden Blockakkorde aus Flüchen und Beschimpfungen müßten auch andere Menschen mit Sprachempfinden rühren.
Sie schwieg lang, dann sagte sie: „Haltenn Sie Mund jetzt. Müssen wier wechseln Verband aus Zeitungg-en!"
Sie empfanden nach solchen Sitzungen ruhige, verharrende, kontemplative Momente. Er bat sie manchmal, nur einen Buchstaben zu sagen, nur einen, nur für ihn.

Er schikanierte sie von zwölf bis sechzehn Uhr ohne Karenz, zumindest, das muß gesagt sein, gab er sich alle Mühe. Er befahl ihr den Schrank, welcher vollends auseinanderzufallen drohte, zu reparieren oder irgendetwas zu machen, damit das Ding nicht bei jedem Lufthauch, der die Wohnung durchwehte, hin und her wackle. Sie schlug auf den Schrank ein, er zerfiel. Sie nahm den Inhalt und stopfte ihn in eine Tüte. Das Holz zerhackte sie in der Küche und verfeuerte es. Er stand daneben, schweigend, staunend.
Er befahl ihr, irgendwas mit der Lampe im Flur zu machen. Die Lampe sei alt und schmutzig, sie gebe kaum Licht, es sei absurd: Eine Lampe, deren Leuchten man faktisch nicht bemerke, sie solle da etwas unternehmen. Sie nickte, riß das Kabel aus der Decke bis an die Tür, dann nahm sie etwas aus einer Hosen-

tasche, er sah sie knüpfen und knoten, wenig später hing eine Hundertwatt-Birne an einem Drahtstrang und durchblendete den Flur, der, so stellte Herr Syllab entgeistert fest, mindestens doppelt so lang war als er gedacht hatte-! Da waren, in der sonst so schwarzen Ecke, die er für sich als schwarzes Loch bezeichnet hatte, drei Zimmertüren, die er, so sehr er auch in seinem Gedächtnis bohrte und grub, nie geöffnet hatte, seit er hier wohnte.
Sofort wies er Berta Drotz an, die Türen zu öffnen. Sie griff ihn am Nacken und schleifte ihn mit. Allein, sagte sie, öffne sie diese grausen Türen nicht.

{Erste Beschreibung einer unheimlichen Beobachtung}
Die erste Tür, so zeigte sich, führte zu einem Dachgarten, der so wild wuchernd seine Eigenständigkeit behauptete, daß sie, von sich gestört fühlenden Eichhörnern, Spechten und Drosseln attackiert und ausgezischt, die Flucht in den Flur zurück antraten.

{Zweite Beschreibung einer unheimlichen Beobachtung}
Die zweite Tür enthielt einen Schrank von der Größe einer Wohnung, er war voller Uniformen und Kanonenkugeln, Berta sagte: „Krieg 70/71. Grosssser Krieg. Kanone vieles. Und Knochen, elendiglichääs!"

{Dritte Beschreibung einer unheimlichen Beobachtung}
Die dritte Tür führte direkt ins Nachbargebäude, in dem ein so reges Kommen und Gehen herrschte, daß sich Herr Syllab und Berta Drotz erschreckt aneinander klammerten. Sie waren mitten in die „ewige

Mittagspause" hineingeraten: Schweißgeruch, Bratfettdunst, gesenkte Blicke, der Geruch von alter Kleidung und Linoleum.
Aus vielen Zimmern traten unablässig graue Beamte und rote Sekretärinnen. Sie strebten einzeln oder zu zweien, gesprächig blubbernd, zu einem Aufzug, der sie geduldig verschluckte, Stück für Stück.
In diesen Büros, sagte Herr Syllab, arbeiteten die Menschen an ihrer Verwesung: Es sei eine wonnige Arbeit, an deren Ende das eigene Verschwinden stehe.
In einer Mauernische schimmerte ein Roboter mit grünen Augen, über den Blechkörper hatte er sich einen Anzug gezogen, er zupfte sich eine Krawatte zurecht. Als er Berta Drotz und den an sie geklammerten Herrn Syllab sah, begann er, das Verfliegen der allgemeinen Eleganz und der gehobenen Lebensart zu beklagen. Das hölzerne Bürovolk gebärde sich wie auf dem Kriegsschauplatz: In einer Zeit, die keine schlimmere Sünde kenne als die Langeweile und das Nichtstun, werde Tag für Tag ein Erlaß nach dem anderen herausgegeben. Gesetze, Anordnungen und Empfehlungen, in denen weder Verstand noch Mitmenschlichkeit je eine Rolle spielten. Bös und seelenlos seien die vom Menschenpack geschaffenen Gesetze, und gemein wie die Menschen seien, beuteten sie nur eine Spezies noch schlimmer aus als sich selbst – nämlich ihn, den Roboter.
Er schlafe schlecht, sagte der Roboter mit trauriger Stimme, er setze Rost an, ab und an falle eine Speicherstelle aus. Er sei am Ende, ja wirklich, und um sich zu wehren, um wenigstens einmal ernst genommen zu werden – da schlage er eben ab und an einen Menschen tot. Es gehe nicht anders.
Ob auch sie Menschen seien–?

Berta verneinte und kletterte mit äffischer Gewandtheit, Herrn Syllab am Nackenfell gepackt, zurück in die Wohnung, wo sie die „böse Tür“ sofort zuzumauern begann.
„Menschenfabrikk“, stöhnte Berta. „Habe gewußßt, das ist böööse Tür!“

Es dauerte lange Tage, bis sie wiederkam.
Sie kochte schlecht, sie rumpelte völlig entfremdet durch die Wohnung. Sie sprach einen Satz, den Herr Syllab lange Zeit nicht zu ergründen vermochte:
„Alles Sillap! Ist Theater das! Sillap iiist Theatärr!“

Nach diesem Vorfall, so fand Herr Syllab, war Berta Drotz nicht mehr die gleiche. Aber auch er habe sich verändert, fand er. So hatte er jede Lust verloren, sie oder sonst wen zu schikanieren. Und Berta, das mußte er schmerzlich einsehen, war nicht unverwundbar.
Einmal sah er sie – zittern. Das löschte jeden Gedanken an Schikanen und Drangsalierungen aus.
Er mußte sie entlassen.

Der Staub wuchs aus allen Ritzen. Das Licht verschwand aus der Wohnung. Die Zeit machte sich aus dem Staub. Jahr um Jahr verschwand in den immer gleichen Verrichtungen, die Herr Syllab mit der Routiniertheit eines vom Tod verschmähten Ungeheuers erledigte.

Das Haus wurde umgebaut, die Mieter wechselten, die Geräusche veränderten sich, von überallher dröhnte Musik in diesem ewigen Jahrmarkt “W.” – doch mittendrin, ein zeitloses Gespenst, ein menschliches Ge-

wölle, saß Herr Syllab in seiner Wohnung.
Er konnte und konnte nicht sterben.

Luciver saß anläßlich Syllabs hundertzwanzigstem Geburtstag an der Seite des alten Gespensts und half, die Kerzen auszublasen.
„Bin ich jetzt fällig?“, fragte Syllab.
„Nein“, orgelte Luciver. „Ich habe beschlossen, Dich am Leben zu lassen. Du wirst immer weiter existieren. Ich werde Dein Herz nicht anhalten. Es wird schlagen und schlagen, und nichts wird daran etwas ändern können, bis ich in meinen Aktenkoffer greife und den kleinen Schalter betätige, der Deine Existenz beendet. Du wirst leben, Syllab, Du wirst ewig leben, und alle werden zusehen, wie Du langsam zu Stein wirst. Und wenn Dir jedes Glied zu Stein geworden ist, wirst Du immer noch etwas hören, immer noch etwas sehen, riechen und hören ...! Willkommen in der Ewigkeit, Syllab, willkommen!“

EDEN FOREVER

„Du wirst leben, so lange ich es will.“

Luciver quält den Syllab.

Syllab versucht sich umzubringen, indem er das Gas aufdreht und das ganze Haus in die Luft sprengt, aber aus den Trümmern zieht man als einzigen Überlebenden den Syllab hervor: Nahezu unbeschadet fährt man ihn in ein Krankenhaus, zählt seine Altersflecke, kartographiert das wüste Schlachtfeld seines Gesichts, schreibt fassungslos das Alter in eine Akte – Hunderteinunddreißig! – und entläßt den Greis in sein Leben, das er nicht mehr haben will und doch nicht loswird.

{Eine von vielen Möglichkeiten, sich umzubringen}
Syllab legt sich in ein Bad aus Säure, doch die Säure zernagt die Wanne, den Boden, den Beton, die Säure

zerfrißt das Haus, wo immer sie hinsickert, und Syllab stürzt in die Tiefe und ist zerschlagen und blau am ganzen Leib, aber er ist nicht tot.
Niemand bedauert das mehr als er.

{Eine weitere von vielen Möglichkeiten, sich umzubringen}
Syllab stellt sich vor eine Straßenbahn: die Straßenbahn entgleist, rutscht hinein in eine Zierbäckerei und alle kommen um, nur der Syllab nicht.
Luciver steht in der Nähe und schüttelt den Kopf: „Laß es, Syllab. Du wirst leben, so lange ich es will."

{Noch eine Möglichkeit, sich umzubringen}
Syllab trinkt Benzin, es fällt ihm nicht leicht, aber am Ende hat er doch anderthalb Liter getrunken, er hält ein Streichholz an seinen Mund – Benzinatem, hochkonzentriert – und da steht, wie zu erwarten war, Luciver neben ihm und bläst das Streichholz aus.
Tagelang stinkt Syllab nach Benzin, kann sich aber keiner Feuerquelle nähern, ohne daß Luciver ihm einen Strich durch die Rechnung macht–!
{„Du wirst leben, so lange ich es will."}

{Letzte Möglichkeit, sich umzubringen}
Syllab ist heute Hundertsechzig Jahre alt geworden und kauft sich Strychnin, Rattengift in sechs Varianten, Barbiturate in bunten Schachteln, Arsen und Warfarin, das er mit Aceton zu schlucken gedenkt. Er rührt das Gift zusammen, es frißt sich sofort durch das Glas, das Warfarin explodiert, und aus der Rauchwolke tritt, nur mit leichten Rußspuren geschmückt, unverletzt und betrübt, Syllab.
Der Geburtstagstag vergeht und Syllab lebt.

„Laß mich endlich gehen!“, brüllt er Luciver an. „Oder bin ich schon in der Hölle?“

Luciver quält ihn. Das mag auch daran liegen, daß Syllab so viel Ähnlichkeit mit Lucivers eigenem Vater hat – zu dem seit jeher eine gekränkte, zerbröselnde Liebe bestand, die sich zunehmend in erschöpfenden Gehässigkeiten äußert. Lucivers Vater, dieser Gott und Vater vieler Söhne, Träger kurzer Hosen, quälte seine Sprößlinge mit seiner energischen Art, gab ihnen unlösbare Aufgaben, folterte ihre Sinne mit endlosen Ansprachen, in denen es von selbsterfundenen Fachbegriffen und gemeinen Übertreibungen nur so wimmelte.
Unverständlich wie das Geschwätz des Vaters war auch dessen Leidenschaft für die Figuren, also jene kleinen aus Lehm hergestellten Geschöpfe, denen er nach dem Abendmahl Leben einzuhauchen pflegte („Haha, seht euch das an, ein Hufengel, nein, ein Klagepferd, nein, ein Stumpfvogel, ach, was weiß ich, die Dinger müssen auch keine Namen haben“, tönte der Vater, wenn wieder eines der Biester, die er ersonnen hatte, sich verstört umsah und zu fragen schien, welch makaberem Humor sein Leben zu verdanken sei.

Beim Essen saß der Vater umrahmt von den Söhnen und scharrte mit den Füßen, und wie oft hatte Luciver gedacht: „Gott, dieses Füßescharren, wenn es nur eine Macht im Universum gäbe, die dieses Füßescharren abstellen könnte!“ Aber der Vater scharrte weiter mit den Füßen, erfand Gestalten, die er in den Garten Eden setzte, der sich weit unterhalb ihrer Wohnstätte befand – –

Wenn der Vater getrunken hatte, lehnte er windschief und mit stumpfem Grinsen am Zaun und sah zu, wie sich die zwei neuesten Figuren gegenseitig totzuschlagen versuchten. „Schau“, hatte der Vater gelacht, „das ist der Nasenfritz, der Schnurrbert, der Trotteltropf, egal, und das ist seine Gattin, die Va ..., was weiß ich, wird schon einen Namen haben ... Oh, schau, jetzt versucht sie ihn zu erwürgen ... oder er versucht sie zu erwürgen ..., bäh, die zwei mag ich nicht, die sehen nicht so gut aus wie meine anderen Figuren ..., ich hab mich geirrt mit denen, die schmeiß ich weg!“
– – und Luciver hatte das Ringen und Schnaufen der Figuren betrachtet und gedacht: Wie schade um diese zwei häßlichen Dinger, die so unterhaltsam sind. Man könnte sie abrichten. Man könnte viel Vergnügen mit ihnen haben. Man könnte ihnen einen Gedanken einpflanzen und zuschauen, was damit geschieht. Man könnte sie sich vermehren lassen. Man könnte ihnen gestatten, den ganzen Planeten zu besiedeln. Man könnte ...! So hatte er den Vater gebeten, die mißratenen Figuren ihm zu überlassen: „Du hast ja genug andere! Die Figuren mit langen Rüsseln und mit Flügeln, die hübschen mit den langen Haaren und den vielen Füßen ... Aber laß doch mir die zwei kaputten, vielleicht fällt mir was ein, das sich mit ihnen anstellen ließe.“ Das war ein Augenblick der Schutzlosigkeit, den Luciver erst als solchen erkannte, als es schon zu spät war: Der Vater hatte den wäßrigen Blick auf Luciver geheftet und mißtrauisch gefragt: „Und dann? Was dann? In meinem Garten bleiben die nicht. Die mußt du schon woandershin bringen.“ Luciver hatte gedacht: „Wieso nicht?“ So hatte er die erste Skizze seines großen Stückes „Basilisk“ geformt {in Lucivers Kopf damals noch ein ungeformtes Stück Sehnsucht},

und aus Basilisk sollte einmal sein „W." werden. Luciver hatte die erste Anlage des chaotischen Verlaufs der Straßen entworfen, das malariaträchtige Auengebiet drumherum, das überhitzte Stadtzentrum und die ganzen Außenbezirke, in denen die Nacht pechschwarz, der Tag flach und hell und die Winter streng und geisttötend sein würden. Luciver hatte skizziert und gebaut und wie der Vater hatte er vieles ausprobiert. Der „Basilisk" war das Testfeld gewesen, in welchem er das Gute und das Schreckliche direkt nebeneinandersetzte, und als endlich alles so geworden war, wie Luciver es sich vorgestellt hatte, da hatte er die Arbeit an seinem „W." begonnen. Die Figuren hatten sich vermehrt, erheblich vermehrt {„Wachset und mehret euch, sagte Gott, ha ha. Man weiß nicht, was bei ihm welche Bedeutung hat"}. Luciver setzte die Figuren in seine Stadt, Prototypen für alle weiteren, die er in sein Gegenmodell zum Garten des Vaters führen würde. Er sah zu, wie die Figuren die Stadt einem Keim gleich befielen, sie beugten, erweiterten und den flachen Farben der Tage mit ihrem Blut, ihrer Phantasie und ihrer Todesangst eine wollüstige Buntheit verliehen, die Luciver niemals eingefallen wäre. Es gefiel ihm, was er sah, und auch wenn er den Vater niemals von der Schönheit von W. hatte überzeugen können, so wußte er doch: „W." war seine Stadt, und selbst wenn es weitere Orte nach dem Vorbild von „W." geben würde – „W." würde immer die schönste und die schrecklichste seiner Kreationen sein. Nichts konnte diese Stadt jemals in etwas anderes verwandeln als das, was sie vom ersten Gedanken an gewesen war: Ein Stein gewordener Ausdruck des Nichtgöttlichen.

Alles ist ewigdauernde Vergänglichkeit und unaufhaltsame Endlichkeit.

{Wegbeschreibung durch eine nichtexistente Stadt am späten Abend}

Vorbeigeschobenwerden an rostknirschenden Wänden. Hochgehobenwerden von knorrigen Wurzeln, pilzig umrankte Kinnladen. Nahe Augen. Sprießende Bartwurzeln. Kupferfarbenes Straßengezweyg: Immer schön die knarrenden Wendeltreppen der Müdigkeit hinab. In die Wände gegrabene Worte: „Mein Kopf ist ein Safe."
Hier quillt etwas aus dem Boden, sieh nur: Hier drückt sich gerade die Weltenformel aus den Dielen–! Das Miststück will uns erklären, wie alles funktioniert, ist das nicht ganz reizend? Schutthaufen des Gedächtnisses, immer wieder vergebens umgewälzt.

{Blick eines Fastblinden aus großer Höhe aus einem Dachfenster von W.}

Zugewachsener Blick durchs Milchglas: Jenseits der schmalen Öffnung gluckst und gluckert es. Das Meer. Ein Auto in den Fluten. Ein kenterndes Donauschiff, die pittoresk erhobenen Pfoten der weißen Damen beim Ertrinken.
Napoleon im Ruderboot: „Schneller, schneller!"
Er kommt zu spät, alle sind ertrunken.
Statt Wein fließt Blut.

BUCH ZWEI

PEZZI

VOR DEM RAND DER EWIGKEIT

„Ich erinnere mich an den Schlaf,
als blickte ich auf mich selbst hinab,
viele hundert Jahre lang.
Ich weiß nicht einmal meinen Vornamen."

{Vor dem Rand der Ewigkeit noch ein paar Häuser...}
Am Ufer die leeren Häuserhüllen, in denen einmal Menschen gelebt, geliebt und Angst vor sich selbst gehabt hatten.

{Erwachen in einer leeren Gegend}
Lauschmersbrunz erwacht aus einem Jahrtausende währenden Schlaf und braucht einige Tage, um sich zu erinnern, wer er ist. Er steht vor dem Spiegel und betrachtet das verwüstete Gesicht und hat keinen

Namen für das, was er sieht. So unerreichbar sein Name und all seine Erinnerungen auch bleiben, an eines erinnert er sich sehr genau: An den Auszug aus W., hinter Lucius Onagre hinaus in eine leere Gegend, die nie eine Menschenhand berührt hatte, und von dort hinab in eine Stadt, die W. bis zum letzten Staubkorn glich und doch nicht W. war.
Lauschmersbrunz sucht einen Arzt auf und erläutert sein Dilemma: „Ich habe Jahrtausende geschlafen und kann mich jetzt an nichts erinnern."
Der Arzt, versteckt hinter schlohweißem Bartgewöll, ein gewisser Dr. Freud, senkt ahnungsvoll die schweren Augenlider: „Langer Schlaf kann tatsächlich die Erinnerungsfähigkeit beeinträchtigen. Woran erinnern Sie sich?"
„An nichts. An Lucius Onagre, der uns davonführte. Warum wir hinter ihm hergingen, weiß ich nicht mehr. Ich weiß meinen Namen nicht mehr. Ich erinnere mich an den Schlaf, als blickte ich auf mich selbst hinab, viele hundert Jahre lang. Ich weiß nicht einmal meinen Vornamen."
„Macht Sie das traurig?"
„Eigentlich nicht. Ich wüßte nur gern, ob ich wirklich tausende Jahre lang geschlafen habe und ich wüßte gerne, ob ich einen Vornamen besitze. In meiner Wohnung steht eine fettleibige Ziege {auch an diese erinnere ich mich nicht, sie ist auch nicht immer da}. Über mir wohnt ein Mann, der sich als Gott bezeichnet. Als ich ihn freundlich im Treppenhaus grüßte, raunzte er: 'Drah di, Grießknedl, bleda'! Nachts höre ich ihn auf und ab gehen. Er ist sehr laut, er flucht viel und ich glaube, er trinkt maßlos, denn ich höre morgens das Herumpoltern von vielen leeren Flaschen ... Manchmal wirft er Essen aus dem Fenster, Bücher

auch, Möbel, alles mögliche wirft er hinaus, der ganze Hof ist voll ... Und wenn er dann schwankend durchs Stiegenhaus scheppert, begrüßt ihn die Putzfrau mit den Worten 'Lieber Gott' und schlägt ein Kreuz ... Und er faucht sie an: 'Guschn!, du Blunzn!' Ein gräßlicher Kerl. Um mich zu beruhigen {denn die Aufregungen setzen mir zu}, gehe ich in die Kirche. Dort predigt man den Fleischverzicht ... Dann erhebt sich der Pfarrer und fliegt davon, und nie kann ich erkennen, ob er Flügel auf dem Rücken hat oder nur einen Propeller oder ein Ionentriebwerk, und warum er überhaupt fliegen kann ... Und dann ist wieder der Nachbar da, der Gott. Er hat eine Bierflasche im Mantel, und wenn ich ihn grüßen will, winkt er ab und verschwindet.

... Das alles macht mich nervös."

„Das Nervöse ist ganz normal", sagt Dr. Freud, „heutzutage ist jeder nervös und jeder Nervöse hat einen Grund. Ich selber wurde vor kurzem wiedergeboren und unterhielt mich lang mit dem Herrn Mahler, der auch wiedergeboren wurde, und wir finden beide, daß man in diesen Zeiten unbedingt nervös sein sollte. Das ist gesund. Gehen Sie nach Hause und lesen Sie etwas, schreiben Sie Gedichte oder bauen Sie etwas an. Schließen Sie sich anderen Nervösen an, schließen Sie nervöse Freundschaften, haben Sie nervösen Geschlechtsverkehr. Die Ziege können Sie verkaufen. Ich nehme sie gerne."

„Aber finden Sie nicht ...", insistiert Lauschmersbrunz, „daß man wissen sollte, ob man tausende Jahre alt ist? Und wenn ich es bin, warum bin ich dann nicht tot? Und warum weiß ich meinen Vornamen nicht mehr oder wie meine Eltern hießen ... und überhaupt ... wer bin ich, sollte ich das nicht

wissen?“
„Besser nicht“, sagt Freud, „das hat noch niemandem gutgetan. Was Ihr Alter angeht, so kann ich nur sagen, daß Sie rund achtundfünfzig Jahre alt aussehen. Sie riechen nach Käse und Sie haben das scheußlichste Gesicht, das ich seit langem ansehen mußte. Tun Sie also etwas Gutes für die Menschheit: Werden Sie Dichter oder erfinden Sie etwas. Sprechen Sie mit Gott, er wohnt doch in Ihrem Haus.“
„Glauben Sie, daß das DER Gott ist“, fragt Lauschmersbrunz, „oder ist er irgendein Gott, einer von denen, die in der Zeitung inserieren und sich für ein paar Kreuzer wahllos anbeten lassen?“
„Das ist doch egal“, sagt Freud und schiebt Lauschmers brunz zur Tür hinaus, „beten Sie ihn an, sprechen Sie mit ihm, was kann es schaden?“

{Fäuste in den Augen}

Lauschmersbrunz steht auf der Straße. Herrenlose Fahrräder fallen vom Himmel. An den Lenkern klemmen große Klingeln, die Melodien von Beethoven, Mozart und Mahler spielen. Lauschmersbrunz schraubt einige der Klingeln ab und nimmt sie mit. An einer Straßenecke sitzen viele Bettler, die sich als Mozart verkleidet haben: SCHENKT MUSIK, steht auf den hastig mit Holzkohle geschriebenen Bettelbriefen, GEBT UNS NOTEN, und Lauschmersbrunz wirft ihnen die Klingeln hin. An einer Ecke stößt er auf einen Mozart, der heulend die Fäuste in die Augen drückt: Es gebe Tausende von seiner Sorte, heult er, Tausende, allein in seinem Haus seien zwei- oder dreizehn Dutzend Mozarti,. „Überhaupt“, schreit der Mozart Lauschmersbrunz an, „was hat es für einen Zweck,

Mozart zu sein?"
„Sie sind nervös. Wollen wir uns anfreunden? Ich bin auch nervös. Das Nervöse ist sehr modern", sagt Lauschmersbrunz und der Mozart sieht ihn traurig an und springt vor eine Straßenbahn, und aus deren Fenstern sehen Mozarti in allen Ausführungen ungerührt zu, wie man den selbstgemeuchelten Mozart von den Schienen schabt.

{Hinterhältiges Klingeln}

Lauschmersbrunz geht weiter. Was macht es schon, daß er seinen Vornamen nicht weiß?
Zuhause setzt er sich nieder und schreibt etwas auf: Vielleicht ein Gedicht oder nur eine Erinnerung, er weiß es selbst nicht. Die Ziege frißt den Zettel auf und oben rückt Gott die Möbel in seiner Wohnung herum oder hackt Steine oder sonst was, ein Höllenlärm. Es klingelt an der Tür, da steht ein Mensch, der Tortenstücke und Kartoffeln und Gehäkeltes verkauft. Nein danke, sagt der Mensch, er verkaufe heute nichts, aber er sei sehr nervös und suche jemanden zum Reden. Sie unterhalten sich viele Stunden lang, die Ziege frißt die Tortenstücke und Kartoffeln auf. Das Gespräch allerdings kommt nicht voran. Der Mensch spricht über die Verschmutzung der Stadt durch Mozartimitate und beklagt das Klingeln in seinem Ohr: ein sonores leise dröhnendes verstecktes hinterhältiges monotones Klingeln, das ihn entfernt an das sirrende kratzende beschmutzte Klagen seiner Tante erinnere. Ob man das ernst nehmen müsse und ob, fragt der Mensch, das alles real sei? Lauschmersbrunz sagt: „Ich habe keinen Vornamen, das macht mich nervös", eine große Müdigkeit packt ihn, der Mensch schlägt ihm vor, einen Namen zu stehlen. Auf dem Schwarzmarkt gebe

es gebrauchte Namen für kleines Geld, Lauschmersbrunz kann kaum noch die Augen aufhalten, ja, sagt er, einen Namen stehlen, das wäre eine Idee, und der Kopf sinkt ihm auf die Tischplatte: Schon ist er eingeschlafen. Der Mensch redet noch eine Weile weiter und geht dann davon, er läßt die Wohnungstür offen stehen. Das Schnarchen des Erschöpften zernagt das ganze Haus: Waren tausend Jahre Schlaf nicht genug?

{Hölzern vergeht die Zeit}
Lauschmersbrunz legt sich einen neuen Namen zu: Baldwin Nepomuk Prauz, den Namen fand er auf einem Zettel im Treppenhaus, er fragte herum: „Wem gehört der Name, ist es Ihrer?“, und als niemand Baldwin Prauz kannte oder sein wollte, da kleidete sich fortan Lauschmersbrunz mit diesem Namen, unter dem er nun Gedichte und Texte veröffentlicht. Er schreibe gar nicht, erklärt er dem Feuilleton, vielmehr entdecke er morgens viele Zettel mit Aufschrieben in seiner Wohnung, und was die Ziege, mit der er zusammenlebe, nicht auffresse, das gebe er zum Publizieren frei.
{Göniall! Grrrroßer Schripftsteller! Der Schreiber als Fallensteller des Wortes! HÖH! Ein künstlerischer Tachinör[14]–!}
Er sei aber, das betont Prauz immer wieder, selbst ganz *unschuldig* an den Worten–!
{Seltene Bescheidenheit, fernab der rotweintrunkenen Affigkeit seiner Kollegen!}
Als man ihn auszeichnen will, lehnt er ab: „Wirklich“, sagt er, „die Zettel liegen einfach so herum, ich habe nichts damit zu tun ...! Sie kommen nachts von wer

14 Tachineur, österreichisch für: Faulenzer, Drückeberger

weiß woher, sie liegen da, sie sind nicht von mir!"
Den Preis bekommt er dennoch.

{Most ignorant monster}
Er wird dick und die Ziege stirbt. Er kauft eine neue Ziege, denn über die Jahre hat er sich an den Gestank und den Klang der Ziegenhufe auf dem Parkett gewöhnt.

Die neue Ziege aber mag keine Gedichte fressen, ja, es scheint, als ekle sie sich vor dem Geschriebenen.
Prauz ist verzweifelt: Noch mehr Worte.
Er packt sie in Säcke und wirft sie am Stadtrand in den Wald. Aber dort sieht man ihn und sofort gibt es ein enormes Geschrey: „Der Prauz wirft seine Lürik fort, der Prauz ist ein Angeber, der schreibt so vül Geniales am Tag, daß er nix abgeben mag ... Aber wegwerfen, das kann er, der Prauz!"
Scheußliche Tage und Wochen für den Dichter.

Man nimmt die entsorgten Gedichte und veröffentlicht eine Prauz-Werkausgabe. „Wirklich", sagte er im Fernsehen, „ich habe das nicht geschrieben und meine neue Ziege mag das Geschreibe nicht fressen! Was sollte ich denn machen?"
Prauz wirft alles Verbliebene fort, spült es in die Kanalisation, die sich verstopft: Drei Bezirke ersaufen im hochsteigenden Kloakenwasser. Also schickt Prauz die Worte fort in dicken Paketen, adressiert an ferne Länder und Planeten, aber immer kommt das Zeug zu ihm zurück: *Adressat unbekannt.*
Die Ziege ist mürrisch. *Most ignorant monster*: Sie hält sich von ihm fern.

{Ein Manifest}

Etwas Unerhörtes müßte man schreiben können, denkt Prauz, der nie ein Wort selbst geschrieben hat und als größter Dichter gilt. So schreibt er schließlich selbst. Er schreibt ein Manifest. Er schreibt, was in seinem Kopf ist, er schaut das Geschriebene nicht noch einmal an. Es floß heraus, aufs Papier, er gibt es zum Verlag, der Verlag druckt es.
Jetzt werden ganz andere aufmerksam: Solche, mit denen Prauz nie zu tun hatte, geheime Zirkel, man lädt ihn ein, in unterirdischen Katakomben zu lesen und in den Kuppeln vergessener Kirchen. Er soll sich erklären!, heißt es, er soll sich zum Anführer der Bewegung machen!, die er losgetreten hat.
{Was hat er losgetreten?}
Er schaut sein Buch an, das einzige, das er wirklich schrieb, und er begreift nicht, was er getan hat. Er kann nur zu dem Schluß kommen, daß auch dieses Buch nicht von ihm selbst stammt, daß etwas – eine dämonische Kraft! – ihm die Hand führte bei jedem Wort, denn was er da liest, erschreckt ihn. Das sind Gedanken, die er nie im Kopf hatte …!

{Freud}

Als der alt gewordene Prauz in seiner Verzweiflung wieder bei Dr. Freud vorsprechen will, ist dieser nicht mehr zu sprechen: Jüngst verstorben, heißt es, aber eine Wiedergeburt sei nicht auszuschließen, in diesen Zeiten!, er solle in einer Woche noch einmal nachfragen.
Prauz geht zu einem anderen, der sich in der Betreuung der tausenden von Mozart-Duplikaten hervortat: Ein gewisser Dr. Skullcap, Träger eines tiefschwarzen

knielangen Bartes, hagerer als ein entlaubter Birkenast.
„Setzen Sie sich“, sagt Skullcap, legt die knochigen Knie aneinander und strafft den Oberkörper zum Patienten hin, der unruhig auf einem Lederfauteuil herumrutscht. Daß er nie eine Zeile selbst geschrieben habe, beginnt Prauz, daß er nun der Kopf einer Unruhe sei, die er nicht verstehe, wie er die ganze Welt nicht mehr verstehe. Vor vielen Jahren sei er aus W. fortgegangen, einen langen Weg sei er gegangen, um dann wieder in W. anzukommen und dort weiter zu existieren.
Manchmal, sagt Prauz, habe er das Gefühl, nicht am Leben zu sein.
Skullcap hört eine Stunde lang zu, seine spinnenbeinartigen Finger liegen reglos auf dem Knochengestänge seiner Beine. Als Prauz verstummt, sagt Skullcap: „Ihnen kann nicht geholfen werden. Es gibt keinen Rest der Welt, nur die Stadt, W., und vermutlich ist auch die nicht real. Sie bilden sich alles ein. Sie sind ein Toter, der träumt, er wär noch am Leben. Sie tun mir leid.“
Bedrückt geht Prauz nach Hause.

{Die neue Zeit pocht mit harten Fäusten an altes Holz}

An einem schwarzen Märzabend trommeln scheußliche Gestalten gegen das hölzerne Eingangsportal eines alten Bürgerhauses. Es ist nasskalt, es riecht nach Nebel, es ist ein Wetter zum schlechte Laune haben, ein Wetter zum Granteln, zum Wüten, ja, warum auch nicht, zum Morden.

{Im Dom stehen schon die Leichensänger gereiht: Ein herrlicher Anblick, diese sich in ihrer Inbrunst aufblähenden Männerbäuche, diese weit offenen Schlünde, diese herzzerreißend schönen Melodien über den Tod.}

Eine alte Frau schlurft zur Türe, sie hört leider noch gut genug, um das Poltern hinter der Holzfront als bösartig zu erkennen, und wie um diese Ahnung zu bestätigen, wird sie wüst beschimpft von jugendlich bartlosen Burschen in schicker Uniform, die sofort an ihr vorbei ins Obergeschoß poltern, wo sie den alten Dichter Prauz vermuten: Ihn festzunehmen und abzuführen sind sie da.

{Scheußliche Ausgeburten einer modernen bürokratischen Hölle! Den Teufel selbst machen sie überflüssig, denkt die Alte, während hoch über ihr gehetztes Trampeln auf uralten Holzböden stattfindet.}

Viel Blut fließt in diesen Tagen, da sich die Gegenwart auflöst, da man die letzten Reste des einstmals so gemütlichen Dahinsiechens ausfegt und von *Kraft* und *Gesundheit* und *Entschlossenheit* und *alternativen Wahrheiten* spricht, die so gar nicht zu W. passen wollen. Eine andere Zeit wird W. aufgezwungen, ein anderes Denken, und wer wagte es, sich dem zu verschließen? Schlecht wird alles, was gestern noch schön war. Wozu Widerstand leisten?

Die braungewandeten Geisterschwärme des Weltenfinales schwärmen aus. Nacht für Nacht, und erwählen sich Opfer, die in aller Regel stillhalten und, fein gekleidet, ihre Abholung erwarten.

Noch brennt kein Haus, noch stehen alle Bäume, unter denen einst die kaiserlichen Droschken fuhren, aber eingemauert scheint alles, festgefroren an einem bestimmten Punkt der Zeit. Kalte Luft durchstreicht biedermeierliche Salons. Leises Lüsterklirren gefriert in menschenleeren Fluren. Mit unendlichen Schlingen umrankt die Verkommenheit W.

{Stürze, stürze!}
Überall kleben sie Plakate an altehrwürdige Hauswände, beschmieren sie mit ihren Symbolen. Fenster, Tore, Türen, und ein Parieren und Stillhalten erfüllt das hingeduckte Schlaraffenland, das im Rhythmus teutonischer Märsche eindämmert. Keiner sieht, hört, ahnt, schmeckt, riecht, spürt etwas anderes als das *unbedingt Notwendige*. Also merkt auch keiner, wie der alte Dichter, schwer und kurzleibig wie er ist, das Fenster seiner Wohnung im dritten Obergeschoß öffnet und in die Nacht hinaussieht. In ihm drinnen ist alles so schwarz wie draußen. Die neue Zeit färbt die ihren schneller als das Licht, darum also die Finsternis, darum also die schwarzen Uniformen, die schwarzen Worte. Die Hand liegt noch auf dem Fenstergriff, da ist die Entscheidung gefällt. So tief runter geht es nicht, aber für ein schnelles Ende reicht es. Schnell gehen muß es wohl. Unten sieht der alte, schwere Dichter einen elegant gekleideten Herrn neben einem Nebel stehen, der ein Handköfferchen trägt und – wie seltsam – seinen mennigroten Zylinder abnimmt und sich tief verbeugt.
Luciver?, denkt Prauz, früher Lauschmersbrunz,
Luciver, bist Du das?
Luciver lächelt, winkt fröhlich.
„Rindvieh“, schreit der alte Dichter hinunter, „geh weiter, sonst zerquetsch ich Dich!“

Auf der Treppe haben sie Eile. Die Tür wird aufgestoßen, schon schwappt das Schwarze in seine Wohnung, besudelt mit seiner Präsenz die Bücherwände. Gelesen, denkt der alte Dichter, haben die Teufel eh nix, die wären imstande und zünden mir die schöne Bibliothek aus Wut an, weil sie nix verstehen, weil sie nicht eine Seite eines einzigen Buches zu Ende lesen könnten.

Luciver will nicht weichen, er steht da, als warte er auf ihn. *Hat ja keinen Zweck*, denkt Prauz, *und Zeit hab ich auch keine mehr ...! Lang lässt sich das Pack auch nicht mehr hinhalten ... Also muß es jetzt sein, jetzt ... Jetzt, jetzt – –*
Im Springen ruft er noch einmal – es wäre zu schade um den Luciver, der nicht einen Tag gealtert, überhaupt unverändert erscheint! – „Aus dem Weg!" – bevor das Herz aussetzt – Das Hirn verblüfft und vergebens den Aufschlag erwartet – stattdessen einfach *endet*.

Der Körper schlägt auf, mit einem dumpfen Geräusch, das ans Aufplatzen einer Frucht erinnert, die vom Baum fällt – direkt vor Luciver, der traurig, ja bedrückt den Kopf schüttelt. Er kniet neben dem Leib nieder, betrachtet das Ausrinnen des Blutes. Nein, auch das war nicht so gedacht.
Das hätte nicht geschehen dürfen – –

{Reise-Erinnerungen}
Der Dichter rappelt sich hoch. Zu seiner Verblüffung ist er hungrig und spürt gar nichts, keinen Schmerz, und was redet der Mensch da von *Schweinerei*, was denn für eine Schweinerei, drücken sie sich doch

gefälligst ein wenig gepflegter aus, und als er dann die Schweinerei sieht, verspürt er nicht einmal Ärger über die Schweinerei. Denn während er sich die Jacke zurechtzupft, sieht er das, was da unter ihm liegt und was – er hält es für einen schlechten Scherz – wie sein eigener lebloser Körper aussieht, nur verdrehter, flacher, ganz unwirklich zusammengeschrumpft.
„Ach ja. Richtig."
Der Sturz. Das Fenster. Die Horden. Der kühle Metallgriff des doppelflügeligen Fensters.
„Dann bin ich also tot", sagt er, nicht unbedingt verblüfft, eher interessiert, einem Wissenschaftler ähnlich, der seine absurdeste Theorie plötzlich bestätigt sieht.
„Ja", sagt Luciver.

„Erinnerst du dich an unsere Reise, Lucius?", fragt Prauz. „Als wir mit dem Zug zu diesem Hotel reisten, *Hotel Tartaros*, und als wir vom Meer träumten, und stattdessen kamen wir nach W., wir gingen einmal im Kreis, für sehr lange Zeit."
„Natürlich erinnere ich mich", sagt Luciver. „Du darfst mich übrigens gern bei meinem wahren Namen nennen: *Luciver.* Ich trug so viele andere Namen ... Ich erinnere mich als Handelsreisender in Fragen der Endgültigkeit nicht an alle Namen, die ich einmal trug."
„Weißt du", sagt der Dichter und betrachtet interessiert seinen toten Körper, „was mit mir ist, ist mir wurscht. Aber was mit meinen Büchern sein wird, also das bekümmert mich. Ich hab so herrliche Exemplare gesammelt – Einzeldrucke – seltene Folianten aus allen Jahrhunderten – Dokumente und Handschriften – Goethes letzten Willen, Rabelais' Testament, das Tagebuch Marco Polos ...! Das alles bekümmert mich.

Sollen sie mich ruhig verscharren, mir ist das ganz wurscht ... Aber die Bücher ...! Das läßt mir keine Ruhe – die Bücher ...!"
„Folge mir", sagt Luciver und nimmt den Alten unter den Arm, „gehen wir erst einmal etwas trinken – ich kenne ein feines kleines Lokal, unter Straßenniveau, Holzfußböden, raunzige Bedienung und ruhige Beleuchtung ... Wein aus den Jahren vor dem letzten Krieg ... Da setzen wir uns hin und trinken ein gutes Glas. Der Hofmannsthal ist übrigens auch da, der Altenberg ist bestellt, will auch kommen, wenns ihm möglich ist ... Der Grillparzer hat sich schon einen Rausch zusammengetrunken und bestimmt spielen uns ein paar Mozarti eine hübsche Musik ..."
„Der Hofmannsthal, der Grillparzer", stutzt der tote Dichter verblüfft, „die sitzen da im Lokal?"
„Wo sollten sie sonst sitzen", wundert sich der Teufel über so viel Ungläubigkeit, „in der Hölle etwa?"
Kopfschüttelnd läßt der Dichter sich von Luciver in ihm ganz fremd gewordene Gassen davonführen, schön sind die, in dem voluminösen Spätabendlicht, die Sonne verkupfert noch den schäbigsten Türknauf, die verschossenste Fassade wird zum Barockschloß.
„Schön ist das", sagt der Dichter leise, „und sieh doch nur, Herr Luciver, dort geht die Zweitageskaiserin Amalie, wie würdevoll sie ist! ... Und da", murmelt er in sich hinein, „da sitzt ja wahrhaftig der Hofmannsthal ... dick und zufrieden im Lokal ... Gar nicht einmal so rot angelaufen und kurzatmig wie zu Lebzeiten ... Nein, so ein Tag heut, so ein Tag! ... Noch mal will ich so etwas nicht erleben ... Dort ist er ja, der Hofmannsthal und bei ihm: der Altenberg ... Auch der Polgar sitzt vor einer Melange ... Und jede Menge Mozarti, die auf Geigen und Gitarren spielen ... Ist das zu glauben–?"

{Der Tod lockt zum Reigen}
Beobachter, Beiwohnende, Gaffer, Voyeure, Nachtwesen glotzen herein, giftige Blumen umranken das Portal der kleinen Nebengassenspelunke, in der das alternde Faktotum untergegangener Mythenwelten über jede Seele wacht: Die alternde Meduse Bibzibibe. Nichts vermag sie zu erheitern, trübgrauer Kummer schwappt im Inneren ihres Schädels träge hin und her. Quecksilber der Traurigkeit. Sie lebt auf Kredit, ihre Rechnungen sind unbezahlt, ihre Gläubiger älter als sie und gehören einer alten, abgelatschten Gesellschaft an, die sich von der herannahenden Apokalypse ohne Gegenwehr in hinterste Winkel, in dreckigste Hinterhöfe, auf dunkelste Dachböden vertreiben lässt. Eine Operette des Untergangs. Verlustwalzer im Dreivierteltakt, ewig abzuzahlen. Nicht einmal der Anblick von siebzig gleichzeitig zum Singen aufgerissenen Männergurgeln vermag die alte Medusa zu ergötzen; auch nicht die Mozarti, die viele kleine Nachtmusiken spielen, auf Gitarren, auf Klarinetten und Dudelsäcken.
Seit Jahren schon ist sie halb blind, muß eine zentimeterdicke Brille tragen. Um das Geld für eine Spezialbrille für ihre schwindende Sehkraft zusammenzukratzen, sitzt sie täglich hinter einem Paravent, durch einen Spiegel der glotzenden Menge preisgegeben, und hört sich den immer gleichen Text über ihre Person an: „Hier sitzt die Meduse Bibzibibe, deren Ursprung – wie bei allen Medusen – weiterhin ein Rätsel bleibt. Ihre Aufgabe im großen Kreislauf des Lebens ist ein Rätsel, ihr Daseinsgrund ein Mysterium. Ebenso wie die Chimären oder die Dämonen sind die Medusen keiner bekannten biologischen Ordnung zu unterwerfen. Der Versuch, Medusen zu züchten, verlief im Sande, was schade ist:

Der Saft einer ausgepreßten Meduse soll wunderbar gegen Rheuma, Impotenz, Glatzenbildung und Schorf wirken–!“

{Alptraumwesen}

Ist sie ein vom ersten Gott geschaffenes Wesen oder entstammt sie der Werkstatt unseres Freundes Luciver? {– den ich hier in den Reihen der interessierten Zuschauer herzlich begrüßen darf!} Was ist eine Meduse? Ein Tier oder ein Menschenwesen?, eine erschreckende Kreuzung aus beidem?, womöglich das bizarre Kind des Zwischenreiches?, der Dämonie entsprungen, wie wir sie insbesondere im Innviertel jederorten wahrnehmen? Dieses Alptraumwesen, dieser Auswurf der Welt ist in seiner Gefährlichkeit nicht zu unterschätzen, meine Damen und Hexen, meine Herren und Zauberer, ein Blick ins Gesicht einer Meduse genügt, um zu Stein zu erstarren, also hüten Sie sich! Kinder erstarren bevorzugt zu Granit, Alte zu Sandstein, Hexen zu Porphyr, selten zu Karneol. Beachten Sie also die Vorsichtsmaßnahmen und fallen Sie der Meduse Bibzibibe nicht auf den Geist. Stellen Sie keine ungebührlichen Fragen, sondern respektieren Sie die grauenhafte, jahrtausendealte Dämonie dieser Kreatur!

Dämonisch ist die Meduse Bibzibibe selten. Sie hockt mit ihrer Strickarbeit hinter dem Paravent oder sie tätschelt das Schlangengewirre auf ihrem Haupt, das nach Fliegen, Feen, und anderem Geschwirre schnappt. Sie hört sich das Gejammer der Geschöpfe an, sie tröstet den einen oder anderen Mozart, der sich überflüssig vorkommt, sie zählt das Geld in der Kasse und verrechnet sich. Bibzibibes Blindheit macht sie überaus mürrisch, und die Unmöglichkeit einer

Operation tut nichts, um diesen Zustand zu verbessern.
Vor Jahren einmal hat sie sich im Universitätsklinikum angemeldet, aber das Ergebnis war lausig: Nur einen Tag nach ihrer Ankunft mußte der gesamte betroffene Klinikbereich zum Steinbruch umdeklariert werden: Viele der zu Stein erstarrten Ärzte wurden im Universitätsgarten aufgestellt, wo sie ihrer realistischen Erscheinung wegen bei Bildhauersymposien im In- und Ausland viel Beachtung fanden.
Andere Teile des versteinerten Personals fanden Verwendung als Grabfiguren und Stützsäulen neumodischer Architekturen, und einige wenige Verwandte nahmen es auf sich, das tonnenschwere Steinstück eines Angehörigen zu sich zu nehmen, wo es nicht selten Flur oder Wohnzimmer versperrte.
Bibzibibe aber muß mit ihrer schwindenden Sehkraft allein fertigwerden, wie sie immer alles allein zu bewältigen hatte. Schon damals, als sie Putten für das neue Schloß brauchten, eintausend kleine fette Buben, da blieb alles an ihr hängen. Wer sollte so viele fette Putten aus Stein hämmern – und wozu auch, wenn eine Meduse in der Stadt lebt? Also schaffte man ihr die tausend fetten Buben heran und sie guckte sie an, kurz und ohne Mitleid, und die Arbeit war getan: Versteinert in Sekundenschnelle!
{So stehen die fetten Buben heute noch im Schloßpark.}

Bezahlt wurde sie nicht, sie solle froh sein, sagte man ihr, daß sie als Meduse nicht weggesperrt werde.

Sie verliebte sich. Immer trug sie eine Binde um ihre tödlichen Augen, immer, nur einmal ... ein einziges

Mal ... da hatte sie die Binde vergessen ... und der Mann, sofort versteinert, sollte sie noch viele Jahre lang mit diesem staunenden steinernen Blick ansehen, bevor sie seine Statue den städtischen Kunstsammlungen übergab. „Man muß auch mal aufhören zu trauern", sagte sie sich; das Mitleid mit einer Meduse hält sich in W. seit jeher in Grenzen. Monstrositäten und Fremdartiges hat man hier geduldet, genutzt, gehegt, aber nie geliebt. Geliebt hat man nur das Gewöhnliche. Das Gewöhnliche sehnt sich nach dem Außergewöhnlichen, ohne es zu verstehen. Das Außergewöhnliche sehnt sich nach dem Gewöhnlichen. Aber wehe, man zettelt zwischen beidem einen Krieg an–!

Unversöhnliche Versuche gegenseitiger Ausrottung sind die Folge.

Immerhin ist man so freundlich, sie im Pflegeheim für alte Bestien wohnen zu lassen, wo sie warme Mahlzeiten und einen Mozart als Pfleger erhält. Einmal am Tag sitzt sie mit ihrem Mozart auf dem Balkon, sie unterhalten sich und während der Mozart ängstlich wacht, daß ihre Augenbinde nicht verrutscht, teilt sie mit ihm ihr Wissen über Gestein, über die Ewigkeit und über die Schlangenpflege:

„Wer mich ansieht, erstarrt zu Kalk, zu Granit, zu Marmor. Sterben wollen die Menschen in W. nicht mehr, da sie den Tod nicht ernst nehmen. Der Tod ist für sie nur eine weitere Prater-Attraktion ... Ein Spaß, den man sich irgendwann einmal gönnt und dem man, wenn er nicht mehr konveniert, den Rücken kehrt ...! Jetzt aber können sie nicht mehr sterben, denn alle werden wiedergeboren, alle kommen sie zurück. Wer das nicht aushält, der kommt zu mir. Ich mache euch die Stadt, indem ich aus den Unsterblichen Steine mache. Eine Untergangsmetamorphose. Den Schlußstein setze ich. Die blutigsten Hände werden weiß und rein, wenn ich hinseh; wo heiße Gedanken und lüsterne Hitze herrschen, setzt mein Blick den Schlußstein. Kein jemals gezogener Gesichtsausdruck, den ich nicht schon in Stein verewigt habe! Kein Gedanke, den mein Blick nicht schon zu universalem Geröll erstarren ließ!

... Weiß Gott, es war wenig Sinnvolles dabei, das ich erstarren ließ ... Es waren mehr böse Fratzen für die Wasserspeier des Domes darunter als schöne Gesichter für die Heiligennischen! ... Ich mag gar nicht mehr hinsehen. Der einzige Grund, weiterhin alles zu Stein erstarren zu lassen, ist die Ruhe, die darauf folgt. Die Stille. Mag die Fratze auch noch so ungeraten sein, die Stille, die ein zu Stein Erstarrter erzeugt, ist all die Mühe wert ...! Den Schlußstein setze ich."

{Mond}

Der Mond hängt am klaren, irrwitzig blauen Himmel wie sein eigenes Denkmal ...

{Mondmaschine}

Luciver ist immer gut zu den Bestien, zu den Dämonen und Absurden gewesen, gut zu den Spinnen und Spinnweben: Alles für seine schreckbereite Stadt! Was für Menschen! – wundervoller Moder in den Schädeln! – Schwaden von Hinterhältigkeit – ein Schmierfilm von Niederträchtigkeit selbst auf saubersten Heiligenbildern – Fingerabdrücke der Diebe auf jedem beweglichen Gegenstand – eine Stadt wie prädestiniert dafür, sich mit ihrer gegen die Wirklichkeit gerichteten Realität fortwährend als Insel der Bedauernswerten zu denunzieren. Unter dieser hellen, frisch ausgekehrten, scheinbar harmlosen Oberfläche wütet eine gewaltige Urlust, alles an Komödien und Tragödien und Katastrophen aufbietend, was die Stadt W. hergeben kann – und alles nur, um fettes, mit Arroganz gesegnetes Hofschranzentum anzulocken.

Alles läßt man hier unters Brennglas legen, um es größer, fetter, goldener, barocker, operettenfähiger zu machen, ja, sogar der Mond ist hier größer: Er hängt am klaren, irrwitzig blauen Himmel wie sein eigenes Denkmal, ein in fettiger Butterfarbe sich kleidender Mond, der eitel darauf achtet, auch durch die dichten

Zweige der Linden und Akazien immer gut sichtbar zu sein. Luciver lacht ihn aus: „Bist nur eine eitle Maschine! Eine pralle Himmelszier, vom herrlichen Sklavenmechanismus der Engel jeden Tag aufgezogen ...! Nur ab und zu muß man Dich ölen, buttern, eine Schraube wechseln. Eine schöne Maschine, ohne Frage. Die schönste Maschine, die ich je baute!"

{Luftschlossfänger}

Luciver hat eine sentimentale Schwäche für diese Maschinen, die – obgleich man sie irgendwann einmal gebaut, programmiert, repariert und neu lackiert hat – einen eigenen Willen entwickeln. Und ganz besondere Freude bereitet Luciver der Luftschloßfänger aus der Vorstadt, ein mit verkümmerten Stummelflügeln beschertes Wesen von einem Meter sechzig Körperhöhe. Erst gestern hatte Luciver, auf der Fensterbank hockend, seinem Luftschloßfänger zugehört:

„...! Immer habe ich mich bemüht, redlich zu sein, ehrlich etwas zustande zu bringen, habe mir die eigene Phantasie und den eigenen Verstand zunutze gemacht, nur selten einmal etwas der kleinen Taschenausgabe des ‚Höllenzwangs' unseres guten – Gotthabnselig! – Nostradamus entnommen – die übrigens für reisende Magier und Hexenmeister sogar im Baedekereinband erschienen war, um Mitreisende nicht unnötig in Aufruhr zu versetzen–! Ich habe nur selten an den Erdnabel gedacht – und nie davon Gebrauch gemacht, daß mir die archimedischen Punkte, von denen aus die Erde aus den Angeln gehoben werden kann, bekannt sind ... – Ich war immer anständig – hab der Frau Griefelstein von nebenan nie an ihre ach so wunderbaren, ebenso einladenden wie ausladenden

Hüften gefaßt ...! – und sowieso, das schwöre ich, habe ich niemals nicht meine magischen Fähigkeiten zu Schurkereien verwendet, höchstens!, als Klein- und Freizeitmagier, harmloser sogar, als Fünfundzwanzig-Cent-Magier auf Flohmärkten und Weihnachtsbasaren. Unsere anerkanntesten, hochgraduiertesten Schwarzmagier, die Creme der schwarzberockten Meister, aber auch die letztrotzigsten Lehrbuben unseres Faches schauen auf mich hernieder, so anständig bin ich gewesen. Aber damit ist Schluß! Damit hat es sich! Aus! Aus! Aus ists mit dem braven Freizeithexenmeister in der biederen, fertig gekauften Krawatte! – Ich verwende jetzt nur noch probate Mittel: Sehen Sie, jetzt werfe ich eben auch eine Schlange ins Bier, lasse mir den Schnurrbart bis an die Fersen wachsen und reite ein Einhorn statt eines Automobils ...!

So ist das jetzt: Spinnen im Kühlschrank {–die die Kühlware bei Stromausfall ganz exzellent kühlen, denn eine so genannte ‚Kühlspinne' rettet an Kälte, was zu retten ist, solang es keinen Strom gibt––} – ich nehme mir alles heraus – ... und ein Luftschloß brauche ich auch! ... In der Wohnung hausen, in einem zimmerigen Menschenkoben, von der Sonne bebrütet, dessen bin ich überdrüssig! Natürlich reicht mein Sündengeld nicht für ein eigenes Luftschloß ..., und vielleicht hat ja auch meine Zugehfrau Recht, daß mir für eigene Luftschlösser nicht genug Poesie in den Knochen steckt, aber – seis drum! – dann fange ich mir eben eines. Da kommt schon das Erste! ... Ich muß nur zupacken! ... Ein Seil aus Drachenzähnen und gewebtem Witwenhaar habe ich schon ..., na, und wer, bitteschön, sollte mich aufhalten, wer den Diebstahl anzeigen? ... Luftschlösser fliegen nur so herum, man muß sich nur eines packen––!"

– was er dann, letzten Endes, auch tat: Von einem vorbeischwebenden Luftschloß magisch angezogen, lief der Luftschloßfänger los,
quer über die Straße,
immer nur Auge,
immer nur Sehnsucht,
... und das flatternde Menschlein ...
... übersah die Straßenbahn, eine hundsgewöhnliche ordinäre kanariengelbe Straßenbahn!, die nur ihren Dienst erfüllte und in Erfüllung dieses Dienstes den Luftschloßfänger erst überfuhr und dann, vielleicht aus Gram über den Verlust des einen einzigen wirklich unwiederbringlichen Menschleins, aus den Geleisen sprang.

HAUS AUS RAUCH

Ein Gebäude, groß genug,
die ganze Menschheit darin zu verstecken …

{Die Unmöglichkeit des Todes}
Bliebe er nicht in seiner Stadt, so gehörte sie binnen kürzester Zeit einem anderen, würde binnen Kurzem der Vater, der Schöpfergott, der verkalkte, mit seinem Sinn für die Diplomatie der abgeschmackten Harmonie alles einebnen, was er, Luciver, hier errichtet hatte. Zuerst würde der Vater den Unsinn ausmerzen, ganz reizlos würde er direkt hineingreifen in die Seelen und daraus alles entnehmen, was, in seiner Lesart, dort nicht hineingehört. Sodann würde Gott die Zwischenwesen durchsortieren und das eine oder andere aussterben lassen {auch das wieder ein Beweis für die Humorlosigkeit des alten Herrn, der niemals

lacht, zumindest kann Luciver sich nicht mehr des Augenblicks entsinnen, da der alte Mann die Zähne entblößte, um ein ehrliches, aus tiefen Bauchgewölben hochsteigendes Lachen hören zu lassen--!}.
Vorbei wäre es mit dem Zauber der Täuschung, vorbei die Tage dieses gefühlvollen und heiteren Antlitzes von W., das sich so gerne mit prächtigen Dekorationen von der traurigen Verdorbenheit seiner alten Huren ablenkt. Wer außer ihm, Luciver, hätte so einen liebenden Sinn für den Aberwitz von W., das sich in Barockem und Brokatenem ersäuft und täglich mindestens einen Mozart meuchelt? Luciver ist es, der sich um alles kümmern muß. Nur er kann W. verstehen. Nur er weiß, wie der eine und einzige Mozart ums erste Leben kam und wie seine letzte Reise ins Massengrab von seinem Leibarzt begleitet wurde, der ängstlich hoffte, man möge am arg verschrumpfelten kleinen Leichnam nicht mehr die Spuren des verabreichten Schierlingssafts bemerken, und wie der Leibarzt eine ganz ehrliche Träne aufs Grab fallen ließ und die Monate danach mit der Körperhaltung eines geschlagenen Hundes ums Grab herumschlich, er habs nicht bös gemeint, nur habe der Wolfgang auch nicht mehr so weiterleben können. „Das Beste", sagte der Leibarzt leis in sich hinein, „hattest du doch hinter dir, Wolferl, hast ja nur von Schulden und Aussichten auf Nix gelebt." Und kroch wieder heim, der Leibarzt, während draußen sich die Stadt weiterfeierte, sich in einer Puderwolke des Gefälligen betäubte, nach mehr Kunst schrie und alles Schöngeistige und Kunstvolle abwürgte und auf Mozarts Knöchelchen ein anatomisches Theater errichtete, das man bis auf den heutigen Tag für den Gegenwert einer Seele besuchen darf.
Diese Stadt aufgeben? Niemals. Er muß hier bleiben,

hier leben, seinen Besitz behaupten, das weiß Luciver. So betritt er an einem kupferfarbenen Spätnachmittag die dunkle Vorhölle des Architekten Gematalles, hineingetrieben in den Hang des 12. Bezirks.

{Die Unmöglichkeit}
In den Räumen, die von Gematalles und einem farblosen Gehülfen bis unter die Decke mit Papieren, Entwürfen und Modellen vollgerümpelt sind, riecht es durchdringend nach Schimmel und Katzenkot, und Gematalles, der seine besten Tage lange hinter sich hat, verliert bereits das Augenlicht und sieht den neuen Klienten undeutlich, scheint ihn doppelt zu sehen, eine große, dunkle Silhouette und, direkt neben der großen Silhouette, wabernd, flimmernd, unstet wie das Glosen einer Kerzenflamme, eine zweite Silhouette, und so sagt er, verwirrt und betreten, er freue sich, zwei Edelmänner in seinen Bureaus begrüßen zu dürfen. Womit könne er dienen?
„Ein Haus aus Rauch baue er mir", sagt die große Gestalt. Gematalles sieht seinen Gehülfen an, einen kurzbeinigen Burschen mit dem Gesicht einer verhungerten Bulldogge, der immer noch darauf wartet, an der Seite des großen {einstmals großen} Gematalles die Kathedralen von Burgos und Beauvais fertig bauen zu können. „Was verlangt er", ruft der trübäugig gewordene, berühmte {einstmals berühmte} Gematalles, „welche Teufelei bestellt er, ein Haus aus Rauch? Das kann er nicht! Das wagt er nicht, das ist–! Undenkbar", sagt Gematalles, der Baumeister, er habe kein Haus aus Rauch mehr gebaut seit ... seit ... Und es fällt ihm ein, wann er zuletzt diese Forderung hörte, wann er, als junger Mann noch, diese Silhouette aus schwarzem Hauch zuletzt sah und wie er, ein ahnungsloser junger

Mensch, seine Seele verlor an *diesen* ...!
„Der Teufel!", fährt Gematalles hoch, die Brillengläser fallen ihm von der Nase, er stürzt hinter seinem Tisch auf, als habe ihn etwas gestochen: „Daß ihr es wagt, noch einmal hierherzukommen, daß ihr euch an mir noch einmal vergreift!", und der Gehülfe, stutzend, da er sich aus dem Gesamtbild keinen Reim machen kann, bittet seinen Meister um Achtung: Er stehe in Gefahr, die Modelle für die Kathedralen zu zertrümmern, die ...! Da ist Gematalles – aufgescheucht, entsetzt und bis zum Wahnsinn wütend – schon über die zarten Papiermodelle hinweg und direkt vor Luciver, den er mit der böse zusammengekniffenen Miene eines tollwütigen alten Raben fixiert: „Ihr kamt zu mir, dem jungen und hochmütigen Architekten, und verlangtet die Unmöglichkeit, ein Theater zu errichten, ein Gebäude aus Rauch sollte es sein, unsichtbar für den Rest der Welt, groß genug, die ganze Menschheit darin zu verstecken! Zu mir kamt ihr! Niemand sonst hörte euch an, eure dunklen Kräfte reichten nicht aus, dieses Wunder zu vollbringen und so kamt ihr also zu mir, das Unmögliche zu fordern, und was gabt ihr mir als Lohn für die vollbrachte Arbeit? Die Unsterblichkeit!", schreit Gematalles, „die Unmöglichkeit des Todes, der jeden Tag an meinem Haus vorübergeht ... ... und mich nicht mitnimmt!
{Perfide, wie Ihr seid, Luciver, habt Ihr es so eingerichtet, daß ich ihn sehen kann, Euren Diener, wie er die Seelen, die Ihr herausgepickt habt, hinabführt in den Limbus, nur an meinem Haus geht er vorüber und schlägt jede Einladung, jede Bitte, jedes Flehen aus, das ich an ihn richte! Belohnen würdet Ihr mich, sagtet Ihr, und Ihr habt mich entlohnt, mit einer furchtbaren Ewigkeit, die ich hier absitze und darauf warte, daß

Ihr wiederkommt, daß Ihr über meine Schwelle tretet, so daß ich Euch danken kann, Luciver, für Euren 'Lohn', der mir den Anblick meiner toten Familie, meiner toten Enkel und Urenkel und Ururur-enkel eintrug ... und eines Begriffes von Zeit, der mit einem Schmerz verbunden ist, den kein menschliches Wort auszumessen vermag!}
Und nun steht Ihr erneut hier und fordert von mir ein Haus aus Rauch ... welchen Rauch darf ich Euch anbieten, Schwärzester? Darf es weißer Rauch sein oder schwarzer, ist Euch ein *ewiger Rauch* lieber oder ein *wandelnder Rauch*, ein *schmiegsamer Rauch* aus den vier Himmelsrichtungen oder ein *körniger Rauch*, den Euch der Flügelschlag eines jungen Sperlings verwirbelt? Und sagt, womit würdet Ihr mich für meine Dienste {nehmen wir einmal an, nur für einen Moment, ich würde diesen Auftrag auch nur in Erwägung ziehen!} – entlohnen – mir meine Mühen vergelten – mich, damit wir es richtig sehen, nicht nur für den neuen Dienst, sondern auch für die Bosheit des ersten Lohns entschädigen–? – Sagt, scheußlicher Geist, was fällt Euch dazu ein?"

Der Gehülfe, der seinen Meister in dieser Verfassung – energiegeladen, wütend, aufrecht stehend und klar sprechend – seit Äonen nicht mehr gesehen hat, hält sich zitternd hinter seinem Schreibtisch versteckt, seitdem das Wort Luciver erklungen ist. Nun kann er ein hörbares und deutliches Schluchzen nicht länger unterdrücken, auch nicht den ebenso hörbaren Wunsch, auszusprechen, der Teufel möge ihnen nichts zuleide tun, sie seien doch nur Baumeister, was könnten sie schon mit dem Teufel zu schaffen haben– ? Langsam drehen sich die Schemen des Meisters, des

Teufels und dessen undeutlichen Begleiters umeinander, während nun Lucivers Stimme so friedlich und herzensgut ertönt, daß Gematalles unweigerlich die Worte anhören muß, die an ihn gerichtet werden: „Es stimmt, Du hast mir einst einen großen Dienst erwiesen, Gematalles, und es mag stimmen, daß das ewige Leben, das ich Dir als Lohn gab, nicht die passende Entlohnung für Deine Mühen war. Du hast viele Jahrhunderte gelebt und diese Zeit nicht genossen. Das ist jedoch nicht meine Schuld und keinesfalls werde ich diese Zeit zurücknehmen. Denn es ist meine Zeit, die Du lebtest, es ist Zeit, die von meiner Existenz abgezogen wird, wenn einst alles zu Ende geht. Nun aber, Gematalles, stehe ich hier als Dein Klient und bitte Dich um das, was nur Du kannst: Errichte mir ein Haus aus Rauch, eine schwarze Säule im Herzen der Stadt, sechstausend Fuß hoch, den Eingang errichte auf Höhe des Abendlichts, die Gemächer auf Höhe des Morgens und einen zweiten Ausgang direkt hinaus in den Äther, zwischen Morgenstern und Abendstern. Niemand wird dies zu meiner Zufriedenheit bauen können – niemand außer Dir – und glaube mir, bei aller Geneigtheit, die ich für Dich und Deine Kunst empfinde – es wäre mir ein Leichtes, die Verweigerung Deiner Kunst mit etwas viel Schlimmerem zu entlohnen als dem ewigen Leben. Denn Du hast nicht erfahren, was es mit dessen Gegenteil auf sich hat, und Du hast nicht erfahren, was es bedeutet, auf eine lange Zeit sehr langsam in einem Raum ohne Ausdehnung und Licht einzusinken in den letzten Ort für Seelen, die keine Wiederverwendung mehr finden – – nun also, Gematalles, darf ich auf Deine Dienste zählen, ein Gebäude von der Art, wie ich es beschrieben habe?“

Hinter seinem Schreibtisch hat der Gehülfe, wie es seine Aufgabe ist, alles notiert, und leise genug, daß der Meister es hören kann, sagt er: Es gebe nicht genug Rauch in dieser Stadt, um etwas so Gewaltiges zu bauen, etwas, das annähernd die Höhe und Ausdehnung dieses Baues erreiche, wie solle man nur –?
Angenommen, er nähme den Auftrag an, sagt Gematalles, angenommen, er erfülle den neuerlichen Wunsch Lucivers in der ihm eigenen, getreuen und umsichtigen Weise, woher wisse er, ob er nicht von neuem betrogen werde?
„Ich stehe zu meinem Wort", sagt Luciver.
Der Gehülfe zeichnet schon: Schlanke Linien, die in den Himmel stechen {angedeutet von dichten Geflechten sich kräuselnder Linien}, Masseberechnungen, Arbeitsaufwand x Material, Bodendichte, Aushubmenge pro Tag, Rauchlagerungseinheiten ... – woher nur die Muskete kommt, die Gematalles auf einmal fest in den Händen hält, woher die strenge Gespanntheit seines Körpers?
„Eine sechshundert Jahre alte Muskete", sagt Gematalles, „geschaffen von meinem Vater."
Natürlich weiß Luciver das längst: „Wie passend für den Anlaß", sagt er.
„Nicht wahr", versetzt Gematalles, „so lange schon schlummerte sie dort im Schrank und wartete auf diesen Moment."
Der Schuß geht los. Es raucht. Der Lärm raubt dem Gehülfen augenblicklich jede Orientierung, ein tödliches Summen ist in seinem Schädel.

{Knistern}

Luciver blickt geradeaus: An der Wand Darstellungen von Gematalles durch die Zeitläufte. Gemalt in Öl,

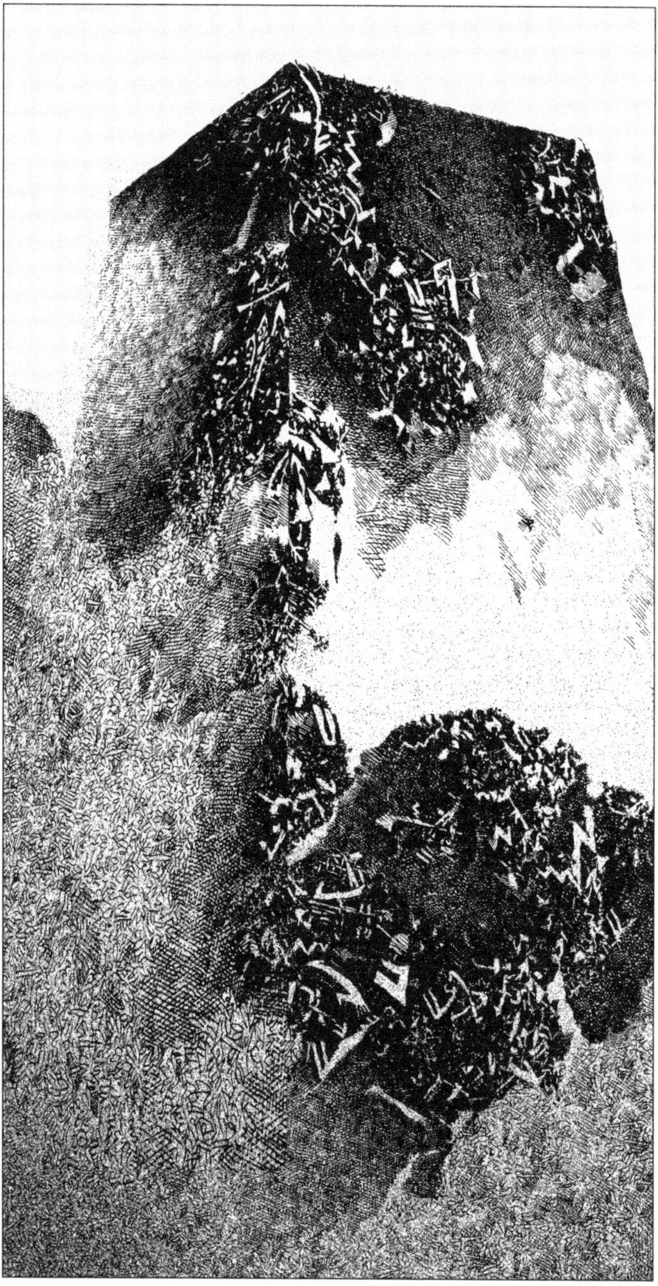

durch Jahrhunderte, dann die ersten Farblithographien, Daguerreotypien, Bromölabzüge, und weiter bis zu den scheckigen Abzügen einer Polaroid, die den Alten in seiner Werkstatt zeigen. Auf jeder Abbildung sieht er aus wie in diesem Moment: ein wenig verdutzt, blinzelnd, die dicke Brille verrutscht, dem Betrachter entgegenschauend, als erwarte er eine Frage. Die Muskete hielt er mit der Akribie und Liebe eines Besessenen instand, er putzte den Lauf, bis dessen Glanz jedem Betrachter die Augen blind gemacht hatte. Nun steht er da, der Rauch steht noch als blauer Faden in der Luft, und ihm, Gematalles, fehlen drei Finger und Luciver, der keinen halben Meter entfernt von dem alten Baumeister steht, betrachtet das schmauchende Loch, das seine Brust etwa in Herzhöhe zeigt.
„Einen Versuch war es wert", sagt Gematalles und wirft die Muskete fort: Ein hartes, metallenes Geräusch auf dem sandigen Boden des unterirdischen Bureaus.
Luciver fährt sich mit der Hand über die Brust – schon ist der Anzug heil, ist von der Attacke nichts mehr zu sehen.

Er nehme das nicht übel, sagt Luciver, so etwas sei unter Freunden erlaubt. Ein reinigendes Unwetter, das unnötigen Schmutz fortwasche! Nun sei das Feld geräumt und man könne unbelastet sprechen – sprechen über das Haus aus Rauch. Einen Bauplatz habe Luciver von der Kirche erworben, direkt neben dem Dom – an der Stelle eines Klosters, dessen letzte Nonne an diesem Morgen ihren letzten Atemzug getan habe, werde das Haus aus Rauch entstehen. Und keine Sorge, setzt Luciver mit einem Blick auf den nervösen Gehülfen hinzu, er werde den notwendigen Rauch für den Bau beschaffen, es sei ausschließlich Aufgabe des Bureau Gematalles, die Pläne zu erstellen und den Bau umzusetzen – das Material beschaffe er, Luciver, in jeder Menge – – !

{Flimmern}

„Eine fabelhafte Person", sagt Luciver auf der Straße zu dem Kiankuli, das unruhig neben ihm tanzt, ein Flimmern in der warmen Luft des Abends. „Hast Du diese feine alte Muskete gesehen? Ich fühle mich geehrt – wie lange pflegte und putzte er das Ding, um es endlich auf mich abfeuern zu können! Fast fühlte ich mich versucht, ihm den Gefallen zu tun und tot umzufallen."

{Rauschen}

Luciver geht einige Schritte bis zur Einbiegung der Gasse Z., aus der in diesem Moment eine ungeheure Menge von Personen stürmt und seinen Körper mit sich reißt bis an den Dom, wo eine so große Menschenmasse bereits versammelt ist, daß ihr gesammelter Atem als ohrsprengendes Rauschen den Äther füllt.

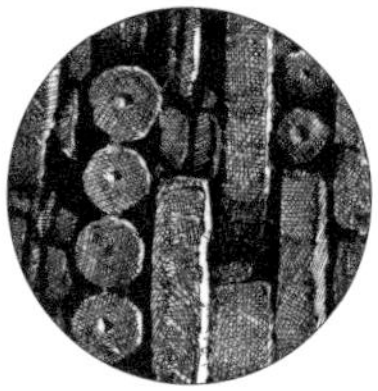

SKRYNKO

Es kommt ein Wind auf und spannt
dem Dom von W. Segel,
von denen keiner etwas gewußt haben will …

{Durchsichtig}

Von oben ist der Blick ausgezeichnet: Ein Blick in den kupfergoldenen Abend von W., ein Blick auf geöffnete Dachfenster, ein Blick auf Quellwolken in ihrer größten Durchsichtigkeit, und, auf dem Domplatz, das vielfarbige Wimmeln der Gaffer, die den Skrynko springen sehen wollen.
Dabei wissen sie noch nicht, was geschehen wird, hoffen nur auf das Fließen von Blut, das er nicht bereit ist zu vergeuden. Sein Blut.

{Elemente}
Skrynko: Ein Ausgestoßener von höchsten Graden. Er ist geadelt: Kein Geringerer als Papst Sixtus II. schimpfte ihn, den Bulgaren Skrynko, ein „verderbtes Element“, hatte er doch dem Dom engelartige Flügel angelegt und ihn sodann mittels siebenhundert applizierten Holzrädern um zehn Meter zur Seite geschoben – des Lichtes wegen, wie Skrynko später erklären sollte: Der Dom habe seinem Gemüsegarten alles Licht genommen.

Skrynko war dem Papst Sixtus II. suspekt, seit er begonnen hatte, mit beamtischer Konsequenz {man hätte die Uhr danach stellen können!} vor dem sonntäglichen Gottesdienst über dem Domplatz zu schweben: Die großen, fledermausartigen Flügel, die er sich umgebunden hatte, sollten wohl vorgaukeln, daß er dorthinauf geflogen sei–! Sixtus II. lautstarke Anklage: Dies sei eine geistlose und plumpe Irreführung des Pontifikats und aller Gläubigen! Es mehre sich der Verdacht, Skrynko sei ein Gotteslästerer, da er von dort oben kleine gemeine Lieder von sich gab, die der Komponist Bobron zu verantworten hatte.
Bobron, der sich mit verfehlten Patenten – Kuchenteignasen, Lakritz-Kruzifixe, starkschäumende Badezimmersklaven und Kanaldeckel aus Gummi – ein zweifelhaftes Vermögen ergaunert hatte, schrieb die furchtbarsten Gassenhauer weit und breit, wobei dieser eigens für Skrynko verfaßte Reim besondere Berühmtheit erlangte:

Bös bin ich, leg mich zur Ruh,
mache meine Augen zu,
Herrgott laß die Sünden mein
weiter recht erfolgreich sein!

{Menschen}
Jetzt steht er wieder hoch über der Stadt auf den Spitzen des Doms, singt Lieder, schwenkt seine aus alten Leinfetzen und Papiertüten, Salzteig und Gipsbinden montierten Flügel, grüßt in impertinenter Weise den Papst, indem er eine rote Stoffbahn vom Dom abhängt, die unschwer als riesenhafte rote Zunge zu sehen ist, auf der die Worte "Homines sumus, non dei!"[15] prangen.

{Würze}
Papst Sixtus II. läßt Skrynko durch den Schützenverein „Seligschuß“ vom Himmel holen und in aller Eile nottaufen. Skrynko wird darauf hingewiesen, daß Possenliedchen auf dem Domplatz ganz fehl am Platze und daher füglich zu unterlassen sind – was im Weiteren auch für Schweben, Fliegen und Domverschiebungen zutreffe! Skrynko nickt schwer und langsam: „Hier stirbt euer Kritiker, er wird alles Schweben und Lästern künftig aufgrund seines Ablebens unterlassen!“ Sein dunkler Backenbart, struppiger Beweis seiner dynastischen Gesinnung, zittert. Die Leute stampfen nervös und bilden Reihen, die Frauen wachen ängstlich, die Männer wütend darüber, daß

---

15 „Menschen sind wir, keine Götter!“ (Petronius)

auch alles hübsch geregelt zugeht und jeder einmal einen Blick auf den abgeschossenen Possenreißer werfen kann.
Luciver betrachtet staunend das merkwürdige Gebaren dieser Versammlung. Als er fragt, was da vorgehe, erhält er zerstreute, ausweichende Antworten; nur ein Eremit, der neben Luciver steht, kann erklären: „Das ist der Skrynko, der ist wieder einmal geflogen – was nicht weiter schlimm wäre – wenn er nur seine Spottliedchen nicht vor Papst Sixtus gesungen hätte – der Papst hat eine Allergie gegen alles in D-Dur, wie man es auch in der letzten Enzyklika nachlesen kann."

Einen letzten Wunsch hat der Possenreißer Skrynko. Man hilft ihm auf die Beine und im nasalen Deutsch der höheren Beamten und des kleinen Adels, zärtlich und boshaft zugleich, ruft er in die Menge: „Der Meerrettich! – er darf nicht zu feucht sein! Nehmt den Kren trockener ...! Er darf die Würze nicht in der Milch verlieren ...! Er muß knapp, bevor er zum Tisch kommt, angerichtet werden ... Zu naß ... ruiniert!" – damit verschied Skrynko. Der Eremit lächelt wehmütig ob dieses letzten Einwurfs – „So eine literarische Begabung für den Meerrettich!“
Mit Luciver geht er ins Kaffeehaus, während draußen der Leichnam abtransportiert wird. Er wird ihn zurückkommen lassen, den Skrynko, beschließt Luciver. Dem Eremiten gibt er in einem Kaffeehaus mit sumpfgrünem Interieur eine Melange aus, später geht es weiter mit Hochprozentigem. Kurz bevor er einnickt, erklärt der Eremit in der Sprache eines wahrhaft Einsamen: „Ich will noch einsamer werden!“

KAWALIDSCHRY

Eine Gestalt aus einem Alptraum,
pechschwarz, so daß kein Stäubchen
Tageslicht an ihr haften will ...

{Vor langer Zeit}
Er schläft nicht mehr, seit Jahren nicht mehr. Etwas geschah vor langer Zeit, als er jung war und als Teil einer Horde von Menschen vorwärtsgestoßen wurde, hinaus aus der Stadt, in der er aufgewachsen war. Sie waren lange unterwegs gewesen. Sie fuhren mit einem Zug. Ist das die Hölle, hatte er gefragt, er war noch ein Kind und verstand nicht. Ein Mann mit einem unwahrscheinlich scheußlichen Gesicht sagte: „Wahrscheinlich. Ich erkläre, daß die Hölle viel Ähnlichkeit hat mit allem, was wir kennen, es ist wie zuhause, nur heißer und einsamer." Und das Kind, das er war, drückte sich tief in den Sitz und versuchte, nichts zu sehen

und zu denken. Der Zug hielt und sie gingen zu Fuß weiter und sie kamen an ein Hotel. Er erinnert sich an den Concierge, eine Gestalt aus einem Alptraum, pechschwarzes Gesicht mit den Zügen eines erschöpften Hundes, gelbrandige Zähne, gesträubter Bart ... Am schwärzesten aber die Augen, so schwarz, so endlos tief, daß kein Stäubchen Tageslicht auf ihnen glühte ... Mit tropfenden Fingern wies der Concierge ihnen den Weg zum Meer ... Sie gingen eine undefinierbar lange Zeit, im Grunde hatte sich der Begriff „Zeit" verloren wie auch ihre Orientierung verloren gegangen war. Das Meer? Sie erreichten es nicht. Da war kein Meer, nur ein unvorstellbarer Abgrund, über den sie sprangen ... Hinein in eine Stadt ... in die Stadt W., in dem sie sind, seit ...
Er kann sich nicht erinnern, wann er hierher kam ...

{Das Leben beschreibt einen vollendeten Kreis ...}
Lange ist das her und Kawalidschry, Fürst aller Harlekine, rechtmäßiger König von Lethe, Pyriphlegethon und Cocytos, großmächtiger und edler Träger der „Ersten verlorenen Worte", spürt ein eigentümliches Unwohlsein. Er ruft nach seinem Hofnarren: „Erfreue mich, Narr", ordnet Kawalidschry, Fürst aller Harlekine, an, „und lasse dir etwas einfallen, denn ich muß jetzt sofort lachen, sonst werden die Folgen meiner tiefen Traurigkeit Weltenreiche ins Feuer stürzen, Glückliche ins Unglück ... und dich vom Leben zum Tode befördern! Nun also, Du Narr – tanz! – tanz!", und der arme Hofnarr, schon ein betagtes Herrchen von vielen hundert Jahren und arg mit Rheuma und ausgehöhlten Knochen geschlagen, führt seine Possen auf: Knochengelenkknirschen erfüllt den Raum, der Duft alten welken Menschenfleisches, das über Ge-

bühr beansprucht wird, umwabert Kawalidschry, Fürst aller Harlekine. Angewidert muß er die Nase in ein parfümiertes Tüchlein aus Seide halten, muß, um nicht in Tränen auszubrechen, den alten Narren von den Leibgarden abführen und hinrichten lassen. Ein schneller Tod, nur gerecht für die impertinent greisenhafte Ungelenkigkeit des alten Narren, der jede seiner Possen zu totentanzhafter Groteske geraten ließ.
„Wenn ich ...“, ächzt Kawalidschry, „einen Totentanz brauch, dann hol ich meine Mutter herein!“
Auch der Mundschenk, ein wahres Bild des Spukes, ist kein Grund für Heiterkeit: Ein gewisser Aloisius Achthys, gekleidet in sieben Verwesungsfarben , mit einem Hut, der einem überirdisch großen Schmetterling nachempfunden scheint. Kawalidschry, Fürst aller Harlekine, betrachtet in tiefster Niedergeschlagenheit das so unendlich undurchsichtige Antlitz des Aloisius.
Der Mundschenk hat neben saurem Wein noch mehr Anlaß für Verdruß bei sich: Eine schlechte Nachricht für den Fürsten Kawalidschry. „Denken Sie sich, Herr Fürst, Eure hochwohlgeborene Herrlichkeit, man hat euren Götterboten Ephemerus Stieselstich an einem Baum im Prater gefunden ... Von einem Goldpfeil durchbohrt, an dem grausigerweise – ich wage es kaum zu sagen! – noch der Preiszettel vom Greisler angebracht war! ... Acht Pfeile zum Preis von Zweien ... Und vom gebrochenen Blick hinter dem gesprungenen Monokel des Toten ging eine so unerklärliche Zufriedenheit aus, daß alle herbeigeeilten Gaffer in Ohnmacht fielen! ... Das Wichtigste aber nun, mein Fürst, ist die Botschaft, die auf diesen Pfeil geschrieben wurde mit einer schwarzen Tinte: DER MEISTER

KOMMT. 100 STUNDEN VON NUN AN."
„... Wieder ein Toter?" Kawalidschry, Fürst aller Harlekine, seufzt bauchtief. Heiliges Fleisch, Mutter aller Sünden – wie weit soll das noch gehen?
„Weiß man denn, wann die Botschaft geschrieben wurde?"
„Nein, mein Fürst"
„Und weiß man, wo der MEISTER ankommen wird?"
„Auch darüber wissen wir nichts".
Kawalidschry, Fürst aller Harlekine, spuckt aus, spricht uralte Flüche, ist in hoher Aufregung. Achthys schleicht mit tief geneigtem Oberkörper rückwärts davon, mit keiner Geste einen Zweifel aufkommen lassend, wie hoch der Fürst über ihm steht, dem einfachen Boten einer bösen Nachricht, den keine Schuld und keine Strafe treffen.

{Vorzeichen}

DER MEISTER. Kawalidschry, Fürst aller Harlekine, hat einmal das Gerücht gehört, daß vor langer Zeit, als man den Begriff „Zeit" noch nicht kannte, als noch kein Wort und kein Licht existierten, ein Geschöpf existierte, mit dem alles begann. Eine Kreatur, ein Gedanke, der Fleisch wurde. Eine Ewigkeit, die sich in sterbliche Form begab. Ein Name, der von den Zeiten vergessen wurde ... DER MEISTER. Kawalidschry, Fürst aller Harlekine, sah in dem gemeuchelten Götterboten ein böses Vorzeichen. Sterben, immerzu sterben: die Krematorien von W. nutzen die Bürger als Holz. Es ist immer zu warm, immer zu gut geheizt: der Sommer in dieser Stadt wäre ohne all diese Toten sechs Grad kälter. Tagsüber trinken sie Wein in wilden Mengen, nachts sieht man sie den Dom eineißen, weil er nicht mehr gut genug ist, „höher und noch schöner muß er werden!", aber dann, nachdem man ein paar Dachziegel heruntergeworfen und ein paar Scheiben zerschlagen hat, bleibt alles wie es war. Hier und da fährt man dem Schicksal mit etwas frischer Farbe über das Gesicht, vertreibt den Moder mit harten Worten, aber es bleibt alles, wie es immer war. Man stirbt, weil es zum guten Ton gehört, man wird wiedergeboren aus unerfindlichen Gründen und fügt sich hinein ins Dasein, was soll man schon machen, essen und trinken, ja, essen und trinken und zeugen und wieder zeugen und darüber hinwegkommen, wenn einer stürzt, einer stirbt, einer nicht mehr ein noch aus weiß und sich und alle ringsum erschießt. Das Leben geht weiter. Das Fressen, Saufen, Vögeln und Singen geht weiter. Luciver, ungesehen im Hintergrund, ein schwarzes Köfferchen in der Hand, hat Freude an dem Spiel – wenn es auch nur ein kleiner Trost für die böse Nachricht ist, die auf dem Goldpfeil stand und die niemandem mehr gilt als ihm.

Kawalidschry, Fürst aller Harlekine, ist der traurigste Mann in der Stadt: „Bringt einen neuen Narren", befiehlt er seinen Lakaien. „Gibt es denn niemanden in dieser verteufelten Stadt, dem es gelingt, mich zum Lachen zu bringen? Geht raus, geht überall herum, fragt jeden – einer muß mich zum Lachen bringen!"
Der Blick aus dem Fenster macht ihn müde: So schön ist W., so unzerstörbar schön. Das Ende der Welt ist golden und endlos und er, Kawalidschry, Fürst aller Harlekine, sorgt dafür, daß kein Lebender die Unterwelt W. betritt und kein Toter sie verläßt.

VIERTAUSENDFÜNFHUNDERT FUSS

Da würden euch die Augen aus dem Gesicht fallen.

{Am Rand}

Neben dem Dom existiert eine leere Stelle, umhüllt von einem übermannshohen blickdichten Holzzaun, an dem ein sehr kleines Schild in uralter Schrift verkündet, daß hier das „Bureau Gematalles“ einen Bauauftrag erfülle und sich den Zutritt von Lebewesen aller Couleur dringend verbitte. Am äußersten Rand des mit Unkraut, weißen Knochen und ausgeblichenen Papierfetzen übersäten Grundstücks steht eine Hütte, gerade weit genug von der Straße abgerückt, daß Neugierige es nicht wagen, näher zu treten. Abschreckend wirkt auch der massive Leib des zwischen Wachen und Dösen täglich in dieser Hütte verharrenden ehemaligen Oberhenkers Sanktuarius Schnüffelzahn: Ein herzensfrommer Mensch und seines Zeich-

ens Pensionär, Oberkleingärtner und Wächter über die städtischen Henkersseilsammlungen, der sich ein Zubrot verdient, indem er die Baustelle bewacht. Die Beine auf einer umgedrehten Holzkiste abgelegt, die Arme über dem vorspringenden Bauchgewölbe gefaltet, die Augenlider schwer und violett über den vergilbten Augenkugeln auf Halbmast hängend, so blickt er auf die Straße hinaus von sieben bis siebzehn Uhr.
„Jajaja“, brüllt Schnüffelzahn hinaus ins wimmelnde Gedränge vor seiner Hütte, „ich könnt euch was erzählen ... hört eh keiner zu, aber ich weiß was ...! Da würden euch die Augen aus dem Gesicht fallen, würde euch das Hirn sofort verfaulen, die Ohrn würden euch abfalln ... Wurscht. Ich behalts für mich ...!“

{Wortloser. Vielsager.}

Ein eleganter Herr wagt den Schritt in die dösige Stille der Hütte, blickt sich um als gehörte ihm alles und bietet Schnüffelzahn, der mit argwöhnischem Schnuppern noch abwägt, ob er aufstehen und den Fremden verscheuchen oder ihn aushorchen soll, eine Zigarette an. Ein Friedenangebot. Schnüffelzahn schnuppert, ist zufrieden, zündet sich das Kraut an. Der Fremde nimmt den Hut ab, verneigt sich leicht. Sofort riecht es nach Ammoniak, Schwefel, Feuer.
„Sagen sie“, erklingt die überaus angenehme Stimme des feinen Herrn, „was können Sie mir über die Baustelle sagen?“
„Ich sag nix“, sagt Schnüffelzahn, genüßlich das Stückchen Seligkeit wegrauchend, „ich weiß eh nix, na, nix ist zu viel gesagt, aber viel ists nicht, also wenig ists, aber ich sags nicht. Hab unterschreiben müssen beim alten Gematalles. Ein scheußlicher Uhu ist das, blind schon fast, aber er baut hier ... Wie ein Irrer weht er

morgens her, geht herum auf der Baustelle wie ein junger Mensch, dabei ist er älter als der Dom. Ich glaub fast, er ist besessen!“ Schnüffelzahn beugt sich vor: Verschwörermiene, vorgeschobenes Kinn, man sieht jetzt gut, daß er kaum noch einen Zahn im Mund hat. „Ich sag ihnen was ... brauchen nicht zu lachen, das ist ernst! ... Ich seh jeden Tag den Teufel hier herumgehen ... sieht anders aus, als man meint, so ein hagerer Typ ist das, mennigroter Zylinder, Anzug, bissel sieht er aus wie Sie, mein Herr, nicht persönlich gemeint ... Der geht jeden Tag hier herum ... Na, wer außer den Pfaffen und dem Teufel selbst kann sichs leisten, jeden Tag zum Vergnügen herumzuspazieren? ... Da ich aber weiß, daß die Pfaffen gerade auf dem Friedhof Überstunden machen und die vieln Mozarte, die sich wie die Fliegen umbringen, ein letztes Mal ölen müssen, kanns also kein Pfaffe sein, was ich seh, sondern der Teufel selber ...! Paßt ja zu ihm, daß er hier aufkreuzt ... Sie verstehn ...“

Die Frage des eleganten Anzugträgers nach den Quellen seines Wissens quittiert Schnüffelzahn mit empörtem Blecken des Zahnfleischs. Heftig tritt er die Zigarette aus, verlangt schamlos noch eine.

„Sicher ists der Teufel, wer denn sonst? Ich sag Ihnen, warum es stimmt ... Da drüben ist ein Brettl locker ... habs nicht repariert, war zu viel beschäftigt, Sie wissen ... und da geht er rein, wie ein Dieb ... Dann geht er herum, auf der Baustelle ... Baustelle, ja, was heißt da Baustelle, es wird ja nix gemacht! –Da ist kein Loch, da sind keine Arbeiter, nur Gematalles und sein Gehülfe, die den ganzen Tag hier herumschlawinern... Und der Teufel, der hier auf und ab geht und an einer ganz bestimmten Stelle verschwindet, als wär er durch eine Tür gegangen ... Und als ich an dieser Stelle war, was glauben Sie, was ich da gefunden hab? {Zurücklehnen, Kunstpause, schnaufendes Ausatmen: So eine Pointe will genossen werden!} NIX find ich, nur die nackte Erde und darauf ein paar Stiefelspuren, weiter nix ... na, ich dacht, ich spuck mein Herz aus und fall für immer lang hin--! So gehts jeden Tag: Der Gematalles und sein Gehülfe und der Teufel, und es geschieht nix. Und ich sitz hier und bewache, ja, was weiß ich, was ich da bewache! Der Gematalles sagt immer: Erzähl nix, Du alter Trottel, halt bloß Deinen Mund, und ich sag: Was sollt ich erzähln, daß hier nix passiert und nix zu sehen ist, na, ich hab Besseres zu tun, mein Herr ...!"

{Funkenschlag}
Der elegante Herr dankt für das angenehme Gespräch, er nimmt einen mennigroten Hut {woher hat er den? Hinterm Rücken gehalten, die ganze Zeit, oder aus dem Zwischenreich herangehext?} und setzt ihn schwungvoll auf, er verbeugt sich und in der linken Herzkammer des ehemaligen Oberhenkers Sanktuarius Schnüffelzahn gibt es einen Funkenschlag, eine Sekunde geraubten Atems,
dann liegt er auf dem Boden,
der elegante Herr!,
unzweifelhaft *derselbe!*, der täglich durch das lockere Brett in die Baustelle eindringt!

Luciver lächelt freundlich: „Noch hole ich Dich nicht, Du alter Schwätzer, aber lass es Dir gesagt sein: Gibst Du auch nur ein Wort Wahrheit heraus, dann gehörst du mir."

{Unerreicht}

Er betritt die Baustelle seines Hauses aus Rauch und blickt hinauf: Viertausendfünfhundert Fuß sind schon erreicht, unsichtbar für die Menschen, nur ihm und dem Kiankuli und dem Baumeister und seinem Gehülfen sichtbar, windet sich die vollendete pechschwarze Rauchsäule in den Himmel hinein … und wird doch, wenn die projektierten sechstausend Fuß Höhe erreicht sein werden, nichts als ein Witz sein: zu kurz geraten, immer noch nicht vorstoßend ins Reich des Vaters, in das Luciver zurückwill, nein, zurück muß, sobald der MEISTER eintrifft.

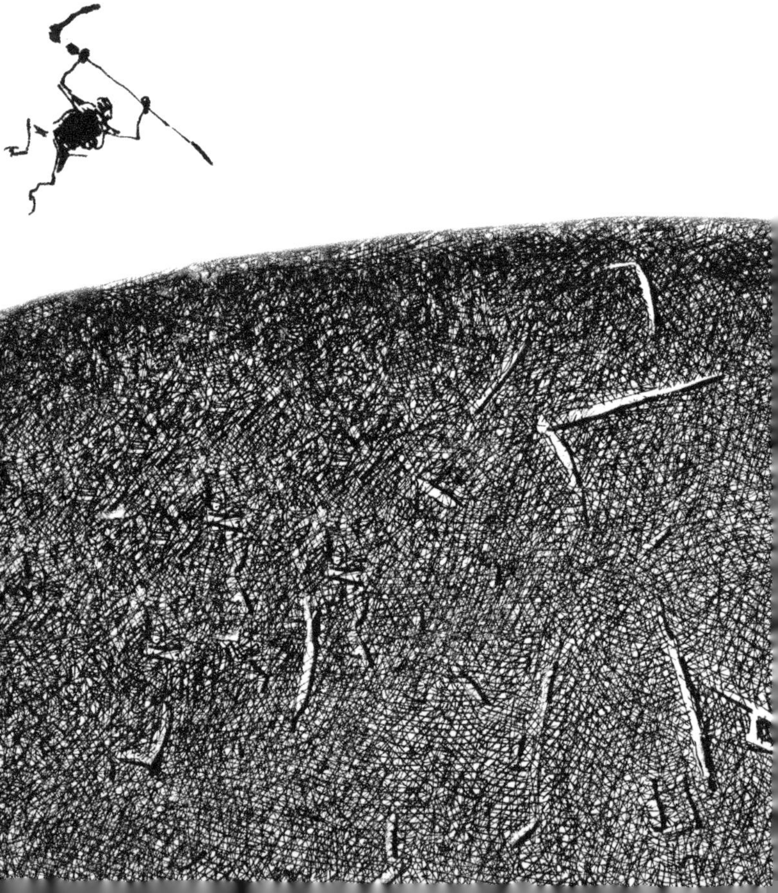

BUCHDREI
ABEND

VERLORENE GALAXIEN

Trinken hilft nicht einmal dem Teufel ...

{Lentus}
Alle Tage tritt Luciver an der immer gleichen Straßenecke auf: Ein gutgekleideter Herr mit einem mennigroten Zylinder und einem Spieß, den er aufrecht hält. An seiner Seite das folgsame Kaugummipapierlgeknister: Das Kiankuli mit dem Koffer {„Die Mode wechselt, der Koffer bleibt“[V]}. Alle Tage geht er durch die Stadt, von den wenigen, die ihn erkannt haben, mit blankem Grausen beobachtet. Für alle anderen ist Luciver nur ein eleganter Herr mit einem Koffer, der selbsttätig zu spazieren scheint. „Komm herein“, nuschelts in dem elenden Puff unter Straßenniveau. „Hinab ins Reich der Schattenmenschen!“ Dort sieht man nichts, riecht es nur: Kaffee, Schnaps, Schweiß, Erregung. Hier ist Luciver richtig, unter den Seelen der Lügenmäuler[VI].

Statt sich aber die nicht mehr ganz jungen Nutten anzusehen, setzt er sich an einen der zierlichen Eisengusstische und breitet zahllose Fotos vor sich aus und leidet unter etwas. Was ist es nur? Kann er nicht einfach zuschlagen, sie alle aus ihrem Jammer, ihrem Elend erlösen? Einfach wäre es ja, das Handwerkszeug hat er bei sich ...

Er wird alt.
Ja, er wird alt, das ist es. Das ist die Erklärung: Er wird alt ... Alt und sentimental ... Alt und vergesslich ... Alt und weise ... Alt und freundlich, so verbissen freundlich, das ist es, darum mag er sie jetzt nicht holen, diese weichlichen, wehleidigen, sentimentalen, spießigen, neurotischen, ewig beleidigten Menschen W.s.
Es wäre nur zu leicht gewesen, gerade jetzt zur Flasche zu greifen, die er sich von einer vollbusigen Matrone mit unmenschlich totem Blick hat bringen lassen; aber trinken hilft nicht einmal dem Teufel.

Er betrachtet die Fotos.Es sind große Formate darunter, sogar ein paar wenige farbige, und auch winzige, uralte auf brüchigem gelbem Karton, mit einem Stempel des k.u.k. fotografischen Laboratoriums, aber nichts auf diesen Fotos ist größer als die Augen Lucivers, die größer, mitleidiger, gütiger werden mit jedem Tag. Ihre weiche Betrachtung verschont alles, dabei hat Gott doch Recht: Es gelingt ihm nicht, W. zu kontrollieren.
Alles gerät außer Kontrolle, alles, alles, alles.

Wir müssen höher hinauf, sagt Luciver zu Gematalles, dem das Herz stockt, als ihm die neue Höhe des Bauwerks verkündet wird: Bis an die Ewigkeit heran müsse er bauen, wird Gematalles befohlen, der mit Schaudern hören muß, daß Luciver zwei kompletten Galaxien allen Rauch, jeden Partikel entnommen hat, um den wahnsinnigen Bau zu unterhalten.

{Gibtsnicht!}
Im Planetarium von W. blickt Sofronja Märzhügel durch ihr Fernstglas, schüttelt den Kopf, blickt erneut, schreit, lacht, weint {kanndochnichtsein, ja spinnich??, nochmal schauen, ... nochmal, nochmal, gibtsnicht!} und schaut und schaut und faßt es nicht: „Die Andromeda", sagt sie, „... ist weg!"

GLÜHWÜRMER

Das Fenster steht offen, damit man jedes Lachen und jedes Schreien hören kann.

{Glühwürmer}

Dies ist die schönste Zeit in W.: wenn alles Melancholische aus den Häusern steigt, wenn sich die Selbstmörder noch einmal hinter einem Glas Wein versammeln, die Zirkuszelte leuchten, die Glühwürmer in großen Wolken über der Stadt stehen und ihr jenseitiges Licht auf den Gesichtern müder Personen glimmt. Jetzt sehen wir Luciver lachen, wir sehen ihn trauern, am Abend gerät W. in eine selige Stimmung, die ganze Stadt wird Zirkus. Die Maskerade beginnt erst jetzt, Löschzüge rasen ausgelassen mit heulenden Sirenen durch engste Gassen, Himmel, ist das eine Gaudi, wenn die jungen kräftigen energiegeladenen Feuerwehrsburschen in schneeweißen Nachtgewändern bei alten Frauen durchs Fenster steigen, ist das ein Jux, wenn die alten Damen ein bißchen schreien, nur ein kleines bißchen, weil sie so adrett aussehen, die jungen Feuerwehrler, von denen die alten Damen weggetragen werden: Hinaus ins blau funkelnde Abendlicht, hinaus in die kalte Welt, in deren nächtlichen Träumen die Feuer das Firmament erleuchten und manchem vergessenen Vorstadtgietscherl und manchem Urgroßmutterl die Seele ins Himmelreich raucht. „Menschmenschmensch!“ schreien die Krähenschwärme. „Ja, so, ja jaaa, sterben muß man halt einmal, freilich ist es schad ums Mutterl, aber wenigstens kann man jetzt das Haus einreißen, es war eh nimmer schön, vom Giersch zernagt, die Straße ist voll von solchen Gespensterhäusern. Inventar: Lautlose Stimmen, Knochenstaub, Erinnerungsschatten. Mit eingezogenem Gesicht huscht man an sowas vorüber {das sollte weg, weg damit, endlich weg, ein Parkplatz könnte da entstehen, oder eine Garage ...!}

{Die Glut der lodernden Welt}
Heiße Sommernacht. Kometenschauer in blauer Dämmerung, in der die mattgelben Straßenlaternen leuchten wie kleine Sonnen. Das Fenster steht offen, damit man jedes Lachen und jedes Schreien hören kann. Automobile federn durch enge Gassen, kleine Feuer flackern in Hinterhöfen, umringt von Menschen, dunkle Silhouetten, die langsam zusammenschmelzen. Licht küßt Dunkelheit. Große Stille, Atmen, Flüstern, Lauschen. Die Feuerwehren lärmen, die Spelunken dröhnen. Der Himmel ist voller Funkelsterne. Bordsteinschwalben, feingliedrig, von kleinem Wuchs, unbegreiflich zart, ihre Gesichter sind nicht

zum Lächeln da, picken herrenlose Tiere aus den Rinnsteinen. Ein Blitz zuckt über den Himmel. Solare Eruption? Der Streitwagen Jupiters? Kinder, ist das eine Lust zu leben! Jede Nacht ist Karneval in W., jede Nacht reitet Luciver auf seiner Heuschrecke durch die Stadt und entbietet den Clowns, den Elfenvarietés, den Einhörnern und Tigern, der alten Meduse Bibzibie, den Musikanten und den Legionen tumber Ruderer, die das Schiff W. auf Kurs halten, seinen Gruß. W. taumelt in seinem rußigen Glück. Die Dächer der Stadt: Eine gratige Gliederkette, zerbrechlich wie Rückenwirbel. Luciver, in schwebender, seliger Stimmung, spricht hier und da kleine Tröstungen aus, und einem Priester, der sich die Kniescheiben fortgescheuert hat, indem er sich sechshundert Kilometer lang kniend und auf dem Bauch robbend der Seligkeit entgegenquälte, wirft er ein wohlwollendes Lächeln zu, so daß die verschwundenen Knie umgehend nachwachsen: „Auf zwei Beinen stehe, oben sei ein Kopf, Eile nun und gehe!“[VIII]
„Ein Wunder“,
kreischt der Gottesmann,
„ein Wunder“,
singt ein Chor von Erinnyen,
„ein Wunder“,
schreibt der Zeitungsmensch, der nichts gesehen hat, aber alles bezeugen will.

{Fröstelhaut}

Dies ist die schönste Zeit in W.: Wenn alles kalt wird unterm offenen Nachthimmel. Wenn die Schenkel der Mädchen ihre Fröstelhaut bekommen: Das Paradies der Lüstlinge. Eisig brandet der Wein an den Gaumen. Wenn die Lieder leiser werden. Wenn die Stadt glüht, wenn ihre Silhouette schwerelos vor dem Himmel in der Luft zu stehen scheint, wenn sie ihre Flügel erhebt. Jetzt könnte ein findiger Chronist die Ritzungen und ausgelassenen Ornamente hunderttausender Leben nachziehen: Heimlichstes, Innerstes könnte offenbar werden, Seelen geöffnet wie Reliquienschreine, deren dunkle Verzweiflung über verlöschende Liebe noch ein letztes Mal von der grellen Flamme ekstatischer Todessehnsucht angestrahlt wird. Und dann wird die grelle Flamme zu Asche, der Zirkus brennt, die Tiere rennen davon, sofern sie nicht verbrennen, und W., die Stadt in ewigem Abglanz, im ewigen Schmerz, den die harte Schönheit des Verfalls in ihr entzündete, sinkt, versinkt, ein Gluthaufen, stinkender Zunder, ein kleines Stück der Welt, das sich in tausend blutigen Jahren zu einer Symphonie des Untergangs formte, deren Kopfthema Luciver vor langer Zeit komponierte.

{Lockruf}

Ein dumpfer Ton, ein Melodiefetzen, ein Klang, ein Geräusch, eine Irritation in Fis-Dur, eine mehr gedachte als gehörte Halluzination, ein polyphoner Lockruf hetzt die Menschen in W. auf. Ruhelos eilen sie herum, durcheilen die Tage mit gestreckten Fühlern, schmerzenden Kiefergelenken und steifen Ohren. Was ist es nur, das in ihre Träume steigt, eine Melodie, ein Gesang, eine Botschaft, ein Lied? Gedankenlos hastig schwindelnd schwitzend angstdünstend bevölkern sie Busse, Bahnen, Ein- und Zweispänner, Schiffe, Flugzeuge, Luftschiffe, Montgolfieren, Roller, Uboote, sie lassen sich von Fluggeräten in den Himmel über W. schießen, sie staunen und stürzen ab, sterben, wiedererwachen in fremden Körpern, landen wieder in W. wie alle, sie essen und kopulieren und heiraten und sterben und erwachen und erinnern sich an nichts mehr und finden es schön in W.

In Lucivers Kopf ist für nichts anderes Platz als für eine verzehrende Sehnsucht: Einmal wie sie sein, denkt er, einmal wie sie den Tod vergessen, der sie immerzu holen kann, einmal nicht daran denken, wie heiß es brennt – da unten – im ewigen Pfuhl – einmal nicht daran denken, wie viel unbeschwerter alles hier oben ist. Wer beißt schon in vergiftete Äpfel, wenn er darin den Tod weiß? Das Elfenbein von Millionen Zähnen spürt Luciver in dieser Sekunde, in diesem kleinsten Zeittropfen stumpf werden.

Alles stirbt auf seinen Befehl hin.
Ihm aber macht das keine Freude mehr.

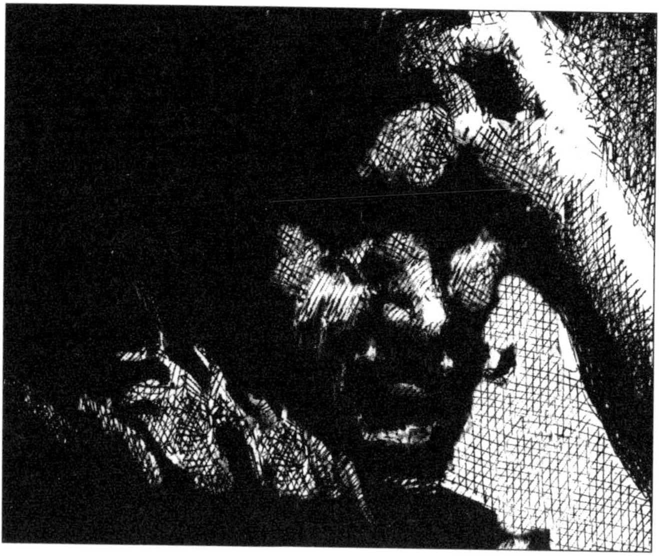

{Aus der Höhe}
Ihm bleiben nur noch wenige Tage, dann wird DER MEISTER eintreffen. Dann endet das große Spiel. Aus der Höhe seines Hauses aus Rauch blickt er hinab auf seine Geschöpfe und empfindet tiefe Traurigkeit, als ende nicht unwiderruflich ihr Leben, sondern seines. Dabei hat er gar kein Leben. Er ist nicht lebendig, er ist da. Immer. Jederzeit und überall. Er würde bis an den Rand des Ewigen vorgeben, stets der Gleiche gewesen zu sein, der seine Arbeit brav verrichtete und unzählbare Massen von Seelen holte. Aber schon jetzt spürt Luciver den Gedanken an das Geständnis seiner Nachlässigkeiten zuckersüß aufbrodeln.

Wenn der Vater eintrifft, wird er ihm sagen: „Ich war der Schwächste. Du hast mich verstoßen, weil ich Dir zu ähnlich war, weil ich wie Du Skrupel hatte. Jetzt halte ich es mit Zynismus; gestern ging ich mit dem Antlitz des Richard Wagner herum, legte großen Wert auf eine besonders weinselige Röte der grobporigen Nase, kleidete mich elegant nach der Mode, trug eine graue Melone und einen Seidenschal und Gamaschen ... Den Wagner, den hab ich mir damals gerne geholt, es war ein Vergnügen, obwohl er als Gast unerträglich war. Er hockte da in seinem Pferch und beschwerte sich in einem fort, kaum daß ihm begreiflich zu machen war, wo er sich von nun an bis in alle Ewigkeit befinden würde. ‚Hölle', rief er nur empört, was geht mich eure Hölle an! Ich bin Richard Wagner, zum Teufel!'
Morgen, Vater, gehe ich mit Deinem Gesicht herum: Erschrecke Kinder mit Deinem langen Bart und Deinen hohlen Wangen. Ich bin Gott, werde ich

sagen, seht her, mein spitzes Kinn, die lange Nase, der herrische Blick, ich bin Gott, mich haben Zeit und Zynismus aufgezehrt. Ich ließ die Furcht auf euch los. In all diesen nach Weihrauch stinkenden Kirchen reden sie über Dich und meinen die ewige Verdammnis. Sie reden von mir", sagt Luciver, „und denken an Gott. Und dann dieser Kreuzestote, dieser grausig Hingehängte, zur ewigen Mahnung – hat das sein müssen? Nein, ich habe nichts dazu gesagt."

{Nur ein Wort}

Luciver setzt sich in den Dom, buntgebadet im Licht der Glasfenster.

„Das hätte alles nicht sein müssen, wenn wir – auch DU – nicht solche Sünder wären!", hört er eine Großmutter zu ihrem Enkel sagen. Der Enkel zittert, will das weiße Gesicht von dem Kreuzestoten abwenden, aber die Großmutter biegt ihm das Gesicht schon wieder en face dem Toten zu, bohrt: „Je mehr du beichtest, umso eher wird dir Gott vergeben." Das hat sie jeden Tag in den Enkelkopf hineingepredigt. Sie sorgt sich allein um den Enkel, die Mutter – natürlich, letztes Jahr, Abholnummer 87676876800897634876484, natürlich ...!, die Mutter tot. Die Großmutter im Inneren weihrauchschwarz: Würde man sie aufschneiden, es müsste schlimm stinken nach Furcht vor Gott. Gottesfurcht. „Nun komm, du alter Besen!" Luciver dreht sich um, sagt zu dem Kind: „Glaub ihr kein Wort. Sie lügt, weil sie es nicht besser weiß. Die Bösen bekommen eine Strafe, die anderen nicht, so einfach ist das. Und das mit dem Sterben ist eine Lotterie. Es ist egal, wie man lebt und ob man auf sich achtet oder nicht. Über den Todeszeitpunkt bestimmt unser Automat. Nun, wir nennen ihn nicht Automat, wir

nennen ihn *Großintegrator*, aber das mußt du dir nicht merken. Alles, was du wissen musst: Dein Todesdatum bestimmt ein Gerät, dem dein Name, dein Leben, deine Absichten egal sind. Erst wenn ihr im Großintegrations-Sammler seid – da kommen alle Frischgestorbenen erst mal hin – dann erst fangen wir an zu sortieren. Ich bin nur der Ausführende. Derjenige, der alles bestimmt, besteht aus den ältesten Zahn- und Schwungrädern des Universums."
Die Großmutter fasst sich an den Hals, japst, läuft an, will das Avemaria stammeln, das Kreuz schlagen, es geht nicht. Ist ihre Zeit jetzt da, muß es so sein, daß sie, in der zweitvordersten Kirchenbank, unterm Leib des Gekreuzigten, dem Leibhaftigen ins Auge blickend, eingehen muß?
„Aber sprich nur ein Wort, nur ein Wort, nur eines ...!"
Luciver lächelt, nimmt seinen Zylinder, setzt ihn auf, streckt sich.
„Deine Zeit ist noch nicht da", beruhigt er das zitternde Greisenmütterchen, *une vieux bagmate*: „Du hast noch ... ach, das sage ich nicht. Die Zeit küßt dich anerkennend mit tauben Zähnen."
Und zu dem Enkel, ganz leise ins Ohr, flüstert er: „Deiner Mutter geht es gut".

Er verläßt den Dom, draußen legt die Sonne ein Tuch aus weißem Leinen über den Himmel, der sich zum Hintergrund hin dunkel auffächert. „Nicht mehr lange", sagt Luciver zum Kiankuli, „hörst du schon die Töne, die Klänge? Nicht mehr lange, alter Freund, dann kommt DER MEISTER. Dann ist das Spiel für uns gespielt."

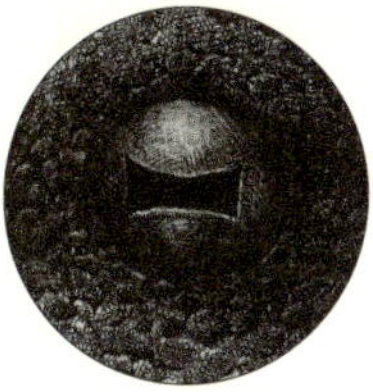

LÜSTERKLIRREN

„Sowie mir dieses GEHIRNPLÄTZCHEN vor den LUNTENTIEGEL kömmt, soll meine STIMME DIR ein HALLO donnern, das dich nicht mag schonen, und koste es drei Koffer SCHWEREN KUPFERS. Die Mistgabel der Rache werfe ich wie einen Kometen oder SCHWEIFSTERN, mein Plätteisen brennt die HIRNFALTEN DER BESCHRÄNKUNG aus und läutert alle HOFFART. Dies schwöre ich bei des Teufels zentimeterdicken ARSCHLEDER!“

Mit einem Mal tritt ein Zustand seltener Zufriedenheit ein, der selbst Luciver stutzig macht: Hat er einen Fehler gemacht? Hat er dem Drängen der weißen Maschinenhand einmal zu oft nachgegeben? An alten Fenstergläsern laufen Wassertränen langsamer herunter. Die Blutgerinnsel wandern träger durch die Kapillaren, die Herzrhythmusstörungen geben sich

friedlich und auf dem Friedhof der anonymen Toten wächst Gras. Die Grillen schweigen.
Unterm Kupferdach des Domes stehen die Heiligen: Phantome ohne Fleisch und Blut, lächelnd in Ewigkeit, Amen. Eine solche Zufriedenheit. Eine solche Stille. Einer schwieg als Erster, ein anderer fügte sich in dieses Schweigen, ein Dritter, ein Vierter, ein Fünfter kam dazu, am Ende schweigt eine ganze Stadt und horcht auf den Schlag des eigenen Herzens, die Münder fest verschlossen. Wer schwieg als Erster, wem ist diese zufriedene Stille zu danken? Man findet ihn nicht mehr, diesen Menschen, seine Spur verliert sich im Gewirr der Ereignisse, die W. durchhöhlen.

{Beschreibung eines Sturzes vor langer Zeit}

Nach der großen Stille, in der Luciver vor Äonen geboren worden war, stürzte sich plötzlich ein höllischer Lärm auf ihn: Der Vater hatte das Universum erschaffen. Noch einmal die Brandung der Leere und des Nichts, dann stürzten sie in den infernalischen Lärm eines jungen Kosmos. Gott fand es grell und seltsam und laut. Er fand es schön.

Luciver hatte an seiner Seite gesessen und verantwortungsvoll protokolliert, was der alte Herr seinen Schöpfungen an Prüfungen und kleinen Scherzen auferlegte. Luciver hatte es ertragen, dieses eitle Altmännergehabe beim Herumschieben aller Figuren, hatte die Statuten in Schönschrift festgehalten, hatte der alten Krämerseele beim Verwalten der freudlosen Ewigkeit assistiert. Hier eine Sintflut. Hier eine neue Spezies. Ein Meteoriteneinschlag. Hunderte Spezies ausgelöscht. Gift in einem Tümpel. Millionen Mikroben mutiert. Es begann, sich zu wiederholen.

Der Alte wurde nachlässig, sah nicht mehr hin. Luciver hatte gelächelt und ausgehalten und es besser machen wollen. Wie sehr es ihn reizte, wenn der alte Mann von seiner Schöpfung sprach oder sich abends müde davonschlich. Es war doch kein Fehler, etwas besser machen zu wollen? Schon der Anblick all dieser Figuren, dieser Toten, die sich im großen, gebohnerten Saal des Limbus drängten, dieser Wirbel von Seelen, dieses schwarze Schimmern von Leibern, die einmal durchs ganze Gedärm des Universums gerast waren auf dem Weg hierher: ein ohrenbetäubender Lärm in dieser imposanten, im maurischen Stil gehaltenen Halle, und vorneweg der alte Mann, der sich von nichts, ja wirklich nichts aus der Ruhe und aus der Fassung bringen ließ. Und später, als Lucivers Gehörgänge dem schrecklichen Lärm seine besondere Melodie abgelauscht hatten, da bemerkte er, daß die an der linken Seite der Halle sich drängende Gruppe von Viertelgöttern immer nur ein einziges Wort wiederholte und daß auch die sich jenseits des Styx ballenden Gotteslästerer nur ein einziges Wort wiederholten, jedoch ein anderes, und schließlich mischten sich die Worte zu einer einzigen unverhohlenen Aufforderung: AUFRUHR {Luciver hatte noch gedacht: Aufruhr, was für ein altmodisches Wort, heute würde man sagen ...!}, und lauter wurde die Aufforderung, lauter. Der alte Mann schrieb in sein Buch, verzeichnete mit beamtischer Sturheit das Offensichtliche. Luciver dachte noch: *Also schön, Aufruhr, ich bin dein Werkzeug,* und erhob sich und sagte ...
Sagte den Satz, der nicht mehr zurückgenommen werden konnte, *den Satz*, der den alten Herren erzürnte {woher nur dieser Zorn!}, diese tiefe Gekränktheit, die den Boden aufriß {1440 Minuten, beleuchtet von der

pompösen Bogenlampe namens Universum. Solches Getös, selbst die Schatten fliehen, die schweigende Kette seiner Geschwister!}, die maurische Halle entzweispringen und den Luciver hinabstürzte ...

Das Gewölbe des Himmels zerfällt: *Göttliche Vernunft, daß ich nicht lache! Asseln mit Pferdeköpfen!* Willkommen jetzt, Tückebote, in der Stille der Schattenwelt! ...

„Wir sind eine große Familie: Aber das ist egal. Wenn Sie wollen, eröffnen wir also die Hölle. Dabei kann gar nichts schiefgehen."

Wenn ich nur etwas sähe! Zu trüb, zu trüb ist noch mein Auge ... Wenn ich wüßte, woran es liegt, denkt er, daß alle zufrieden sind, nur ich bin es nicht, bin es niemals gewesen. Ich hätte meinen Platz finden können, wenn ich nur gesucht hätte, aber jetzt ist das alles einfach zu weit entfernt ... Hinc illae lacrymae[16]
Luciver sieht sich um: Die Ewigkeit strahlt und strömt und flutet selbstzufrieden. *Schaut mich an, schaut nur mich an: Gottes traurigstes Kind!*

„Luciver?"
„Was denkst Du?"
„Nichts. Wenig. Ein wenig."
Eine Erkenntnis blüht auf: Kein Krankenhaus ist das, auch ist das kein Krankenbett, auf dem er liegt ... Die dicke Frau mit dem Gesicht eines gutmütigen Gummibaumblattes ist augenscheinlich auch keine Krankenschwester, sondern eine Person in einer Tracht, wie man sie vor langer Zeit auf dem Lande trug, wenn man

16 Lateinische Redewendung („Daher also die Tränen")

Heu erntete oder Bäume ableerte. Ein betäubender Duft von frischem Obst geht von ihren Händen aus. Er hat die Hoffnung, dieser Duft sei das Versprechen, er könne bald zurückkehren, sich wieder in seiner wahren Gestalt zeigen.
„Ich bin nicht tot?“, fragt er.
Während er mühsam diesen Satz formt, bemerkt er das Fehlen seines linken Eckzahns. Der Blutgeschmack, auf den seine Zungenspitze stößt, ist ihm nicht unangenehm.
„Nicht tot, richtig“, sagt die Gummibaumblattdame. „Das hat uns viel Arbeit gekostet.“
Sie wechselt unter ständig stärker werdendem Obstgeruch einen Verband an seinem Oberkörper, einer von vielen Verbänden, mindestens ein gutes Dutzend sind es, zählt Luciver.
Ihr Duft. Der Duft einer unsterblichen Pflanze!

Nach dem Sturz aus dem Himmel erinnert er sich nicht an seinen Namen: „Ich bin Margolf Galumphing[17], vielmehr bin ich Hans Unwirrsch, Bruder des Celler Dickstil, einziger Sohn des Vaters von Roosevelt Farrago[18] ... Nein ... Ich bin Sallarie Petrasil ... Nein, wirklich und wahrhaftig nennt man mich Magister Octavone, Magister Aspodil Octavone–!“
Er lacht laut. Man ohrfeigt ihn, senkt ihn ins Eisbad, stunden- und tagelang. Er schreit. Er begrüßt den Strom, den sie durch seinen Körper jagen: Willkommen, pechschwarzer Friedensstifter!
“Ich bin Luciver! Ich bin der Teufel”, sagt er, “wirklich, ich bin es, zerbrechlich zwar, aber ein Spiegel all

17 Louis Carroll Zitat nach dessen Gedicht Jabberwocky: „(...) „He went galumphing back.“

18 „Farrago“ ist englisch für „Durcheinander / Mischmach“

dessen, was ihr nicht wahr haben wollt, ich bin ...!"
Eine Eisennadel fährt in seine Blutbahn: Während er sich auf die stille Bühne des Tiefschlafs zubewegt, holt man den Psychiater.
Ein langer Blick des Psychiaters auf den dämmernden Patienten, tiefste Stille, ein lautes Atemholen – dann ist der Psychiater so plötzlich fort, als habe er nie vor dem Bett des Luciver gestanden.

Der Psychiater ist Engländer mit amerikanischen Wurzeln, dazu eine jüdische Großmutter, die einmal vor Urzeiten W. verlassen hatte. Der Psychiater heißt Dr. Skullcap und leitet das Haus des Wahnsinns in der weißen Jugendstilanlage, in welche man Luciver nach seinem Sturz gebracht hatte. Luciver hatte gelacht, immer nur gelacht. Er hatte noch nie etwas gegessen und getrunken und lebte dennoch.
Die ersten Schritte auf Erden in menschlicher Gestalt hatten ihm den Verstand zerrissen.
"Angenommen, ich wäre nicht Luciver ... Angenommen, ich wäre ein ganz normaler Verrückter, ein

Mensch, der sich alles einbildet ... Könnte man mich heilen?"
„Ruhig, ruhig", sagt die Gummibaumblattdame. „Eins nach dem anderen."

Er wußte nicht, wie er mit Menschenbeinen gehen, wie er mit einem Menschenmund Worte formen, wie er mit Menschenhänden greifen sollte ... Dieses schmerzhafte, dieses unbedingte Hineinschrumpfen in die dünne Haut eines sterblichen Geschöpfs ...! Aus unendlichen Höhen gerissen und gestürzt in seine Schöpfung, hatte er seine Krone absetzen und sich ganz irdischen Notwendigkeiten anpassen müssen ... Das erste Erwachen {Augen! Er hatte sich von der Reinheit des Schlafes losreißen und in die scharfgratige Wachheit hinübertreten müssen, nichts dauert länger als die Sekunde, da der Schlaf abreißt!}, der erste Gang zur Toilette {SO also geht das!, humorlose Abfallentsorgung! Kein Wunder, daß der Tod niemals die Hände ruhen läßt ...}, die erste Mahlzeit {gräßliches Schlingen, Mahlen, Malmen, Muskelfaust ums zernagte Futter, gut ausgedacht ist das nicht...!}, das erste Wort, der erste Spaziergang auf Menschenbeinen, dünnes Spinnentasten im flatternden Hosengeröhr ... Ja, die Krone war ihm nicht abgesetzt worden, man hatte sie ihm mitsamt seiner Würde vom Leib gouillotiniert!

Die Skullcap-Abteilung nimmt sich der besonders undurchsichtigen Fälle an.
„Die ganze Klinik gehört Skullcap?", fragt Luciver.
„Natürlich", erklärt der Pfleger, der sich als Mosche Kopffsalat vorstellte, Kopffsalat mit doppeltem „F"

{ganz alter Adel, früher einmal Besitzer der halben Ringstraße, vor dem Feuer natürlich ...!}.
„Natürlich“, nickt Luciver. „Das Feuer habe ich gelegt“, sagt er. Ihm ist nach Plaudern: “Es war ein Triumph, nicht wahr, es brannte so hell, daß der Himmel noch in hundert Kilometern Entfernung glühte ... Sehe ihn noch vor mir, den glühenden Knäuel aus Kulissen und Leibern, die rote Zunge im Rachen der Nacht ... Schön sah das aus, diese Feuerlinie im Wanst der Stadt, meinen Sie nicht–?”
„Natürlich“, nickt Kopffsalat, „natürlich. Ich muß jetzt weiter nach K., dort wartet der liebe Gott auf mich, und Sie dürfen hierbleiben. Dr. Skullcap hat ein Zimmer für Sie. Wenn es dann so weit ist, kommen Sie auch nach K., Sie und der liebe Gott und die Dreifaltigkeit in einem Zimmer, das wird Ihnen gefallen.“
„Mir ist alles recht“, sagt Luciver, „ich habe Zeit.“
Kopffsalat verabschiedet sich hastig.

Luciver wird Dr. Skullcap vorgeführt, einem großen, schönen, dunkelhaarigen Mann mit stechenden schwarzen Augen. Sofort muß Luciver wieder lachen: “Ach DU bist das ...! Wie siehst du denn jetzt aus, Zerberus, mein guter alter Zerberus?” Wie lange haben wir uns nicht gesehen? Du hättest nicht davonlaufen dürfen–!“
„Wenn ich Zerberus bin“, sagt Skullcaps Stimme, ein Dröhnen aus der Tiefe eines altägyptischen Pharaonengrabes heraus, „dann sind Sie wohl Attila.“
„Du erkennst mich wirklich nicht mehr?“
„Müßte ich?“ Skullcap legt den schönen Kopf schräg. „Ja“, sagt er, „ja, da ist etwas ... vor vielen Jahren ... Sie sangen auf der Bühne ... Ein Sänger sind Sie, Bariton,

nicht wahr?“
„Unfug ...“, murrt Luciver, „... bin weder ein Sänger ... noch Attila, der lang schon tot ist ... Was also soll das, Zerberus–? Wirklich kein Erkennen, nur dieses Versteckspiel in der Schale eines Menschenarztes?“
„Sie sind bereits auf dem Weg zur Besserung“, nickt Skullcap. „Zorn ist ein gutes Zeichen. Sie beginnen sich zu erinnern–!“
„Aber du nicht. Zerberus, alter Freund: Ich bins!“
„Ich bin nicht Zerberus“, sagt Skullcap {in seiner vollkommenen Verwirrung ist er stattlich wie ein antiker Gott}. Luciver streckt die Hand aus: Ohne zurückzu-

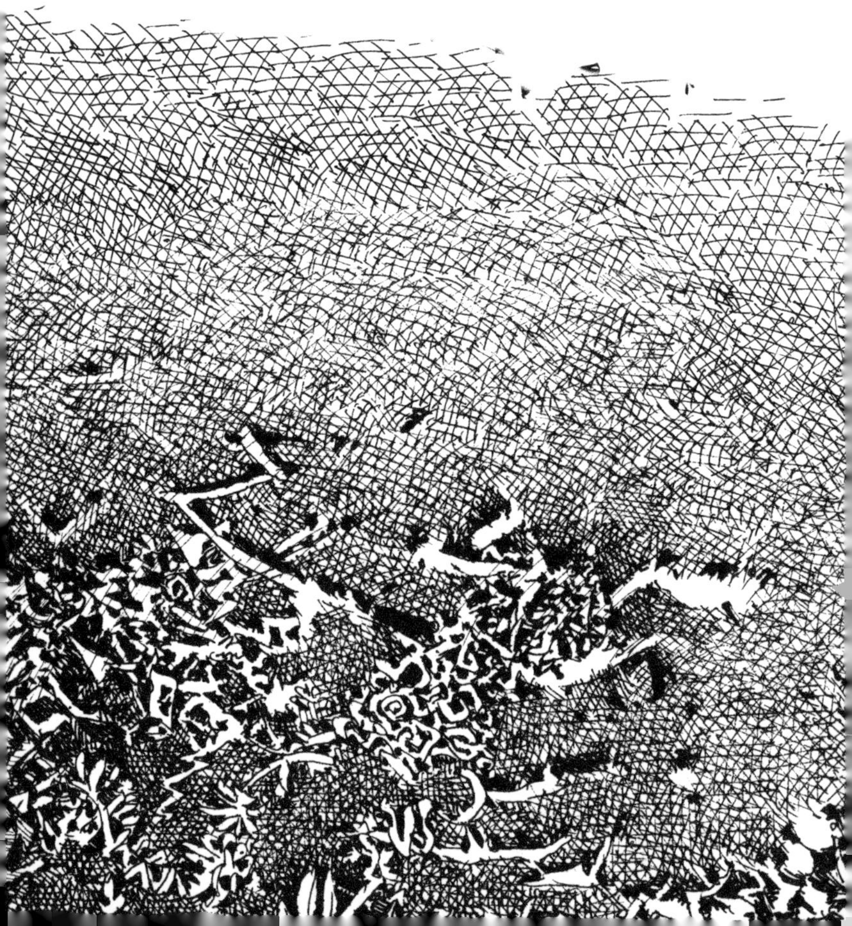

weichen, läßt Skullcap zu, daß Luciver die Fugen des Schädelknochens abtastet. „Nur einer hat einen solchen Schädel“, sagt der Patient, „und das ist Zerberus, mein Wächter. Träumst du nicht von deinem alten Leben?“

„Ich träume“, gibt Skullcap zu ..., „seit Wochen diese Träume, ich bin wieder auf der Flucht. Ich sitze in diesem Haus und behandle die Wahnhaften und hoffe immer, daß mich jemand herausholt. Sie lachen. Aber ich laufe jeden Abend davon, alle Türen stehen hier offen, und ich laufe weg, weit weg, ich betrinke mich und verjuble mein Geld – und jeden Morgen wache ich hier wieder auf. Ich mache alles falsch, was mir nur einfällt, ich gebe mir große Mühe, nichts richtig zu machen, aber dennoch strömt das Geld herein und keiner der Patienten verläßt mich und am wenigsten ich selber ...“
„Du tust mir leid.“
„Danke“, seufzt Skullcap. „Meine Frau, die Oberschwester, besteht darauf, daß ich hier bleibe. Sie

bringt Patienten, sie hat einen Handel mit der Stadt, daß jeder, der auffällig wird, zu mir gebracht wird, für jeden Kopf gibts eine Prämie, ich bin schon ganz erschöpft, wie viele Verrückte mag es in W. geben? Es ist unüberschaubar, ich werde eines Tages tot umfallen."

Skullcap nimmt Luciver die Zwangsjacke ab, sie nehmen Platz vor dem offenen Fenster, das in den Hof hinausweist, in dem sich die Patienten tummeln:
„Dort geht ein Einstein. Dort einer von sieben Napoleone, die ich habe ... Dreizehn Götter, acht hellenische Helden, vierzig Mozarti ... und vierundzwanzig Tiere – vom Wellensittich bis zum Elefanten ist alles dabei. Einige halten sich sogar für Möbelstücke und lehnen es ab, zu essen {wir konnten sie überreden, indem wir sagten, wir legten das Essen in die Schubladen ...! So klappten sie endlich die Mäuler auf!}. Aber Sie sind der erste Luciver, der hier seit Jahren hereinkommt --
„Warum erzählst Du mir das alles?"
„Sie sind seit Jahren der Erste, der mich ernst nimmt. Aber ich sehe, daß Sie auch an meiner Tätigkeit ernstes Interesse zeigen. Mir fiel gleich auf, mit welcher Freundlichkeit Sie meine Verrückten mustern und daß Sie, als ich die dreizehn Götter erwähnte, gleich nach ihnen schauten. Endlich ist da einer, der mir glaubt!"

Regenwürmer durchkrümeln das Erdreich, Fliegenschwärme durchsummen die Luft, von irgendwoher das anheimelnde Katastrophengeräusch einer Sirene. Das Institut des Dr. Skullcap stöhnt unterm Eigengewicht. Die Sommerhitze trocknet Holz, Mauerwerk und Insassen aus. Man hört das erschöpfte Ablösen der Efeuwurzeln vom Verputz, das unlustige Summen der Wespen, die eine Veränderung spüren und darum ihre Höhlungen mit einer neuen Schicht von kleingekautem Menschenunrat auspolstern.

„Ich mache Dir einen Vorschlag", sagt Luciver. „Ich sehe, daß Du erschöpft bist – Du sehnst Dich nach einem Ende dieser Existenz – ich hingegen bin elastisch und freue mich auf neue Tätigkeiten. Ich entlasse Dich hiermit und übernehme Deinen Posten. Ich lasse Dich ans Ende der Welt bringen, wo es still ist und niemand Deine ruinierten Nerven strapazieren wird. Dort magst Du die Seelen versorgen, die in den Limbus sollen – eine einfache Bewachertätigkeit –, während ich mich hier um Deine Wahnhaften kümmere – ich versorge die Götter, Halbgötter, Möbelstücke und Tiere und für was auch immer sich die Insassen sonst halten mögen. Es soll ihnen an nichts mangeln, denn nun bin ich hier."

Skullcap erhebt sich. Er schreitet zur Tür, öffnet sie und blickt sofort ins finstere Antlitz seiner Frau. Er verschließt die Tür und setzt sich neben Luciver: „Da sehen Sie es! Ich kann das Haus nicht verlassen. Meine Frau würde sofort Alarm geben. Ganz W. würde mich jagen und hierher zurückschaffen. Ein Wunder bräuchts oder wenigstens einen Weltuntergang, daß ich hier herauskomme–!"
„Ich schaffe Dich hinaus", sagt Luciver. „Als Käfer vielleicht. Motte. Wespe. Womöglich eine Wanze auf dem Fensterbrett. Was möchtest Du gern sein, Herr Doktor? Ich mache es möglich. Es kostet mich nichts."
Skullcap legt den Kopf schief, schwer hängen die Augendeckel über den brennenden Weltkugeln seiner Augen: „Schwer zu sagen. Vielleicht bilde ich mir dieses

Gespräch nur ein? Tatsache ist, daß ich mich so sehr von hier wegsehne, daß ich mir alles vorstellen könnte, ich bin selbst so wahnhaft, daß ich mir diesen Luciver rein einbilden könnte, woher sollte ich es wissen, ich bin schließlich nur ein weltberühmter Psychiater. Was geht in der Welt vor?, vorausgesetzt, sie existiert überhaupt. Hinter dem scharfen Schnitt, mit dem sich der Horizont heute ins Himmelblau verabschiedet, könnte alles Universum zu Ende sein. Woher soll ich es besser wissen? Vielleicht gibt es nichts außer mir und ich bin das Zentrum einer Verschwörung! Vielleicht ist die Verschwörung, daß mir vorgegaukelt wird, es gäbe die Welt und ich leide an ihr."

Luciver lächelt. Im Kopf des Dr. Skullcap hört er das zufriedene Knirschen aller Zahnräder: „Zünden wir alles an, lassen wir jeden Gedanken lichterloh aufzündeln und in der Asche aller guten Vorsätze verschwinden, und keine Feuerwehr, für nichts."
Skullcap denkt nach: „Ein Skarabäus. Ich liebe den Skarabäus. Er ist prachtvoll, kräftig und im Käferreich anerkannt, ja beliebt. Und wenn er gefangen wird von Menschenhand, dann tritt man ihn nicht platt, sondern setzt ihn in ein Terrarium oder spießt ihn auf für die Sammlung. Ein Skarabäus. Nicht schlecht – aber noch nicht gut. Es müßte noch kleiner sein. Eine Ameise. Eine Blattlaus. Eine Mikrobe, eine ... Jetzt weiß ich es: Ein Virus. Ein Virus möchte ich sein, Herr Luciver, ein kleiner Virus, der sich mit seinesgleichen unterhalten kann. Also gut, ich will es riskieren. Aber eine Frage bleibt: Was mache ich, wenn ich draußen in der Welt bin? Wen befalle ich und wen nicht?"
„Dem Mutigen verfällt die Welt", lächelt Luciver, „versuche es – befalle die Menschheit, infiziere jeden

Einzelnen – alles Weitere zeigt sich“, und er öffnet seinen kleinen schwarzen Koffer, dessen ganzer Inhalt ein einziger weißer Kippschalter ist, den er lasziv-langsam herunter auf „An“ drückt. Kaum daß er sich das Vergnügen gemacht hat, auf „An“ zu schalten, kommt das in der Nähe so fiebrig herumwieselnde Kiankuli in Fahrt, es schießt herbei und stellt mit seiner kleinen weißen Maschinenhand wieder auf „Aus“, dann wandert es mit seiner Hand beruhigt ins Dunkel zurück – –

Dr. Skullcaps Lungen leeren sich, der Blick taumelt fort, er haucht aus, zerbröckelt, seine Umrisse verschwimmen, zerbröseln, er löst sich auf, er verschwindet, er zerstiebt zu einer Staubwolke, die für einen Augenblick noch die Umrisse seines Körpers zeigt: „Ein Virus bin ich!, ja!, ein Virus! Küß die Ewigkeit, schönes Leben, nochmal die Genesis von vorn, aber ganz von vorn!“ – – –

– Erst nichts.
– Dann – –
– Urknall, Erstknall.
Lautloses Bersten von Nichts ...
– – dann Licht, dann lange wieder nichts
– – dann mehr Licht –
– – – dann Schwärze an Schwärze, kantend, galaxiengesäumte Sehnsucht. Erde, Saurier, Dante, Ende. Sichverschluckender Äther: Da war doch was mit Gott? Erdkugel in der Achselhöhle des Kosmos – – und ihr streitet, obs ein Paradies gibt oder einen Limbus! Nehmts, wie es ist, wie es war, wie es sein wird: ein Rascheln im All, ein Glitzern im Staub, wer mag schon sagen, ob wir im Purgatorium sind oder nicht – –

––– Luciver niest, er läßt den neuen, glückselig marodierenden Virus in seinem Blutkreislauf wandern, er niest und entläßt den Virus, der einmal ein weltberühmter Psychiater war, in die Welt hinaus, bald gibt es eine schöne Schlagzeile, es wird fieberhaftes Treiben in allen Laboren geben und die Kassen der Medizinalräte, Pillendreher und Versicherungen werden überquellen.

Ein Virus, mein lieber Herr Doktor, eurer Wunsch ist mir Befehl.

Der Kofferdeckel schließt sich, für diesen Tag ist das Spiel gespielt.

Das Schnurren der Ewigkeit endet, die Schöpfung zerspringt, die Bilder verflachen, ein Wort genügt, alles zu beschreiben, als wäre alles ein Roman, vielleicht ist es das, wahrscheinlich ist es nie etwas anderes gewesen.

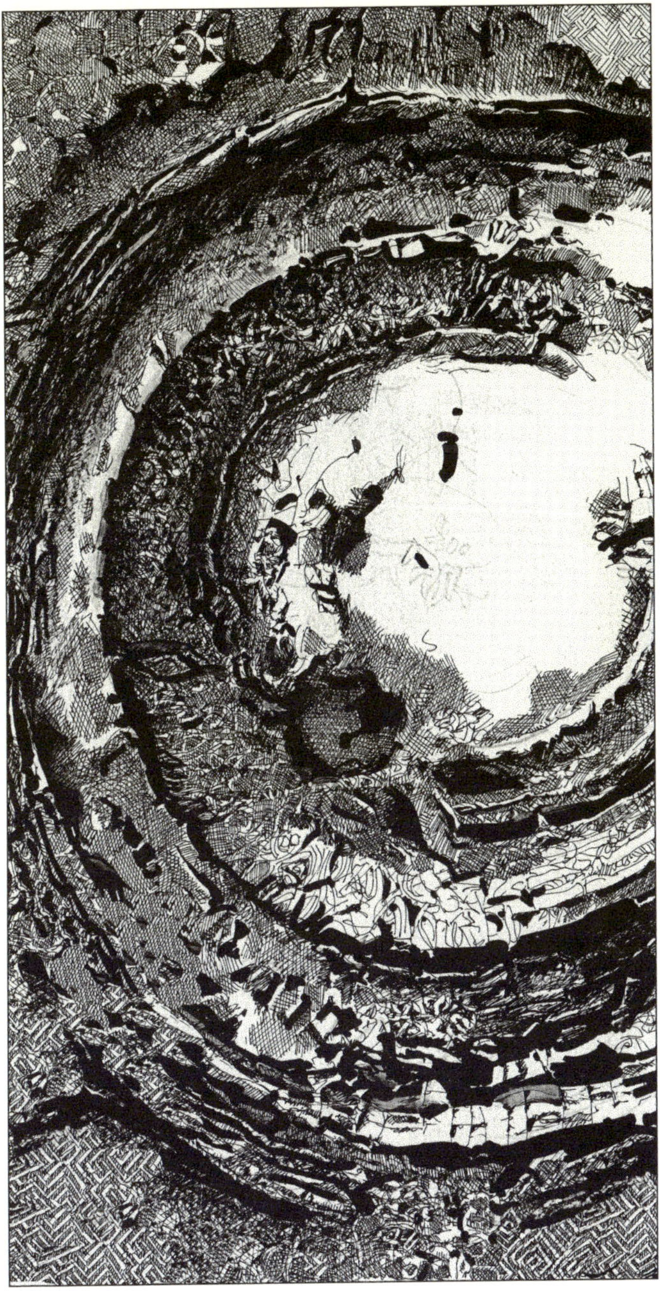

GOLDGEFASSTE FINSTERNIS

Hier endet W., hier endet die Geschichte.

Niemals gibt es Wohnungsnot im Erdreich. Neben den Würmern ist für jeden Platz – wohingegen über der Erde fortgesetzt nach Zimmern und Kammern gesucht wird. Solange sie leben, müssen viele sich das Bett mit jemandem teilen, oft nicht freiwillig, und wer kennt nicht die wütende, geifernde Hast der Wohnungssuchenden, sobald einer kalt aus seiner Wohnstatt getragen wurde; noch steht sein Topf mit Nudeln auf dem Herd, ist der Nachttopf mit der letzten Notdurft nicht kalt, noch klammert sich das Morgenlicht in den klebrigen Fingerabdruck einer verschwundenen Hand, da hat ein findiger Makler schon den neuen Vertrag in petto. Unter der Erde, das weiß der Totengräber Friedhelm Eysenspath, ist immer Platz, und Hast und Gedränge gibts im Reich der Würmer nicht.

Und ist Friedhelm, o-beiniger alleinstehender barttragender schiefnäsiger schweigsamer Friedhofswärter, nicht ebenso emsig wie die Würmer? Wird die schwarze Erde des zentralen Friedhofs von W. nicht durch seine Schaufeln ebenso gut und gründlich gelockert wie durch die Arbeit der Würmer? Aufgestützt auf seine Schaufel sieht Friedhelm über die Gräberreihen. Schön haben die es, die da unten liegen. Ruhig ist es dort. Sauber. Die da unten haben es besser als die Lebenden. Grämlich schaut Friedhelm hinüber in die neue Abteilung, schon jetzt das Mozart-Eck genannt. So schnell kann er nicht schaufeln, wie ihm neue Mozarti angeliefert werden. Wird es bald doch eng werden am friedlichsten Ort der Stadt? Wie viele Mozarte kann die Erde fassen? Werden die Würmer sich überfressen? Er schaut nicht gern hinüber. An der letzten Lieferung knabbert er noch immer. Unschön war das: Fünfundzwanzig Mozarti wurden im Zoo den Löwen vorgeworfen. Der Zoodirektor rechtfertigte sich lauthals: Was habe er tun sollen, Mozartmenschen gebe es heutzutag wie Sand am Meer, schlimmer, mehr Mozarti als Mücken gäbe es , aber Löwen habe er nur *zwei*, und die Mozarti seien wohlgenährt gewesen, unbeschädigt, strotzend gesund, proteinreich! – wohingegen das Fleisch aus der Metzgerei alt sei und welk. Davon würden die Tiere krank ...!
Friedhelm Eysenspath gräbt noch ohne Hast weiter an dem Loch für Pan, den Gott der Liebe, der ihm heute im Eichensarg kam {die Flöte kam im Plastiksackerl dazu: „Mach deine Rechnung mit dem Himmel, fort mußt du!“} Der hat es nun besser, denkt Eysenspath, von der Asche bist du genommen, zur Erde sollst du werden. Aus dem Lorbeergeäst tönte gestern noch süß und sehnsüchtig Pans Flöte – „Dies alles ist mir unter-

tänig" – dann schoß ihn die Schützengilde herunter. Pan habe ausgesehen wie ein kapitaler Rabe, berichteten die Schützen, wenn er auch fremd geklungen habe: „Wie ein wahres Flotzmaul!"
Schade um den Pan, denkt Eysenspath, *der hat den Amseln was beigebracht, am Ende konnten die dummen Biester dank Pan das halbe Repertoire der Philharmoniker nachpfeifen.*

{Poulaphouca!}
Jetzt macht sich die ganze Stadt W. fein, denn es ist ein besonderer Abend. Niemanden hält es zuhause, in den Straßen brodelt Volk und Pöbel der großen Oper entgegen. Gutenmorgenbrüller und Sockenhalter bauen sofort ihre Stände neben dem Schauplatz auf, es folgt das Feilhalten von unnützen Waren in hohem Diskant, mancher kauft, verpuppt in der eigenen Angst. Über der Stadt kreist mit gräßlichem Knirschen der schöne Heuschreck Pschibyl in seinem Riesenluftschiff und läßt seine Lakaien aus den Luken Butterkekse über die Stadt streuen, bis rosiges Licht den frühen Abendhimmel überflutet. Milchweiß und rosenrot treiben Wolken vorüber. Vor zerwühlten Jahrtausenden auf der Flucht, treiben zerrupfte Engel vorüber. Herrliche Abendszene: Die Kutsche des Kawalidschry, Fürst aller Harlekine, rauscht in einer majestätischen Staubwolke heran, begleitet von vierzig Hirten, die auf dem Krummhorn spielen: „Poulaphouca! Poulaphouca!" Fremdartige und lang verschollene Musik voller betäubender Schnörkel. Mit barschem „Callooh! Callay!" treibt man Drachen aus der Stadt, sie erheben sich unwillig in die Luft, gewinnen kaum Höhe und bleiben schwermütig zwischen fasrigem Gewölk hängen. Landen wollen sie nicht, zu wütend klang ihnen

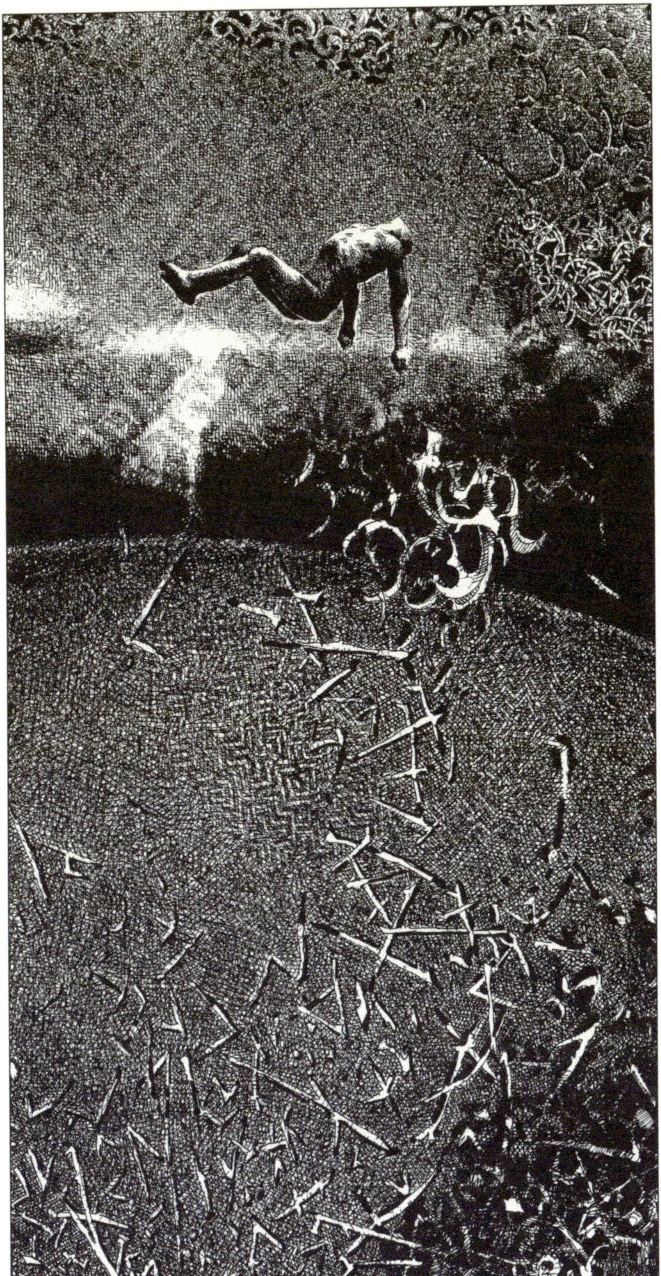

der Ruf nach: „Sie sind uns zum Ekel ... Müssen fort! ... So lang die Bestien leben, werden wir sie nicht in Ruhe lassen!“
Rauch von Olivenholzfeuern weht bläulich aus einer Häuserschlucht: „Dort, wo du nicht bist, dort ist das Glück!“[XII]

{Leerer Schall}
Nach einem letzten Blick auf das Haus aus Rauch, das niemals fertig werden wird, mag er auch noch so vielen Galaxien ihr Gas stehlen, noch so vielen Sternen die Kerne rauben, geht Luciver aus der Stadt hinaus. Er schreitet über die Geleise der trägen Züge hinweg, zählt nicht die Nummerierung der Bezirke, die immer höher wird. Endet das alles denn nie? Luciver denkt mit Frohlocken an die Grenze seines W., an das Ausfließen und Verschwinden von W. und an den freien Blick dort draußen, wo sein W. mit wilden Glutfunken an die Pforte des Himmels schlägt. Aber wo ist das Ende von W., wo kommt man hier heraus? Er geht weiter, er ist im 122. Bezirk, und weiter, weiter, 133. Bezirk, 167. Bezirk, bald ist er im 400. Bezirk, und immer noch lockt ihn rotflammend der Horizont und immer noch ist da kein Ende von W. zu erkennen. Luciver geht weiter, weiter, getrieben von der Hoffnung auf den Ausgang – – leerer Schall – dort, wo alle Weltenreste sich knisternd auflösen ...
Im wegschmelzenden Tageslicht heben wir den Blick zum Himmel und sehen, wie Ganymed in Ausübung seiner Pflichten vom Luftschiff „Kyselak“ aufgespießt wird – aber sehen Sie nur, wie schön er lächelt, während das Luftschiff ihn durchbohrt–! Eine letzte Botschaft durfte er noch überbringen: DER MEISTER

wird kommen. Der Meister? Der MEISTER.
Nicht irgendein Gott, nicht irgendein Dämon, keine schönen Riesenheuschrecken und kein Betrug, kein Gott und keine gefallenen Engel, diesmal – kommt ER. Gesucht, geahnt, nie gekannt! Der uns nicht etwa sagt, daß die Sünde für alle und der Himmel nur für Auserlesene da sei–! DER MEISTER läßt Verdammnis und Erlösung der Vergangenheit angehören, er kleidet Moder und Verfall in die Illusion der absoluten Schönheit. Nun, da der Meister kommt, sehen sich die höchsten Mächte selbst gestürzt, während aus allen Bezirken die Gäste herbeiströmen, und aus den Wohnhäusern lorgnettieren alte Damen und Hausgeister aus ihren wie Theaterlogen ausstaffierten Fenstern.
Vorbei ist die Zeit der Täuschung, vorbei die Zeit, da allem zu mißtrauen ist, was W. hervorbrachte und hervorbringt. Mit prächtigen Dekorationen lenkt man sich an diesem Abend ab von der traurigen Verdorbenheit dieser alten luciverischen Hure, die hinter ihrem Aberwitz des Rokoko alles in Barockem und Brokatenem ersäufte, wo Mozarts letzte Reise ins Massengrab von seinem Leibarzt begleitet wurde, der ängstlich hoffte, man möge am arg verschrumpfelten kleinen Leichnam nicht mehr die Spuren des verabreichten Schierlingssafts bemerken {später wird er dafür sorgen, daß man auf Mozarts rachitischen Knöchelchen ein anatomisches Theater errichtet, das man für den Gegenwert einer Seele besuchen darf}.

An diesem Abend dürfen wir hoffen, daß der Dampfzug „Baldwin Nepomuk Prauz“ mit dem großartigsten Gast einfährt, den W. jemals gesehen hat. Schon jetzt feiert sich die Stadt in einer Puderwolke der Selbstzufriedenheit: „Seht her“, schreit es aus allen Ecken,

„er kommt, DER MEISTER trifft ein, er gibt uns die Ehre, der Meister, größter Künstler aller Zeiten, wird in noch nie gesehenen Trachten heute Abend in W. eintreffen–!“

Verschleierte, hitzige, rote Sonne über der Schneide des Horizonts: Scharf werden Tag und Nacht entzweigeschnitten. Nasenflügelbeben. Rauschendes Blut. Der Orkus voller Risse: Die Schöpfung bleckt die Zähne–!

Köstlich ist W. an diesem Abend: Jede Höhlung ein Heiligtum, in jedem Schmutzfleck das Echo großer Taten, an die Niemand sich genau erinnert, die an der Gegenwart aber teilnehmen wie ein Fötus an den Taten der Mutter. Weicher wird das Fleisch nicht mehr. Scharf sticht das Verlangen in den Eingeweiden. Mit brennenden Fackeln zieht das Volk durch die Parkanlagen, spielt die Überreste verbliebener Visionen nach, geigend und bratschend ergibt sich alles dem Walzertakt, in dem W. jedem Unheil entgegentanzt – –

Luciver erreicht den 505. Bezirk: Auch hier sieht er die Plakate hängen, welche die Ankunft des Meisters versprechen, des größten Künstlers aller Zeiten. KEINE SCHARLATANERIE!, verspricht das Plakat, sondern „die reine und endgültige Wahrheit! ERFAHREN SIE ALLES ÜBER DAS UNIVERSUM VON DEM MANN, DER ES WIRKLICH ERSCHUF!“
Luciver lächelt: Alles ist Täuschung. Es gibt kein Universum, kein W.

{Ein Geschenk}
Einmal noch, ein letztes Mal, treffen sich Vater und Sohn an diesem Abend. Sie schütteln einander die

Hand, man ist einander nicht mehr bös. „Schön ist es hier", sagt Gott, „hast etwas gemacht aus deinem W., herausgeputzt sieht es heute Abend aus, richtig ..., wie sagt man hier, ... fesch--!"
„Wo wirst du hingehen?", fragt Luciver.
„– Heim", sagt Gott. „Und Du?"
„Ich verlasse W. Ich überlasse es dem Meister", und er zeigt auf eines der Plakate, die den größten Künstler ankündigen, und er zeigt auf eine Kapelle aus Mozarten, auf die vor Wichtigkeit angeschwollenen Würdenträger, auf die Beamten mit den welkenden Nelken im Knopfloch.
Gott lächelt: „Da wird ER sich aber freuen. ER kommt nur noch selten herab, aber wenn ER sich mal in Bewegung setzt ..."

„Der Großvater", nickt Luciver. „Was könnte ich IHM Besseres schenken als W.?
Er sieht sich um: Blätterndes Gold, Musik, Knochen, Schutt, Glanz und Traurigkeit. „Weit hat sie es gebracht, meine Stadt W. Vorbei die Zeit, als ich eine ganze Zivilisation freudestrahlend zerdrückte ... Sie wird IHM gefallen, meine verschnörkelte, puttenverzierte katzengoldene Phantasie ... Und längst habe ich etwas Neues vor ... Größer als W., größer als alles, was mir je einfiel ... Ich benötige W. nicht mehr."
„– Gib nicht an", sagt Gott. „Das mag ER nicht."
„Fürchtest du dich vor IHM?"
Gott winkt ab: „Lassen wir das doch. Reden wir nicht von ... von JENEM."

{Raunen}
Ein Raunen zerkratzt die gespannte Stille des Abends, als der Zug „Baldwin Nepomuk Prauz" eintrifft und

seine menschliche Ladung erbricht, aber keine Spur des Meisters zu entdecken ist. Ist das der richtige Zug? Ist es nicht 10:11, sollte er nicht in diesem Zug sitzen? Das Empfangskomitee hält das Lächeln fest, die Kapelle spielt Mozartmelodien mit trotziger Fröhlichkeit.
Er muß doch im Zug sein, der Meister, er kann doch nicht ...! Sie reckt sich, die Stadt, sie dehnt sich, atmet tief ein ...
Wo ist der Meister?

„Laß uns was essen gehen", sagte Gott, „einen Durst und einen Hunger habe ich, es ist nicht mehr auszusprechen, und der Abend ist so schön. Schön hast Du es in W., stimmt schon ... Laß uns im Freien essen, unterm offenen Himmel. Das habe ich gern. Es erinnert mich an bessere Zeiten."
„Und der Auftritt des Meisters?", fragte Luciver, „SEIN Erscheinen, wolltest Du nicht heute Abend da sein, wenn ER – – ?"
„Das kann warten", sagte Gott, „kann warten. Jetzt habe ich Hunger."

{Das Summen des Glücks}
Im Stadtkern strömen die Menschen zusammen. Sie drängen in den morschen Rokoko-Kokon des Theaters, der nicht all die Menschen fassen kann, die gekommen sind, um den Auftritt des Meisters zu erleben. Mit brennenden Fackeln geht man, die Überreste verblichener Visionen geigend und bratschend, in die Grüfte hinein.
Die Eingangspforte des Theaters bricht fast aus den Angeln, der Pförtner, ein melancholisch aussehender Hund mit grauen Lefzen, verkriecht sich jaulend in

seine Kammer. Die Wände schwanken, die Luft weicht vor den Massen. Wie viele wollen noch kommen?, die den in ganz W. verbreiteten Plakaten folgen, wie Motten ins Licht fliegen:

DER MEISTER KOMMT.
VORSTELLUNG AUSVERKAUFT!

Wer ins Theater hineinkommt, summt vor Glück. Das überirdische Eintrittsgeld berechtigt zu allerhöchsten Erwartungen. Gewaltige Kronleuchter säumen den Weg des Publikums zu den Logen; ein nie gekanntes Unwetter kündigt sich an, was die Tapeten des altehrwürdigen Theaters mit heftigen Wellenbewegungen quittieren. Das Publikum billigt auch dem unbelebten Mobiliar Begeisterung und Aufregung zu: man wird den MEISTER sehen, jenen Mann, der noch viel mehr erschaffen haben soll als Luciver, dem es bloß gelang, W. zu erschaffen. „DER MEISTER kommt“, hört man es raunen, „DER MEISTER, das ist jener, dem es gelang, jeden Hinweis auf sich selbst zu tilgen, der nicht mehr in Erscheinung trat, seit es das Licht und die Finsternis gibt.“ Aufgeregtes Tuscheln: Ob ER auch heute Abend ganz anonym sein wird? Murmeln im Saal, Putzen der Lorgnetten, hüstelnde Damen, Herren sitzen streng hinter riesigen Schnurrbärten; nervös flattern Frackschwalbenschwänze; es kann nurmehr wenige Augenblicke dauern, bis der gefeierte Künstler das Podium betritt. Damen in roten Kleidern ergreifen die Gelegenheit zu kurzweiligen Unterhaltungen. Einem Herren fällt das Monokel auf den Boden, wo es zerbirst. Geräuschvolle PSCH!-Laute: „RUHIG da! DER MEISTER!“, geht es durch die Reihen. Der Meister, erklärt einer, sei unsichtbar geboren worden. „Blödsinn“, heischt ein fetter Mann um Aufmerksamkeit: DER MEISTER, der zum ersten Mal seit sehr langer Zeit wieder auftrete, sei unsichtbar bei gleichzeitiger Sichtbarkeit–! Wer ihn nicht sehe, sei es also nur nicht wert, ihn zu sehen! DER MEISTER könne also, so das Urteil des fetten Mannes , längst inmitten der Masse sitzen und mit gespanntem Grinsen das eigene Erscheinen erwarten; das, natürlich, nicht eintreten werde; denn so leicht mache es der Meister den Menschen nicht …!

{Raunzen}

Zeit vergeht. Das Licht flackert. Eine Frau hustet laut und wird von ihrem Mann strafend angeraunzt. Eine Putzfrau geht unauffällig durch die Reihen, Erdnußschalen, Lorgnettenreste und zernagte Programmhefte dezent in einen Leinensack legend. Im Zwielicht der hinteren Reihen bewegen sich Körper auf- und ineinander, ein kaum sichtbares, eigenartig langsames, ruheloses Treiben. In der vierten Reihe will man gesehen haben, daß in der achten Reihe einer ein Gespräch mit einem aus der zehnten Reihe führte, der Gustav Mahlers Halbbruder Isidor frappant ähnele, ja sogar Isidor Mahler heiße, jedoch als Poikilograph arbeite … Eine Dame erleidet einen Schwächeanfall, als ihr berichtet wird, daß sich ihr Cousin dritten Grades an diesem Morgen in ein gewaltiges Insekt verwandelt habe … Ein Kommissar Krähnzopf, dessen weicher Körper mühsam von einem zu engen Anzug in Form gehalten wird, eilt ihr zu Hilfe. Er blickt sie an, sein Kopf wird ein bißchen hin und her wackeln, wenn er sie in wenigen Minuten fragen wird, ob sie nicht auch das Gefühl habe, man kenne sich längst, seit Kindestagen …?

In der zwölften Reihe marodieren Kulturfeinde durch die Reihen und legen Menschen Äpfel auf die Köpfe, wobei den Herren, die Hüte tragen, behutsam der Hut abgenommen, der Apfel aufs Haupt gesetzt und anschließend der Hut ebenso behutsam wieder aufgesetzt wird; anschließend ziehen Schweizer Pfeile und Bogen heraus und schießen den apfeltragenden Herrschaften die Früchte von den Köpfen.

DER MEISTER kommt nicht, soll aber, so wird es aus vorderen Reihen berichtet, im Begriffe stehen, das Haus zu betreten. Da man ihn aber weder kenne noch sehe, stünden alle Türen offen und das Personal, das angewiesen wurde, den MEISTER nicht direkt anzusehen, steht neben allen offenen Türen mit den Gesichtern zu den Wänden.

Nun ist mit allem zu rechnen; auf einem Balkon steht ein Mädchen, das sich mit einem jungen Mann unterhält, der den Balkon nicht erklimmen kann, weil keine Leiter zur Verfügung steht; beide scheinen verliebt. Ein Herr mit selbstsicherem Lächeln notiert das Geschehen, sein englischer Akzent wäre, wenn er etwas sagen würde, wovon er absieht, gewöhnungsbedürftig. Auf dem Blechdach des Theaters, das von starker Sonneneinstrahlung erhitzt wurde, weinen Katzen. Über den Brücken der Stadt, die unter einem schweren Tiefdruckgebiet zu leiden hat, fliegen Schwalben, denen es unangenehm ist, als Schwalben erkannt zu werden; sie fliegen, was das Publikum nicht sehen kann, da es sich zu weit weg befindet, über dem blanken Haupt des MEISTERS, den sie aber nicht kennen und darum übersehen; DER MEISTER geht am Theater vorbei, die Ankündigung in blutroten Lettern

übersehend –HEUTE: AUFTRITT DES MEISTERS, EINTRITT 600 S. - die er für einen anderen als sich selbst gemacht glaubt.

Luciver geht weiter, weiter hinaus, er will es verlassen, sein W.
Lang kann der Weg bis zum Ende nicht mehr sein, bis zur Mauer mit der kleinen Tür, der Tür mit dem vergoldeten Knauf, zu dem nur jener Schlüssel passt, der im Innern des Koffers liegt, den das neben ihm herwieselnde Kiankuli trägt.
Alles ist Täuschung. Es hat niemals ein Leben gegeben, es hat niemals eine Stadt W. gegeben.
Die Reise geht zu Ende.

{Große Leere}
Nach dem 23.891 Bezirk folgt eine große und unentschlossene Leere: Straßen voller Rabenfedern, Hundegeschrey, Raubtierspuren im Sand, spartanisches Gebäudegerümpel, leere Wäscheleinen. Man hört jedes einzelne Staubkorn auf seiner Reise ans Ende der Tage. Da sind kleine glänzende Spiralfederchen aus Messingdraht, wohl entkommen aus dem Uhrwerk der Schöpfung: überhaupt sieht man nun deutlich die sauberen Nähte der Welt, zählbar ist nun alles, die Knochen unterm Erdmantel, die Motten im brandigen Licht, die Trampelpfade auf der Schädeldecke des Planeten.
Genug. Genug für müde Augen ...

{Letzter Satzanfang}
Einzelne Buchstaben liegen im grauen erstarrten Schlick der ungeschriebenen Geschichte.
Luciver stolpert über einen Satzanfang, seine Schuhe

stoßen ein unentschlossenes Kapitel zur Seite: „Die Bühne des Theaters, durch einen von Ungeziefer zernagten Vorhang umrahmt, den ein dicker alter Diener vergebens in eine schöne Form zu raffen versucht, ist bereits mit vielen Darstellern gefüllt und im Halbdunkel tanzen die Flammen des Gaslampenlichts in den schwarzen Pupillen des betäubten, wie auf einen großen letzten Rausch hoffenden Publikums, dem man verheißungsvoll zuruft: Treten Sie ein!"
Unwohl umkreist er das in Rauch aufgegangene Stück aus seiner eigenen Vergangenheit.

Hier endet W., hier endet die Geschichte, hier ist die Mauer, hier ist ...
... keine Tür.

Luciver wendet sich an den schemenhaften Umriss, der stets an seiner Seite ist: Er bittet das Kiankuli, in nördlicher Richtung die Mauer auf der Suche nach der kleinen Türe, dem Ausgang, abzugehen, er werde in südlicher Richtung gehen, und dort, wo Morgen und Abend sich voreinander verneigend der Ewigkeit Platz machen, dort würden sie sich wieder treffen. Luciver schreitet voran, festen Schrittes geht er die sich ins Unendliche erhebende Mauer entlang, bis zum Morgen und zum Abend und keine Tür ist zu sehen. Auch das Kiankuli kann nichts finden.
Die Tür. Der Ausgang. Natürlich. Es gibt keine Tür.
Keinen Ausgang.
Nicht für ihn.

Luciver lacht. Er hatte W. erfunden, das ist richtig. Er hatte es erfunden und damit gespielt. Aber er hätte es niemals aus der Hand geben dürfen.

{Rauchsäulen}
Im Stadtkern steigt eine schwarze Rauchsäule in den sich mit Schlieren aus giftigem Grün und hellem Altrosa verdunkelnden Himmel. Ein Blitz fährt hinab, direkt hinein in die papierne Dachkonstruktion des Theaters, in dessen Innerem man verdrossen auf den Meister wartet. Das rasch hochflammende Feuer verzehrt das Theater, die Katzen auf dem heißen Blechdach des Theaters und den Mann aus der zehnten Reihe, den Poikilographen Isidor Mahler, der neben dem Kommissar Krähnzopf saß, nicht weit entfernt vom Gehülfen des Baumeisters Gematalles, der an diesem Abend von der Spitze seines Hauses aus Rauch sprang ...

{Glut}
Wenn es Menschen geben sollte, die daran zweifeln, dass der Meister existiert, so hören wir besser nicht hin, und wenn man uns einreden will, der Meister blende die Welt mit Beweisen für seine Nichtexistenz, so halten wir diesen Leuten entgegen, daß der Meister seine Existenz nicht beweisen müsse, da Spuren dieser Existenz sich ohnehin nicht finden. Wir wissen, vielmehr glauben wir zu wissen, daß er in einer Seitengasse derselben Stadt geboren wurde, in der ein Brand ein Theater auffrißt, ein Brand, der sich durch die ganze Stadt fortsetzen wird. In großer Höhe überfliegen Schwalbenschwärme das Flammenmeer: Eine aufgeregte Wolke aus gefiederten Leibern, die nach Osten abdreht. Es sieht aus, als verschwänden sie im Glutball der Sonne.

Luciver wartet, wartet festgeschrieben in der Ewigkeit. Hier ist er und bleibt er, über das Ende aller

Zeitschreibung hinaus.
Der Schlüssel für die Tür ist verschwunden wie die Tür selbst verschwunden ist.

{Auf der obersten Zinne}

Das Kiankuli öffnet ein kleines Fach seines Reisekoffers, zieht eine Stadtkarte von W. heraus, faltet sie auseinander und entnimmt ihr das Stück Papier, das es darin versteckt hatte: Wenige Zeichen, ein Bild darunter, gemalt mit pechschwarzer Tinte. Es setzt sich auf die oberste Zinne des Doms und betrachtet lange die von einem sanften Schimmelgeruch beherrschte Erinnerung, die im wegschmelzenden Tageslicht noch die Zinnen der verschwindenden Stadt W. zeigt.
Es lacht, laut genug, um letzte Nachtschwärmer das Gleichgewicht verlieren und der Länge nach hinfallen zu lassen, deren Körper, betrachtet man sie aus großer Höhe, wie auf einer exakt gezogenen, zärtlich ganz W. durchziehenden Linie liegen.

Das Kiankuli hebt die Arme, stellt sich an die äußerste Kante des Doms, im einen Augenblick ist es noch zu sehen, ein Schemen, ein geahnter Umriß, im nächsten Moment ist es fort. Weder die Beobachtung noch das Nachdenken darüber haben einen Zweck.
Wer dies alles in Zweifel zieht, dem halten wir entgegen, daß er alles, auch sich selbst, geträumt habe.
Es ist nie auch nur eine Sekunde vergangen, kein Wort gesprochen, kein einziges Kind gezeugt worden.

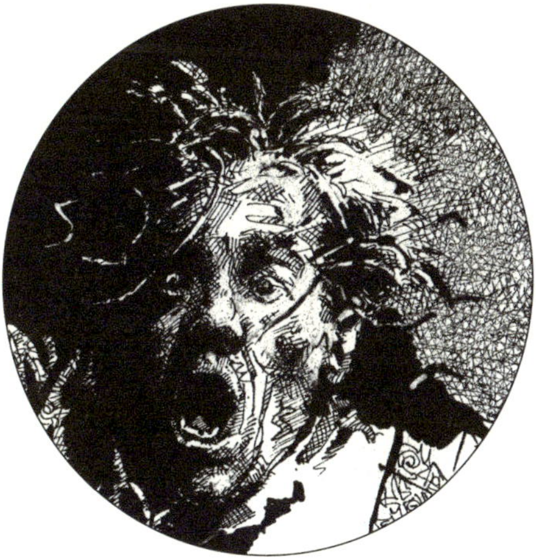

APOTHEOSE

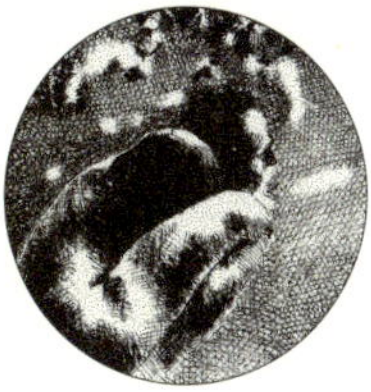

IM LETZTEN LICHT

Es fährt schnell dahin, als flögen wir davon[XIII]

Letzte Verneigung auf der großen Bühne, das Publikum ist nicht zu beruhigen: „Ich darf feststellen, daß es sehr amüsant war, alles!, ich darf sagen, wenn es köstlich gewesen ist, so war es Mühen und Arbeit. Es hätte alles genau so passieren können, man könnte von einer bestimmten Warte aus also behaupten: Ja, so ist es gewesen."

Tiefer graben seine Hände sich ins weiche Erdreich, „Oh, ihr Götter, ihr Götter!", wie ihn der eigene Vater betrog!, wie der Großvater ihn betrog!, wie er sich hier einem Tier gleich aus dem W. herausgraben muß! *„Noch bin ich Feuer in Wacholdern!*, fluche ich allem Gemensch, das ich formte aus Dreck und Lehm in einer Welt, die nur Eis und Feuer kannte--!

... *Damned from here to Eternity!* ... Ihr haltet mich nicht!, nichts hält mich – –“

Der wunde Himmel verstummt, die traurige abendliche Erde hört nur ihn, seine Hände, die Stein um Stein aus dem Erdreich kratzen, tiefer bohrt er sich hinein, hinaus, hinab, reißt mit den Nägeln ein Loch in die Erde, traurig ist die abendliche Stille, der Rauchschleier über den Ruinen, in unermeßlicher Ferne die dunklen Ketten der Gebirge, schwarze Steinkämme vor dunkelndem kupfernem Grund: die unvermeidliche Nacht verleibt sich alles ein. Tiefer gräbt er, tiefer hinab, er ist sich selbst ein Traum[19], er wird ruhig, er blickt, während die immer höhersteigenden Wände des Aushubs nachtschwarz ihn einhüllen und ein Nebelschweif zu seinen Füßen hochsteigt, in die vergessenen Gesichter alter Gestalten.

Die Nacht, ein schwarzes Tuch, gibt ihm das Bewußtsein wieder: Er, der verworfene Sohn Gottes, Enkel des Schöpfers, Verstoßener und Einsamster, gibt sich leichten Herzens dem Tod in die Hände ... und gerade als der Schmerz ihn auflöst ... bricht unter ihm das Erdreich auf, stürzt er hinaus in eine große Leere, eine tiefschwarze, sternlose Stille ...

Jetzt ist er jedem Gewicht enthoben, jedem Dunkel und jedem Hell. Allein, allein!, so treibt er hinaus ins Schweigen. Seine Augen, für einen letzten Blick noch offen, sehen das Monstrum Basilisk: Sein Weltenspiel, brennend, in der äußersten Ferne von einem aufgehenden Stern ins erste, letzte Licht getaucht.

---

19 Zitat aus: Büchner, Lenz

Langsam treibt er davon, wird ein Stück der Nacht, empfindet ein leises Mitleid mit sich selbst: Er weint über sich, sein Haupt sinkt auf die Brust, die Lippen verdorren, Arme und Beine angezogen schläft er ein. Die Augen verschließen sich für die Ewigkeit. Schwärze senkt sich auf ihn.

Den verhüllten, sich einkrümmenden, zur Kugel geballten Körper umwinden die Geschichten einer fernen Schöpfung.

Weit entfernt flammen einzelne weiße Sternenflecke auf.

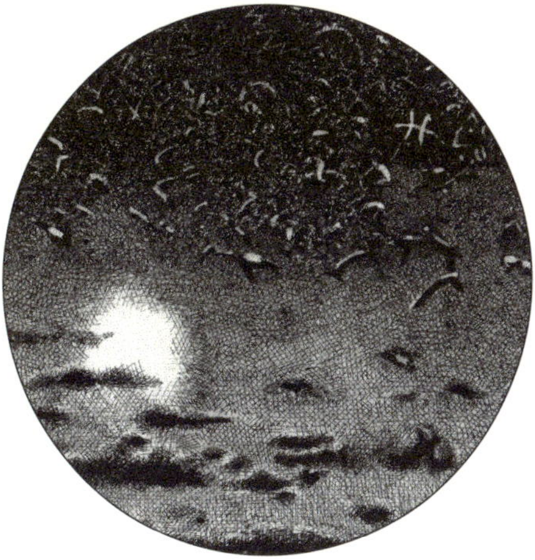

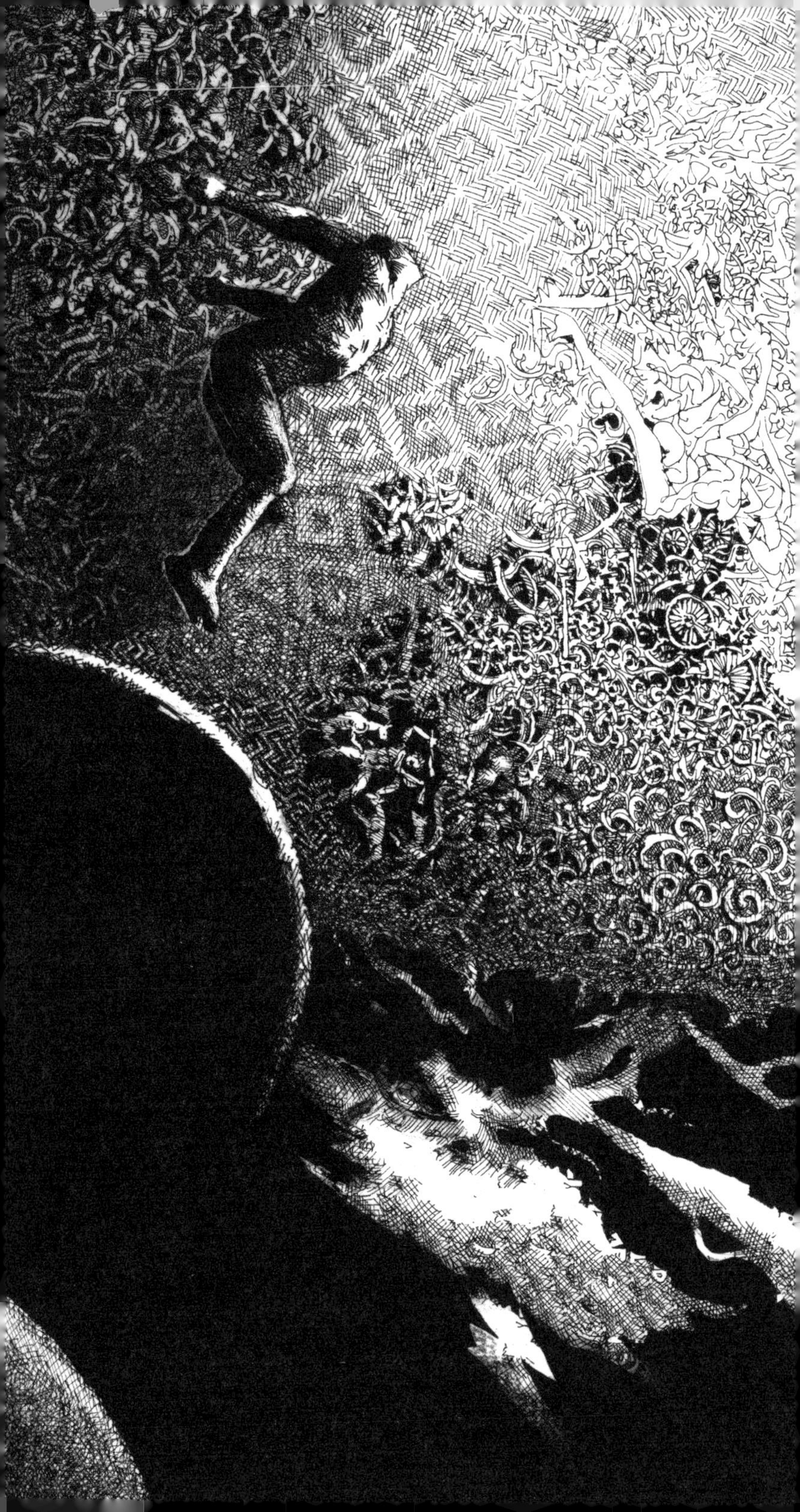

FIGURENVERZEICHNIS

Lucius Onagre | *„Basilisk“, weltumspannendes Theaterspektakel Lucis Onagres alias Luciver* | **Wolfgang Amadeus Mozart**, *wiedergeborener Komponist, früh verstorbenes Wunderkind* | **Waldmut Schomoggy**, *Dirigent des Stadtorchesters von W., Urururururururenkel des Zeus* | **Louis Fahlbrand**, *von Berufs wegen ein Misanthrop* | **Ottokar Krähnzopf**, *Kriminalkommissar* | Mehrere Männer *{namenlos}*, eine Gans *{namenlos}*, Hunde *{namenlos}* | Eine Frau mit dem Blumenhut | **Martero Gematalles**, *Baumeister, mindestens 700 Jahre alt. Spezialität ist die Errichtung von Gebäuden aus Rauch.* | **Graf Adonis von Prostozzi**, *verkommener Kleinadel, prügelte sich mit Mozart; nur deshalb erinnert man sich seiner heute noch* | **Kiankuli**, *Zwischenmensch, lebender Windhauch und Assistent Lucivers* | **Heibodntiarlaunduschal**, *eine zur Blunzn umfunktionierte ehemalige Bordsteinschwalbe* | **Aloys Schabrack**, *Straßenbahnkontrolleur* | Schasklappersdorf, Unterstinkenbrunn, Hühnergeschrei, Wurmbrand, Landfraß, Arschlochwinkl: *Ortsnamen der Peripherie von W.* | **Ephemerus Stieselstich**, *Götterbote #221 {verstorben}* | **Dr. Hiram Skullcap**, *Psychiater, verschollen* | **Lee Nolium**, *Agent im schwarzen Panthermantel, Steuermann des Schiffes W.* |

Pschibyl, *Theatermacher, Riesenheuschrecke* |
Kawalidschry, *rechtmäßiger König von Lethe, Pyriphlegethon und Cocytos.* |
Semion Hostagfrass, *Städt. Archivar, Vollzugsbeamter für Historien.* |
Sanktuarius Schnüffelzahn, *Oberhenker a. D., Oberkleingärtner und Wächter über die städtischen Henkersseilsammlungen {e. V.}, ein herzensfrommer Mensch* |
Hubert Schmöselmayer, *Theatermensch, letter Überlebender aus dem Geschlecht „derer von Zwiefeldach" und „Höllenzollern-Pflaumensinger"* |
Bibzibibe, *Alptraumwesen, Meduse* |
Abraham-Vlystochius Bobron, *Komponist des Gassenhauers „Bös bin ich, leg mich zur Ruh"* |
Artjom Skrynko, *Ketzer, schob den Dom zur Seite, Flugopfer* |
Siegfried Grübelhaar, *radiert Namen von Grabsteinen* |
Marquis de Sade, *dessen Seele sich seit Jahrhunderten von Gegenstand zu Gegenstand rettete, im Innern von Kuckucksuhren und Musikautomaten.* |
Wastl Selberstirn, *Henker und Grabredner* |
Adelbert Kraxlfiete, *Schriftsteller, bekanntester Titel: „Erde fressen"* |
Bischof Fuselhuber, *Klerikalmonster, verschollen* |
Franz {Bimsliczek}, *Kind, will zu Stein werden* |
Jan Syllab, *unsterbliches Spielzeug Lucivers, böser alter Mann* |
Berta Drotz, *geboren in Drauz, Faktotum des unsterblichen Jan Syllab* |
Hufengel, Klagepferd, Stumpfvogel etc.: *Entwürfe eines betrunkenen Gottes, verschollen.* |

Sigmund Freud, *Erfinder der Psychoanalyse, kannte Schriftsteller Prauz, als dieser noch „ Lauschmersbrunz“ hieß ...* |
Baldwin Nepomuk Prauz, *berühmtester Schriftsteller in W., hieß früher „Lauschmersbrunz“* |
Hofmannsthal, Grillparzer, Altenberg: *Gäste eines Kaffeehauses* |
Luftschloßfänger: *Ein mit verkümmerten Stummelflügeln beschertes Wesen von einem Meter sechzig Körperhöhe.* |
Der Gehülfe, *Assistent des Martero Gematalles* |
Aloisius Achthys, *in sieben Verwesungsfarben gekleideter Mundschenk des Kawalidschry, Fürst aller Harlekine* |
Isidor Mahler, *{vermuteter} Halbbruder des Komponisten Gustav Mahler* |
Sofronja Märzhügel, *Astronomin in W.* |
Erinnyen | Vorstadtgietscherl |
UNE VIEUX BAGMATE |
Richard Wagner, *Großkomponist, Größenwahnsinniger, empörter Insasse der Vorhölle* |
Margolf Galumphing, Hans Unwirrsch, Celler Dickstil, Roosevelt Farrago, Sallarie Petrasil, Magister Aspodil Octavone: *Pseudonyme Lucivers* |
Mosche Kopffsalat, *mit doppeltem „F“, Pfleger Lucivers in der Scullcap-Klinik* |
Friedhelm Eysenspath, *ein Totengräber* |
Der Erzähler *{namenlos}*

ZETTELWELTEN | *Arno Tauriinen*

"Goldgefasste Finsternis" ist eine Literatur gewordene Theatermaschine, vergleichbar mit den historischen "Simultanbühnen": Parallel lief auf mehreren Bühnen mehrere Stücke, und allein der Betrachter entschied, was in seinen Kopf, in seine Phantasie Eingang finden sollte. Arno Tauriinen, geboren 1967 in Wien, kann nur im höchsten bewohnbaren Stockwerk eines Gebäudes leben, weil ihm der Gedanke, daß über ihm so und so viel Tonnen Beton und Inventar und Menschen existieren, unerträglich ist. Er sammelt Raubtierzähne und vetrocknete Kakteen, über deren höchst groteske Formen er sich endlos begeistern kann. Tauriinen verabscheut alles Digitale und schreibt seine Texte auf einer "Hermes Baby" oder handschriftlich auf "Zetteln".
Wenn **"blaues Licht durch die Stadt fährt"** und wenn **"die Flüche der immer ein bißchen aufgeregten Wiener leiser, liebevoller werden"**, dann geht Arno Tauriinen hinaus und sammelt die Stimmen für seine Erzählungen.

"Goldgefasste Finsternis" ist ein Exzerpt aus vielen hunderten Notizen, Zetteln und Typoskripten.
Der Verlag erhielt im Sommer 2015 zwei Pappkisten voller Zettel, Papierreste und Notizzettel, aus denen das vorliegende Buch extrahiert wurde.
Tauriinen sieht es als "Kernstück" eines größeren, {teilweise noch zu schreibenden} Stückes über die **Stadt "W."**

"Arno Tauriinen" ist ein Pseudonym.

RAUMILLUSIONEN | *Max P. Häring*

Bildräume und Landschaften von erstaunlicher Imaginationskraft und eine subtile, aufwändige Technik kennzeichnen die Bilder und Zeichnungen von Max P. Häring: Nähe und Ferne scheinen aufgehoben, wie beim Blick durch ein Teleskop. Mittels vielschichtiger, feinst abgestimmter Schraffuren modelliert, komponiert und inszeniert er flimmernde, atmosphärisch vibrierende Raumillusionen als einen immer währenden Tanz von Entstehen und Vergehen. In seinen Tuschezeichnungen läßt sich der Künstler gern von Werken der Weltliteratur inspirieren.
„Freecomic" bezeichnet er diese sehr assoziative, manchmal bis an die Grenze zum Chaos sich bewegende Art der zeichnerischen Auseinandersetzung.

Für den Verlag „Topalian & Milani" arbeitete Max P. Häring unter anderem die zeichnerische Ausstattung des ersten Romans von Arno Tauriinen aus sowie für „Die römische Saison" von Lutz Seiler aus.

Max P. Häring lebt in Giengen an der Brenz.

www.maxhaering.de

ENDNOTEN

I **Das Buch Henoch.** Übersetzung von Andreas Gottlieb Hoffmann. Jena, Croeker'sche Buchhandlung, 1833.

II **Zit. nach Arno Schmidt, Zettels Traum**, S. 1441: „SATANS SPAZIERGANG AUF DER CONVEXEN AUßNSEITE DES UNIVERSUMS: MILTON!"

III **FABRILL**, f. sp. "fabriella, hablilla": Gerede, Schwatz der Leute, Gassenrede.

IV **Zit. nach Arno Schmidt, Alexander**, S. 51

V Verballhornung des Werbespruchs der Firma Prym: **„Die Mode wechselt, der Druckknopf bleibt"**.

VI **Luther, Ein Lied im höhern Chor.**
Ich rufe zu dem Herrn in meiner Not ...

VII Anspielung auf **August Klingmanns „Nachtwachen von Bonaventura"**: „Der Vogel rief noch dreimal Mensch aus"

VIII Zitat aus **Goethe**s **„Zauberlehrling"**.

IX Zit. nach **Herders „Journal meiner Reise im Jahr 1769"**

X Anspielung auf **Mörike**s „Der letzte König von Orplid" im ersten Buch des **„Maler Nolten"**.

XI Zitat in Anlehnung an **Karl May**s **„Frau Pollmer"**.

XII Zitiert aus **„Des Fremdlings Abendlied"** von **Georg Philipp Schmidt** {genannt **„Schmidt von Lübeck"**}

XIII Zitat aus **Psalm 90,10**, Luther-Bibel.

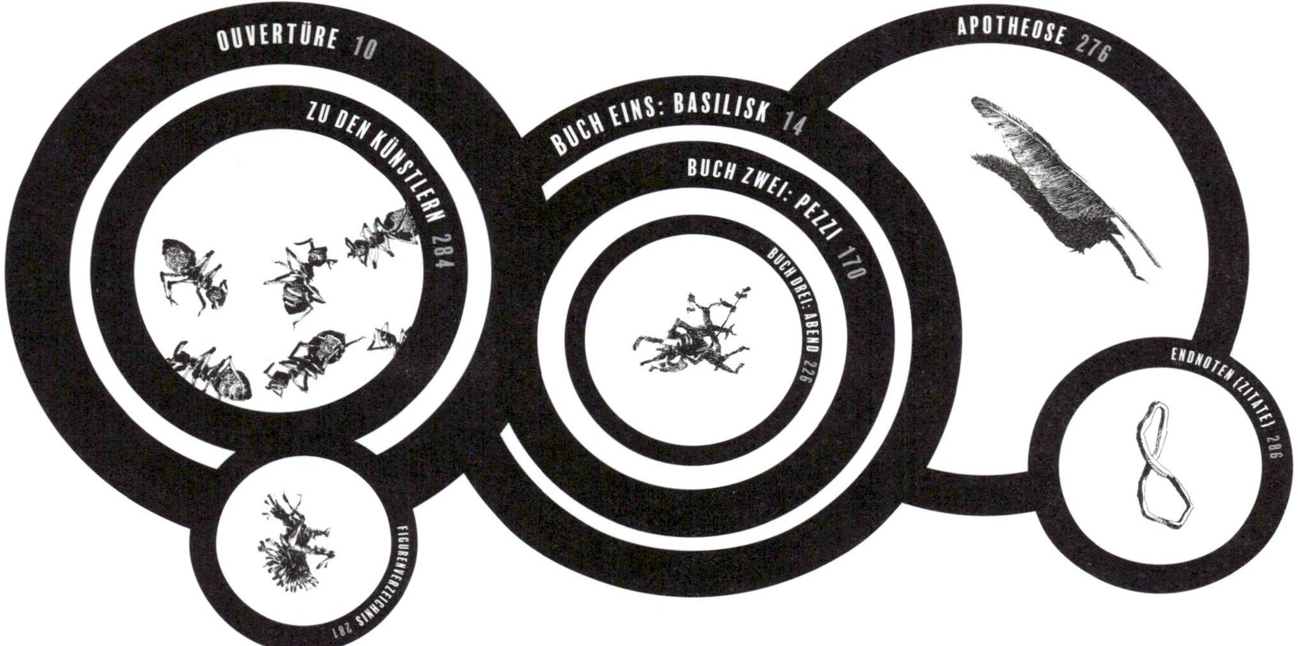
OUVERTÜRE 10
BUCH EINS: BASILISK 14
BUCH ZWEI: PEZZI 170
BUCH DREI: ABEND 226
APOTHEOSE 276
FIGURENVERZEICHNIS 281
ZU DEN KÜNSTLERN 284
ENDNOTEN [ZITATE] 286